La buena sombra

María de la Luz del Prado

La buena sombra

ESPASA

Espasa, sello editorial de Editorial Planeta, S.A.
Avda. Diagonal, 662-664
08034 Barcelona

Primera edición: noviembre de 2024

Preimpresión: MT Color & Diseño, S. L.

Depósito legal: B. 18.139-2024
ISBN: 978-84-670-7446-8

Espasa, en su deseo de mejorar sus publicaciones, agradecerá cualquier sugerencia que los lectores hagan al departamento editorial por correo electrónico: sugerencias@espasa.es

www.espasa.com
www.planetadelibros.com

Impresión: Huertas, S. A
Impreso en España-*Printed in Spain*

PEFC Certificado
Este libro procede de bosques gestionados de forma sostenible
PEFC
PEFC/14-38-00305
www.pefc.es

A mi padre, que me enseñó la música.

A mi madre, que me enseñó la letra.

Y cuando la tormenta de arena haya pasado, tú no comprenderás cómo has logrado cruzarla con vida. ¡No! Ni siquiera estarás seguro de que la tormenta haya cesado de verdad. Pero una cosa sí quedará clara. Y es que la persona que surja de la tormenta no será la misma persona que penetró en ella. Y ahí estriba el significado de la tormenta de arena.

HARUKI MURAKAMI, *Kafka en la orilla*

Nota de la autora

En esta historia, como narradora, a veces yo misma utilizo deliberadamente localismos y expresiones propias de Andalucía y del peculiar hablar de los gitanos más allá de los diálogos entre ellos. Artículos delante del nombre propio, significados diferentes al literal de una palabra y errores gramaticales que considero necesarios para dar empaque y realismo a la historia, para atrapar el duende.

Primera parte

El paseíllo

1

Existe un fenómeno meteorológico, panza de burro, que consiste en la acumulación de nubes oscuras a baja altura. Y hoy, el cielo tupido, más panza de burro que nunca, parece que pronostica lluvia. La energía es densa y busca desesperada la catarsis de la tormenta, tocar fondo para empezar de nuevo. A dos semanas escasas para primavera, el invierno frío y duro de marzo sobreactúa en las calles de Madrid, parece que saca pecho orgulloso para interpretar su gran acto final.

Vera sale al balcón de la calle Alfonso XII; observa desde arriba, expuesta y enfrentada al soberbio parque del Retiro; suena Pink Floyd en su cabeza. La melena castaña ceniza revuelta por el aire que azota la cara, los ojos verdes juegan con los matices más oscuros. Aún no llueve. La mirada sobrevuela el paseo de estatuas, un pasillo de mármol impertérrito, un testigo gélido y sereno de los tiempos; los castaños de Indias, austeros y desnudos, sin hojas, sin flores. Y el corazón de Vera se llena de invierno. Quizá sea el Retiro el que la observa a ella; la juzga. Y la chica se entrega a un duelo imaginario con los jardines del siglo XVII. *Cuando no sepas qué hacer, no hagas nada,* repite el mantra sin descanso, quiere gritarle al parque que solo es una niña insegura de treinta años buscando consuelo en el balcón señorial de sus padres, más bien en el dulzor del hachís que desprende el cigarro que fuma. El cielo es gris, la luz es gris, el aura es gris. La droga hace efecto, desdibuja la mente que busca horizonte más allá de la torre que asoma tras los árboles y más allá de su incierta existencia. La lluvia empieza a caer tímidamente.

Vera cierra la ventana y se zambulle en un salón entelado en *toile* de Jouy rojo que huele a una vela intensa de cardamomo; la luz continua gris. Un autorretrato de Bacon la recibe atormentado. Dicen que el artista mutiló algunas de sus obras en ataques de rabia. Evita mirarlo. En la esquina, una escultura de bolas espejo de Anish Kapoor refleja los árboles desnudos del Retiro que aún la observa; el parque no le quita ojo.

María entra en el salón y mira a su hija menor; la intuye perdida. Vera nada en un mar de juventud, inmediatez y prisa, y María sabe, porque ella también ha sido joven y ha vivido, y a todas las respuestas les precede un discurso largo. A veces toda una vida.

—Verita, vamos a comer, tu padre ya ha llegado. —La abraza, y por unos segundos la mente de María vuela años atrás a un tiempo en el que ella también estuvo desorientada.

Se sientan en la mesa, una crema caliente de puerros alivia el nudo que oprime el estómago, o quizás sea el cielo, que por fin se rompe y llora sin consuelo lágrimas de lluvia sobre la ciudad. Y mientras, los padres comentan distendidos temas de actualidad: un cargamento de hachís interceptado en el Campo de Gibraltar, una obra de Banksy que se autodestruye después de ser subastada, una promesa del flamenco al que bautizan como el nuevo Camarón. A María le apasionan el cante y el baile, presume de haber escuchado a los mejores en los años ochenta, cuando iba al Melojo en vacaciones, una impresionante finca de sus padres en el Parque Natural de Los Alcornocales. Vera escucha el runrún de fondo que se mezcla con el espeso diálogo interior que la viste esta mañana.

—Hoy vamos al Real al estreno del Mimbre, lo vi bailar en Nueva York el año pasado. —José Luis anuncia y la chica no alcanza a entender si la afirmación es una orden paterna o una invitación. Estudia su piel curtida, el pelo frondoso a pesar de sus sesenta años, los ojos castaños, las manos elegantes. Masculino, poderoso, tremendamente atractivo.

—Ya le dije a tu secretaria que vamos los cuatro, José Luis. —María sonríe suave, los dientes de un blanco inmaculado—. Vera, vamos desde aquí, no pases por tu casa. Pruébate algo de mi armario para cambiarte, a mí creo que no me hace falta.

Y por supuesto que no le hace falta, y a Vera nadie le pregunta si quiere ir, pero ella asiente y estudia a su familia, a dos progenitores que rezuman éxito por cada uno de sus poros, seguramente se han apropiado de todo el porcentaje que les correspondía a Vera y a su hermano; y la chica se fustiga, sin trabajo fijo, malviviendo bajo el desprecio de Manu en una buhardilla donde la casera ha dado esta mañana un ultimátum por falta de pago. El lazo con el que Manu la ahoga es un hecho —*podría dejarlo, debería dejarlo*— y Vera apenas puede respirar. Quizás debería pedirles ayuda y afrontar el discurso reproche —viejo conocido— de cómo arruina su vida junto a un músico vividor. De cómo desperdicia la atractiva oferta de trabajo en la compañía paterna y malgasta su talento como estilista *free lance* en producciones de moda de bajo presupuesto. Podría hacerlo una vez más, pero por ahora sonríe, termina la tarta de manzana sobre una mesa de Philippe Stark y se levanta rumbo al armario de su madre. Por el rabillo del ojo atisba el parque a través de la ventana. La sigue mirando y ella lo sabe desnudo. Él también aguarda el abrigo y el sol caliente de la primavera; no son tan distintos. Ha dejado de llover y, por un instante, en ese duelo con el Retiro, Vera se ha sentido fuerte en una celebración de la duda, de lo incierto. Cuando no sepas qué hacer, no hagas nada.

El Tesla negro avanza por la calle de San Bernardo en dirección a la Cuesta de Santo Domingo. Sobrecoge atravesar el corazón monumental de Madrid hasta el Teatro Real, con su siglo y medio de vida, una de las cajas escénicas más avanzadas de Europa. El Mecánico detiene el coche, del que los padres se precipitan a salir. María, chaqueta de *tweed* gris marcando la cintura, coleta, maquillaje suave, parece una maniquí a sus cincuenta y siete años. José Luis se afloja la corbata, se coloca la chaqueta del traje. Vera los sigue de cerca mientras los engulle una nube de *paparazzi*. En un gesto inconsciente para protegerse del frío, o de la gente, cierra el abrigo que cubre el vestido azul marino en crepé que ha tomado prestado del vestidor de su madre, aprieta los brazos contra el pecho y entra en el vestíbulo custodiado por columnas burdeos y capiteles dorados.

—¡María, José Luis, qué gusto encontraros! —Los aborda un hombre grande y calvo, con una corbata roja de lunares blancos y una enorme sonrisa. José Luis no oculta un gesto altivo.

—¿Y esta chica tan guapa? Se parece mucho a ti, María.

Vera saluda al hombre y a la mujer que lo acompaña. Tienen un aire fresco y provinciano. Conversan un rato sobre la lluvia, el frío, el flamenco y las dotes de baile de Juan el Mimbre. María hace un esfuerzo, José Luis se escabulle en cuanto puede para saludar a otras personas y a Vera se le antoja amable el matrimonio, traen el sol con ellos.

Tras el encuentro algo forzado, y camino al palco del segundo piso, le explican que Paco Sánchez, así se llama, es un hombre de negocios hecho a sí mismo y afincado en la Costa del Sol. Tiene su mérito, pero es vulgar y tremendamente exagerado.

Saludan a distintas gentes con variadas máscaras de sofisticación; los padres están en su salsa, la hija se deja llevar. En el palco los recibe Lucas que campa a sus anchas entre terciopelo rojo y capiteles dorados; hoy se ha vestido formal, pero a Vera no se le escapa cómo se ha maquillado los ojos con lápiz negro y rímel, un pequeño oasis de resistencia ante la dictadura paterna: don Pelayo en la montaña armándose para recuperar el territorio... Un poco de rímel premonitorio de la reconquista. Vera se aguanta la risa y la admiración por su hermano; el humor ha virado para bien. Se sienta a su lado en una silla escarlata, se desprende del abrigo dejando a la vista el suave crepé azul marino y un impresionante escote en la espalda que desafía al padre tras ella.

—Estás muy guapa. —Lucas le guiña un ojo. Apoya el antebrazo en la barandilla, también de terciopelo, y se asoma a un mundo de color que transita por la platea. Un desfile de intelectuales y culturetas con gafas de pasta de colores y seguramente algún tatuaje oculto; entendidos y críticos tradicionales de flamenco con trajes que deben oler a naftalina; modernos con el pelo azul; grupos de japoneses que adoran la cultura española; varios *total look* de las últimas pasarelas; gitanos de piel oliva para celebrar a su primo bailaor con relucientes camisas negras, sombreros y oro, mucho oro. Por supuesto, un amplio abanico de la sociedad madrileña protocolizando los saludos, sobre el que sus padres, desde la posición de poder que concede el palco, comentan y cuchichean. Energía burbujeante para ver bailar al Mimbre.

—Guau, mira ese —Lucas susurra al oído de su hermana—. *Hot, hot, hot.*

Y entonces lo ve, una cascada de rizos castaños sobre un abrigo de pelo blanco, pantalón gris perlado. No se quita unas gafas de aviador ahumadas. Ella aún no lo sabe, pero oculta unos inmensos ojos casi amarillos. Paso lento y triunfal. Se sabe el centro de todas las miradas y lo disfruta. Con las manos repletas de anillos dorados, se desprende despacio del abrigo. Camisa blanca con chorrera. La platea enmudece, el público, hipnotizado, observa al gitano que avanza hacia la segunda fila. Besa ruidosamente en la mejilla a otros hombres y se abrazan a modo de saludo. Lo acompañan dos bellezas morenas de melena negra infinita, los pechos asomando al balcón de sendos vestidos negros que oprimen sus curvas poderosas, labios rojo pasión.

—Es el Pantera, el cantaor del que comentamos a medio día —María explica a su familia que observa hechizada la escena desde arriba.

Las luces se apagan, el telón rojo y pesado del Real sube despacio, Juan el Mimbre de negro, regio, desprende raza y verdad. Se hace el silencio, fuera parece que suena un trueno. Vera no ha recuperado el aliento.

Campo de Gibraltar, años ochenta

Habían salido temprano aquella mañana de verano de 1982. La luz aún gris antes del alba, el silencio, una punzada en el estómago. El Chico intuyó el aire seco de poniente desde la noche anterior a esta su primera escapada.

—Los días así son claros, pero muy calurosos —sentenció en un susurro. María sonrió entre bostezos, lo miraba muy fijo—. Aquí en el Campo de Gibraltar todo gira en torno al viento. Sobre todo las conversaciones. —Reía.

La expectativa de pasar un día solos le hizo sentirla aún más guapa. Un cosquilleo constante rondaba su estómago. Contemplaron el amanecer desde un risco cercano a la casa envueltos en el silencio de la mañana que solo rompía el grito desgarrador de un gallo despertando al mundo del letargo de la noche oscura. El cielo violeta de un nuevo día sobre el Estrecho, ahí donde se casan dos mares; el Rif marroquí al fondo, y dos adolescentes jugando a un juego peligroso parecido al amor. Había que darse prisa, el calor de final de agosto podía estropear su paseo por el valle de Ojén hasta las dunas de Valdevaqueros.

El calor o mi madre. El muchacho sabía que a esas horas estaría en pie preparando el desayuno, tatareando una copla. La señora madrugaba incluso en vacaciones, y a la guardesa le gustaba acercarse al gallinero por huevos frescos para hacerle su mejor tortilla. La vida en El Melojo comenzaba al alba, y para Julio y Adela era un orgullo la guardería de aquella soberbia finca de tres mil hectáreas en el Parque de Los Alcornocales. Atendían sus labores con gusto sin adivinar que, esa misma mañana, su hijo, el más pequeño, al que ya todos apodaban el Chico, partía en su día libre con la hija de los jefes rumbo a la playa.

Emprendieron el camino entre fresnos. El Chico había trabajado duro en el descorche para impresionarla con la Puch minicross de segunda mano con la que enfrentó la pendiente a sabiendas de que ella agarraría más fuerte su cintura y, para su sorpresa, no deshizo el abrazo en todo el trayecto. Sentía conmovido su pecho contra la espalda cuando se adentraron en una zona boscosa y húmeda con una vegetación exuberante envolviendo los troncos de los alcornoques; un manto de hiedra y helechos. La joven temía que él pudiese sentir los latidos de su corazón acelerado.

—Mira esos quejigos, Chico, parecen candelabros. —Él sintió su aliento caliente en el oído.

Quería explicarle que el carboneo de antaño aprovechaba la materia prima de la poda continuada, de ahí tantas ramas brotando de un mismo punto en los árboles. Quería explicarle que, pese a haber sido compañeros de juegos cuando ella volvía de Madrid cada verano, no alcanzaba a entender cómo *una vez superada la infancia*, flotaba en el aire una norma no escrita donde su amistad ya no estaba bien vista. Quería explicarle tantas cosas que no le explicó ninguna.

En el carril que unía Los Barrios con Facinas aún quedaban restos de asfalto en algunos tramos, simples vestigios de lo que antaño llegó a ser una pequeña carretera, incluso Vía Heraclea con los romanos; ahora polvo del camino. Pasado el bosque, zigzaguearon entre palmitos rumbo a la torre de Torrejosa. María sonreía, le abrazaba fuerte..., disfrutaba del olor y del calor de su cuerpo pegado contra el pecho. El aire levantaba la falda mientras divisaba al fondo las almenaras vigías de la línea defensiva previa a la muralla de la ciudad de Tarifa y todo su territorio atlántico en tiempos de Sancho IV. Lugar estratégico, a su vez, para controlar el pasillo natural que comunicaba con la bahía de Algeciras.

Aprovechó la oportunidad para intentar sorprenderlo coqueta explicando cómo se emitían en aquellos tiempos señales ahumadas de peligro en un sentido u otro. Movía las manos, desprendía entusiasmo.

El Chico admiraba absorto su conocimiento, y se atrevió a apuntar cómo los traficantes del Estrecho plagiaban desde hace años la estrategia de defensa hispanomusulmana para comunicarse entre ellos con señales de linternas. Para un niño criado en el Parque de Los Alcornocales no era difícil saber dónde se encontraban las guarderías de hachís y tabaco en el Campo de Gibraltar y los medios para defenderlas.

Flotaban en una nube densa de sensaciones; hicieron un alto en el camino. Ya sentían bajo los pies la arena de la playa cuando caminaron hacia un conocido monumento fúnebre a pocos metros compuesto por una serie de tumbas antropomorfas. Reían, resultaba cómico sentarse al sol abrasador de Cádiz sobre aquellos sepulcros tardorromanos o visigodos excavados en la piedra.

—¿Crees que hay algo después de la muerte, Chico?

María y su larga melena rubia besada por el sol, los ojos pardos, la piel blanca salpicada de pecas mientras bebía un poco de agua. Al muchacho la imagen de aquella joven de diecisiete años adentrándose en la misteriosa cultura de la muerte se le antojaba irresistible. Ella ansiaba saber más sobre él, qué se escondía detrás de su mirada castaña, en quién se había convertido aquel niño que la enseñó a trepar a los alcornoques y que ahora despertaba un tímido bando de mariposas en su pecho.

—Nosotros seremos eternos —el Chico contestó rotundo.

En aquel momento fluía demasiada vida por sus venas como para pensar en un final, aunque toda historia comienza porque el final acecha en el horizonte.

2

El baile apasionado y magnético de Juan el Mimbre ha dejado al Real sin palabras; el público abandona el teatro camino de sus vidas, cautivos del veneno que han bebido del flamenco. La sensibilidad ardiendo en el estómago. El mundo interior de Vera taconea desde el plexo solar a la garganta; una olla a presión que hierve a fuego lento desde que ha subido el telón. O quizás desde minutos antes. El coche espera fuera; al cruzar el vestíbulo distinguen a Paco conversando distendido ante un grupo de gitanos, entre ellos el cantaor de melena larga y abrigo blanco junto a sus fieles escuderas de pestañas infinitas y pechos generosos; la mano dorada del artista roza sutilmente la cintura de una de ellas. Ríen, jalean. Paco levanta la cabeza y avanza hacia ellos con zancadas largas, está pletórico, la cara del mismo rojo que la corbata.

—¡Qué arte, madre mía! ¡Qué manera de bailar! ¿Os ha gustado?

María comenta brevemente cómo la identidad propia del bailaor se nutre de estilos y músicas más allá del flamenco.

—Es inspirador; me recuerda a Michael Jackson en algunos momentos. Dicen que los ritmos africanos y los flamencos son primos hermanos desde que convivieron en Sevilla esclavos negros y gitanos en el siglo XVI. —Ella siempre sabe todo de las artes, de la historia. Sonríe orgullosa.

Paco cambia de tema.

—Vamos todos a celebrar al Villa Rosa, vienen muchos artistas.

A Vera le divierte el entusiasmo del hombre que ha conocido un par de horas antes y de su esposa regordeta, a la que se dirige como Palomilla; ello mientras sus padres se deshacen en excusas, lanza una mirada cómplice a Lucas.

—Nosotros vamos.

Y sin esperar reacción de nadie se dirige a la parada de taxis junto a su hermano seguidos por Paco y su mujer que conversan y gesticulan en exceso. Lo último que quiere ahora es volver a una lúgubre buhardilla junto a Manu y romper el hechizo del Real.

El Pantera se apoya en el mostrador de artesonado del tablao, sostenido por columnas sobre las que cabalgan vistosos arcos lobulados que le recuerdan a la Alhambra. El tablao Villa Rosa, en la plaza de Santa Ana, es el más antiguo del mundo. Regentado en 1911 por dos picadores y un banderillero, funcionaba como freiduría andaluza y bar de tapas y chatos.

Siete años después, tras la restauración, llegó a acoger entre sus paredes de azulejos con escenas taurinas y de baile, infinitas historias de las leyendas del flamenco, como Juanito Valderrama o Miguel Molina.

El artista tamborilea con los nudillos sobre la barra de madera labrada. Ha pedido tequila y guarda un poco de *veda** en el bolsillo del pantalón. Hoy siente el duende y la fiesta bullir por las venas. Se percibe enraizado en la historia de su arte y su raza en la catedral del flamenco. Le acompañan las hermanas Torés, coristas en su último disco, hoy las ha llevado a ver al Mimbre. El artista relata ante los ojos inmensos de las gitanas cómo el mismo Alfonso XIII en sus correrías nocturnas era asiduo al local, al que accedía por pasadizos subterráneos que comunicaban con el Palacio Real. Las hermanas no prestan interés a las andanzas del rey, hacen *stories* de Instagram y prefieren las historias de Lola Flores con Ava Gardner y Frank Sinatra en los años sesenta en el Villa Rosa.

—Ojalá viniese hoy la Rosalía.

Aparecen «los niños»: su compadre el Arrullo, los primos de Cascorro, algunos de los de Entrevías. «Qué pena que al Manolito lo han *metío* preso». Se abrazan, se besan.

—Cómo ha bailado mi Juan por bulerías, casi sin moverse del sitio.

---

* *veda*, «cocaína». Todos los términos traducidos en nota al pie proceden del caló.

Ya empiezan las palmas, una luz dorada lo inunda todo. El Pantera invita a Macallan; las hermanas tienen un aire a Monica Bellucci, versión flamenca, y se entregan empalagosas a los coros: «Se estrella el sol y bajo la luuna de leche, la gaviooooooota duerme...».

A escasos metros, en una mesa, Vera y Lucas junto al matrimonio Sánchez, observan animados. Los esposos nadan en Moët & Chandon, levantan la copa hacia los artistas. Los hermanos son fieles al agave. El tequila y el hachís son malos compañeros y ya han coincidido fuera fumando con algunos flamencos. Ahora se dejan llevar embriagados por la pátina del tiempo que flota en el tablao. Y es en el fluir de la fiesta, de la bendita desinhibición que regala el vino, cuando chocan por un segundo dos pares de ojos: unos amarillos, otros verdes. Se han cruzado a la salida del baño. Ella ya lo ha visto en el Real, pero ahora un perfume la sacude. Al Pantera, la chica se le antoja de un exótico diferente, del de los payos, un bálsamo caucásico puro y níveo que desprende el escote de la espalda. Ojos rasgados, piel blanca, el pelo largo, castaño y claro; un hoyito en la barbilla. Algo se ha rasgado por un segundo. Han continuado la noche como si nada, cada uno por su lado. No saben qué, no saben dónde. Pero algo ha pasado.

La plaza de Santa Ana recibe a Vera cuando sale del tablao Villa Rosa. El frío seco de Madrid golpea la cara. En la puerta unos hombres fuman. La luz es de un gris tenue, como si la vida por un momento estuviese en reposo antes de que amanezca, expectante ante el duelo entre el sol y la luna. Quien se va, quien se queda. Por unos instantes el tiempo se para aguardando a que rompa el día.

Los hombres, artistas, reparan en su presencia —«¿Se va a ir sola esta chica tan guapa?»—. Vera se fija en el Pantera. Lo ha olido antes, como animal primitivo. El perfume dulce e intenso se mezcla con el del hachís. No habla, fuma despacio y la mira casi invasivo; tiene una cicatriz en la barbilla, masculino, enigmático, con unos ojos entre pardos y amarillos enmarcados por pestañas infinitas y dos cejas rotundas, castañas, casi negras. Se abriga con un chaquetón de piel blanca. Vera no cree que sea visón, quizás zorro. Pero a pesar del frío, el abrigo y la camisa semiabiertos insinúan su pecho plagado de cadenas de oro. Uno de los gitanos se ofrece a acompañarla. Vera murmura algo parecido a una excusa y se enfrenta a la plaza y al frío para girar por la calle del Príncipe. Al fondo, el Teatro Español. Siente unos ojos altivos clavados en la nuca. A lo lejos dos borrachos ríen y el murmullo del camión de la basura mece su paseo mientras baja por Huertas dejando la calle Amor de Dios a su derecha. *Qué bonito nombre para una calle*. Siempre lo piensa. Gira en San José, detrás el convento de las Trinitarias descalzas. El barrio de las Letras despierta perezoso. En la puerta del karaoke de la esquina aún hay gente que, tras cantar toda la noche a la vida, al amor, se resisten a volver a casa, a sus existencias planas de oficina. Vera ya no siente los ojos custodiando su espalda, pero el aroma no se ha ido, y se ha metido poco a poco por los poros de su piel y las hebras de su pelo y casi por la sangre que corre por sus venas mientras mete la llave en el portal de casa y sube las escaleras hasta su buhardilla. Y más allá de los tequilas y el cannabis siente que es ese veneno de notas ahumadas, masculinas y salvajes, como un fuego crepitante que vive sobre su piel, lo que realmente la embriaga. Se desnuda despacio, se mete en la cama; la luz, ya del día que ha ganado el duelo a la noche, se cuela tímida por una rendija de las contraventanas. El lado izquierdo de la cama está vacío. Manu no ha llegado, pero no le importa. Solo se deja ir y se vuelve toda ella sentido del olfato. Se duerme aspirando los acentos nocturnos y la atracción animal en la inmensidad de un paraje virgen.

3

El Pantera conduce rápido, demasiado rápido. Vuela por la N1 dirección Pamplona. Por la ventana se cuela el frío quieto y silente que oprime los campos de Soria. A pesar de estar entrada la tarde, aún se intuyen plateados los restos de escarcha, vestigios de una coraza que oprime el florecer de la tan ansiada primavera que se hace de rogar este año.

—Compadre, levante el pie o no llegamos al On Fire. —El Arrullo se revuelve inquieto sobre el asiento de cuero burdeos. No se siente del todo seguro en el Jaguar XJ verde botella de los años setenta, a pesar de ser una joya—. Que no entiendo, compadre, esa manía suya de rescatar carros antiguos y conducir *to plajeao** con tres horas de sueño. Tenía que haber *cogío* el avión con el Pucho, ¡qué *jindama!*** Dios bendito, ¡cómo conduce usted, compadre mío!

Las hermanas Torés duermen a pierna suelta en los asientos de atrás, los brillos exagerados de sen-

* *plajeao*, de *plajo*, «porro», emporrado.

** *jindama*, «miedo».

dos chándales Adidas contrastan con el paisaje regio y austero de Castilla. Las eternas melenas negras en dos moños altos desechos, las larguísimas pestañas reposan al final de sus párpados de almendra prisioneros tras gigantes gafas negras y doradas de Versace que el cantaor les ha regalado por Navidad. El Pantera las observa por el espejo retrovisor. Ha sido una noche dura que se ha alargado más allá del alba. Fiesta en casa del Juanito al salir del Villa Rosa, y cuando la tita Amparo los ha echado por fin a la calle, ya bien entrado el día, se ha refugiado en la habitación y las curvas generosas de la mayor de ellas para encontrar algo de sosiego; porque anoche se ha cegado por el resplandor de una mirada verde que se ha difuminado en el barrio de las Letras, y necesitaba algo de calor para olvidarla.

On Fire es uno de los festivales flamencos más ambiciosos e importantes del norte de España. Se ubica en diferentes enclaves de la ciudad de Pamplona y, desde 2014, acoge a la primera línea del cante, baile y guitarra. Figuras como Mercé, Farruquito, Pepe Habichuela, Tomatito o Remedios Amaya han llenado de arte la capital navarra. Este año el Pantera tiene el gran honor de abrir el festival con su actuación en el Baluarte. El auditorio debe su nombre al baluarte derribado de la ciudadela sobre la que ahora se asienta el edificio.

El cantaor está cansado, tras la prueba de sonido previa a la actuación de mañana, ha dejado a las hermanas en el hotel y camina despacio entre la densidad de edificios y calles estrechas del casco viejo. Tiene frío y jindama. Nunca se acostumbra a las mariposas que vuelan y campan sin control por el estómago antes de subirse al escenario. Sobre su cabeza, balcones, miradores y aleros de madera observan al gitano de rizos castaños que enfila la calle de San Saturnino dejando a la derecha la iglesia consagrada al mismo santo. Un atrio del siglo XVI compuesto por bóvedas, arcos ojivales y tallas góticas de los santos Saturnino y Santiago, antecede al pórtico del templo. Las torres medievales se elevan formando parte del trazado característico de Pamplona por el que hoy divagan, como nubes cargadas de lluvia, los pensamientos de un artista en la víspera de la audiencia ante el juez más exigente: el público.

El viento sopla fuerte cuando cruza el umbral de la hostería del Temple. *Quizá se lleve con él los miedos*. La luz tenue, la barra de madera, las fotos en la pared y las vitrinas repletas de *pintxos*. Lo saludan tres palmeros, el Arrullo —que ya se ha repuesto del viaje— y el Pucho, que lo abraza. El mánager y amigo fiel guía a su cantaor pacientemente desde hace dos años; Pucho es experto en malabares diarios con el ego del artista, y lleva una zapatilla de cada color. Una curiosa simbiosis entre representante y psicólogo que emplea demasiadas horas templando gaitas. Esta noche su tutelado está agitado, participa en una lucha no escrita con un cantaor viejo, una leyenda del flamenco que no ve con buenos ojos a la nueva promesa que llega abriéndose paso. Mientras pide en la barra el mítico moscovita, el Pantera argumenta sin piedad que al Carreta ya no lo quiere nadie, que no llena los teatros.

—Y luego va por ahí y me pregona. ¡Me cago en *tos* sus muertos! —Se mete de una vez el frito de huevo, jamón serrano y queso en la boca—. Este moscovita quita el *sentío.*

Pucho aprovecha para virar la conversación con mano izquierda y artes de torero y deleitar los oídos del artista.

—No eches cuenta al Carreta, céntrate en ti. Abrir el On Fire es un éxito sin precedentes en tu meteórica carrera. ¡Ahora es tu momento, querido! —Intenta taconear con sus zapatillas bicolores, pero no sabe—. Y el lunes firmamos con Rebox. A ti no hay quien te pare.

El Pantera se ilumina, está a las puertas del mejor acuerdo de su carrera con el brillante sello discográfico. Cuenta con buen bagaje para el duelo con su contrario.

—¡Hasta la paya esa de los ojos verdes que estaba en el Villa Rosa le va a echar cuenta!

El Arrullo empuja en la misma dirección. Sabe que su compadre puede ser guerrero a la hora de medirse con otros. Mejor cambiar el tema y regalarle los oídos. Pucho le sonríe agradecido.

Esta noche no hay fiesta, en la víspera de un concierto la cuadrilla se retira temprano. El Pantera recorre el eterno pasillo de hotel como un autómata, a pesar de la moqueta oscura, la calidez brilla por su ausencia; estremece la soledad del artista cuando se enfrenta al toro de sus fantasmas. Pasa de largo la habitación de las coristas, hoy necesita descanso; recuerda por un instante las uñas decoradas arañando su espalda. Se desnuda en el vacío del cuarto: los hoteles pueden ser muy impersonales y fríos. Aún es temprano. A veces, cuando reconoce el diafragma encogido y el nudo en la garganta previos a un momento crucial de su carrera, ayuda meterse en la ducha caliente. El agua resbala por su piel oliva, los olores a coco y papaya del champú inundan su cuerpo. La mente divaga e imagina los escenarios y situaciones más catastróficas, en algún cajón del subconsciente reposa amenazante la creencia de no ser suficiente. Aun así, sale de la ducha envuelto en un lustroso albornoz, consciente de que el día que cesen los nervios todo habrá terminado. Los rizos empapados. Fotografía la botella de Moët cortesía del hotel, *story* de rigor en Instagram: que vea la gente cómo lo reciben en los sitios, él es el Pantera.

Y entonces suena el teléfono.

—¿Como está mi cantaor favorito? ¿Preparado para mañana?

—Hola, mi Paco, me gustó verte en el Villa Rosa la otra noche... Pues sí, hay un poco de ansiedad para mañana. Que salga todo bien, Dios lo quiera.

Paco llama desde Marbella, está cenando con el tito Esquinao, gitano emblemático y respetado por todos. Planean una fiesta el jueves que viene, el tito no se pierde una. Quieren contratar al Pantera, que argumenta orgulloso que ya no hace fiestas privadas, es un artista importante, solo trabaja en teatros y festivales, hasta los hoteles le ponen champán de cortesía... Paco zanja el discurso con una cifra astronómica, por encima de las que pagan en los saraos de los narcos de La Línea. El *jurdó** es el jurdó y el gitano está cegado.

—El Pucho me va a *matá.* —Pero acepta. Se visualiza en Marbella con su traje blanco brillante, se va a codear con gente importante. Por un momento los monstruos y la jindama se difuminan—. Una cosa Paco mío: la gachí esa que iba contigo en el tablao, ¿va a estar en tu fiesta?

En el Grill del Marbella Club flota aún, muy sutil, una niebla del glamur pasado. Las mesas con mantel blanco; en la terraza, un olivo centenario que hace las veces de candelabro y acumula toneladas de cera derretida desde hace cuarenta años. Cuando un lugar ha sostenido historias que rebosan carisma en sus propias entrañas es difícil mantenerlo eterna-

---

* *jurdó*, «dinero».

mente; el encanto tiene fecha de caducidad. Donde antes se sentaban Maria Callas y el príncipe Alfonso de Hohenlohe, lo hacen ahora oligarcas rusos y futbolistas. La vida cambia, los tiempos cambian.

Paco Sánchez escucha entretenido las historias de Amancio el Esquinao en el restaurante cuyas paredes desprenden todavía algo del atractivo de antaño.

—Fue por el año cincuenta y cuatro que se llegó por aquí un payo, un príncipe, y montó este hotel donde venían todos los artistas. La Brigitte Bardot, la Gina Lollobrigida... Eso sí que era solera y paladar. Pero el príncipe terminó tieso y tuvo que vender el hotel. Lo de siempre, Paco de mi corazón: el arte y el jurdó no van de la mano.

El Esquinao viste traje claro, tirantes rojos, la camisa bien planchada y almidonada, a pesar de vivir solo, el pelo blanco hacia atrás, bien engominado, cubriendo la calva. Rebosa flamencura en el pañuelo multicolor del bolsillo y gesticula exageradamente. Cada vez que se emociona, chasca los dedos: «toca los palillos». Los gitanos lo apodan el Esquinao porque siempre se orienta desde una esquina para leer las reuniones y las fiestas, quién merece la pena, quién no. Olfatea la buena sombra*.

—La Gunilla, la Lola Flores, los Choris. ¡Ay, mi Yeyo y mi Antonio Arribas! Eso eran fiestas y no lo de aho-

---

* buena sombra, «buena suerte», buena energía, alegría, arte, solera.

ra. —Amancio el Esquinao tiene setenta y cinco años y los ojos nadan en melancolía. Como buen experto en antigüedades y, por supuesto, maestro en el romántico arte del timo, el gitano ha bailado al compás de leyendas entre entradas y salidas de El Puerto II.

Paco lo anima.

—Bueno, Amancio, el jueves en mi casa con el Pantera estaremos a la altura. ¿Qué más artistas quieres que traiga? Para ti, lo que sea. —Golpea la mesa con el puño, admira la leyenda del Esquinao—. Y te quedas un tiempo con nosotros, que te veo algo descuidado: eres irremplazable y tenemos que cuidarte. ¡De eso me encargo yo! —promete fiesta hasta el amanecer y el tito se viene arriba planeando el sarao.

En Pamplona, ante un plajo o un Diazepam para dormir la víspera del concierto, el Pantera ha optado por lo segundo; se entrega a la dulce desinhibición de las sábanas suaves y los brazos de un tal Morfeo. En el transitar por el mundo de los sueños, vuelve como tantas noches un gitanito moreno desde la aridez de un pueblo blanco. Un niño pequeño que pide una bicicleta por Reyes y espera despierto horas en el silencio y la oscuridad cada 5 de enero. *Quizás, por fin, esta sea la noche*. Sabe que sus majestades no pasan por un buen momento y que es probable que la bici venga de un desguace o la hayan encontrado tirada en algún camino. Pero él sabrá arreglarla. Por la mañana, escucha los gritos y la emoción de sus vecinos. Pero los Magos pasan de largo por su casa como cada año.

La vida le hace crecer rápido, los zapatos ya le quedan pequeños y tienen agujeros. Reza para que no le crezcan los pies, ni a él ni a sus siete hermanos. Sería difícil hacerse con unos nuevos. La escasez se cuela en sus juegos a pesar de que comunidad gitana jamás les da de lado. Siempre hay un plato caliente para todos. Donde comen dos, comen tres. Gana sus euros cantando para las vecinas que se sientan al fresco en las noches de verano: «Qué bonito canta el niño de la Trini». Las gitanas, de negro, en las sillas a la puerta de la casa: «Toma un poco de sandía, *su tita**, que está fresquita». Se abanican cerca del pecho, el cuello. El niño pierde la mirada en sus aretes de oro mientras bucea por los cantes antiguos de Antonio Mairena o Manolo Caracol que emocionan a las ancianas. Con el tiempo vendrá alguna fiesta en las fincas de los señoritos: «Cómo canta el gitanito por seguidillas». Algún concurso en la tele local, después en la provincial... Y el muchacho va creciendo con una mochila demasiado pesada. Muchas bocas comen de su esfuerzo. El anhelo de la bici queda dormido en la garganta y en el pecho y sale por la boca cada vez que se sube a un escenario.

* *su tita*, «te lo dice tu tía».

4

Vera amanece con el ruido de la llave y un portazo. Manu no entra a saludar, va directo a la cocina. Son las dos de la tarde y un chorro de sol entra triunfal por la ventana del cuarto, quizás anuncia la primavera. Un tambor replica sin piedad en su cabeza: el tequila, que jamás olvida la factura. Vera se estira en la cama; se ha tapado con un precioso pareo que compró en la India con motivos de tigres de Bengala y plantas en tonos tierra; el trozo de tela la acuna cada noche con la suave nana de la quietud que le regaló aquel Ashram de Goa. Lo aparta con cuidado. Sobre su cabeza, un retrato que pintó Alice cuando estudiaban juntas en Saint Martins y la londinense coqueteaba con el expresionismo. La Vera del cuadro tiene la cara verde, el pelo naranja y los labios rojos, pero hay algo en la expresión —cierta ternura— que sabe suya. Al frente, en una silla, el vestido azul prestado con el que anoche ha lucido espalda en el Real y el Villa Rosa. En los ojos restos de rímel; en el pelo se ha pegado el aroma intenso de un gitano al que recuerda como entre sueños.

Entra en la cocina envuelta en el pareo a modo de escudo ante un mundo hostil; Manu está sentado, la ventana cerrada, no vaya a ser que el sol lo rescate de las tinieblas o dañe sus pupilas dilatadas y fijas en un botellín de cerveza. Ni siquiera él sabe dónde ha dormido, si es que lo ha hecho. Vera se sienta en la mesa, estira el mantel de cuadros azules, coloca nerviosa un vaso de vidrio con dos rosas amarillas y algo mustias que le regaló hace días la florista de la esquina. Empieza a sentirse como las flores.

—Me he encontrado con la puta casera en las escaleras. —La mirada turbia se dirige a ella.

—¿Qué vamos a hacer, Manu? —Vera quiere añadir que no solo se refiere al alquiler.

—Pues que pague tu padre, Vera, sabes que eso es lo que vamos a hacer, no me toques los cojones ya desde temprano.

—La última vez que pedí ayuda a mi padre tardaste poco en vaciar la cuenta, incluido el dinero de mi última producción. No sé qué hiciste con él, pero no fue pagar el alquiler.

Vera se ha levantado y prepara café, recuerda que alguien le ha dicho que las decisiones importantes en la vida se toman delante de uno. Solo el aroma ya es reconfortante.

—Bueno, mira, yo me voy a la cama. No estoy para sermones; ya me cuentas luego cómo lo has resuelto. —Manu se dispone a acostarse a las dos y media de la tarde.

—Dirás cómo lo resolvemos, Manu, o, más bien, cómo lo resolverás tú.

No sabe si ha sido el pareo que la protege, esa capacidad de infundir poderes mágicos a los objetos, o el diálogo de ayer con el Retiro, pero Vera siente un poder en las entrañas. Un pequeño volcán dormido que empieza a despertar. La sensación bucea por una marejada de miedos y rencor, pero es muy real, y el solo hecho de intuirla anima a la chica a dar un breve sorbo al líquido caliente, coger la guitarra del músico, abrir la puerta de entrada e invitarlo a salir con su instrumento.

—A la puta calle, Manu. —Cree que incluso ha sonreído al echarlo.

A la salida del roquero le ha seguido un portazo. Vera respira despacio y muy profundo. No es consciente de que Manu le ha hecho de espejo, que todo aquello que molesta del otro es una proyección de uno mismo que no amamos. Vera detesta la manera en que Manu le falta el respeto. No reconoce que esa carencia también está en ella, dirigida a su propia persona y en la manera en que se habla. Aún queda tiempo para esa pequeña gran toma de consciencia, pero hoy se ha animado a dar un paso y quizás comience a hablarse bonito. Agarra fuerte la tela del pareo, los tigres hindús simbolizan, gracias a su fortaleza y astucia, la victoria ante cualquier fuerza maligna. Espera a sentir cómo cruje el corazón, pero contra pronóstico el pecho está liviano, ligero. Abre por fin la ventana para que la luz y la libertad iluminen la cocina. Un breve texto a Lucas: «¿Comemos?». En la mano una taza humeante. Acaba de tomar una decisión importante y ha sido delante de un café.

Asomado a la calle de Atocha, con un ojo puesto en el barrio de las Letras y otro en Lavapiés, el mercado de Antón Martín alberga un trasiego de gentes alrededor de la comida. Pollerías, carnicerías, fruterías y otros puestos tradicionales dialogan con una gran oferta de ocio y restauración vestida con una fachada de grafitis. En el último piso, la mítica escuela de danza flamenca Amor de Dios. Vera sale del portal camino del mercado, vaqueros anchos y un jersey fino que cubre con una chaqueta de ante que ha comprado en una tienda de segunda mano. En los pies unas sandalias Birkenstock forradas de borrego. Bordea la fachada modernista y rosa de la Filmoteca: balaustrada de piedra artificial, columnas jónicas y en el centro un medallón rodeado de flores con el nombre «Cine Doré», que parece dar la bienvenida a un día templado en el corazón de Madrid. En la puerta del mercado la espera Lucas. Hoy no hay rímel, pero sí una sombra de ojos azul cielo que contrasta con los pantalones de cuero negro y el jersey de cuello vuelto del mismo color.

—¡Menuda resaca! —El ademán es exagerado—. Ayer, cuando te fuiste, me uní al grupo de gitanos que había en el tablao; hemos terminado a las diez de la mañana en un piso de Cascorro.

Vera sonríe a su hermano mayor y a su facilidad para hacer amigos en la noche. Se sientan en el puesto de moñetes artesanos del mercado; una especie de brioches que hornean ahí mismo y rellenan con productos frescos; mano de santo para la resaca. Lucas no para de hablar; le han prestado una caravana chulísima y se va mañana al sur.

—Ya no aguanto la ciudad. —No sabe si quedarse en Tarifa o en Marbella, planea moverse de un sitio a otro y puede trabajar de vez en cuando de relaciones públicas, de patrón de barco—. Hasta de prostituto si me gusta el cliente, pero todo menos quedarme en la casa de Sotogrande de papá y mamá. — Mece su discurso el retumbar del techo con el taconeo en la escuela Amor de Dios sobre sus cabezas. Por delante de los hermanos, desfila un bailaor que saluda a Lucas camino del último piso—. Ese estaba también anoche. No veas como baila. —Simula una *patá* flamenca—. ¡Ah, y el gitano chulazo moreno de pelo largo y abrigo blanco, ¡el Pantera, madre mía!, que si me lo pide le canto hasta yo por bulerías. No sé por qué te fuiste, Verita, te has perdido una buena.

—He dejado a Manu. —Y la muchacha mira a su hermano de frente—. Lo he echado de casa esta mañana.

Lucas abre mucho los ojos, luego la abraza y, a modo de respuesta, pide dos tequilas.

—Pues vamos a celebrarlo porque ya era hora. Un año tirado a la basura viviendo con ese mierda. —Y el alcohol desinhibe a Vera, y no es que le preocupe Manu, al contrario, eso la libera, pero hay incertidumbre en casi todos los frentes y necesita quitarse un tiempo de en medio, cambiar de aires y encontrar un objetivo nuevo y fresco donde dirigir los pasos—. ¿Nos damos una vuelta por el rastro? —Lucas tira efusivamente de su mano.

—Vamos. —Ya lo pensará otro día; por el momento se entrega al fluir del callejeo multicultural por el barrio de Lavapiés.

El aire huele a *tikka masala*. Recorren la calle del Olmo, la del Calvario. Antes de expulsar a los judíos, el barrio albergaba las juderías primitivas de Madrid, había una fuente en la plaza central donde se lavaban los pies antes de los rezos. Terminan el paseo en la plaza de Cascorro, donde toman otro tequila en una terraza. Transitar por Embajadores entre semana evita la muchedumbre del Rastro. El barrio, con sus calles estrechas y adoquinadas llenas de bares, tiene un enorme encanto castizo y las tiendas están abiertas. Previa parada de rigor en una esquina donde han comprado chocolate a un camello de confianza, enfilan la Ribera de Curtidores bajo el dulce efecto del cannabis hasta una tienda militar. Lucas se prueba unos pantalones cargo grises y Vera una chaqueta de camuflaje.

—Oye, Lucas, ¿y si me voy contigo al sur?

—Me encantaría, pero no tienes ovarios, Vera.

Lucas se da la vuelta, lleva puesta una máscara antigás. Vera no puede aguantar la risa. Otra decisión tomada.

5

En la mente de Vera libran un duelo el cansancio y el insomnio desde las seis de la mañana. Intenta conciliar el sueño en una caravana donde la respiración de Lucas, aún dormido, acompaña sus pensamientos confusos sobre los últimos acontecimientos. Reflexiona consigo misma sobre el mundo de inmediatez, prisa y excesivo control que le ha tocado vivir, donde navegar por las aguas de lo conocido es limitarse a un mar muy pequeño. En el océano escasea lo certero y seguro y la incertidumbre es la reina de la fiesta. Se repite una y otra vez que es solo la necesidad humana de controlar todo lo que acontece, que invita a rechazarla una y otra vez. Ella misma lleva media vida esforzándose en exceso por evitar la duda; siempre se le ha antojado complicado el bendito arte de fluir sin forzar la coreografía hacia un objetivo.

Son las ocho y media de la mañana, sigue tumbada en el camastro de la caravana, el sueño está más que derrotado, el insomne diálogo interior es el ganador del duelo. Anoche llegaron tarde. Lucas y ella cruzaron la tierra ocre de don Quijote hasta abrazar la luz de Andalucía. Sin planes, sin hoja de ruta y, sorprendentemente, la expansión en el pecho se siente infinita. Tras vender su cadena de oro a un gitano del Rastro y pagar un par de meses de alquiler —por si necesita volver—, se despidió solemne de la Vera de cara verde y pelo naranja que la miraba sobre el cabecero de la cama. Le pareció leer un «Adelante» en sus ojos. Hacerlo de sus progenitores fue complicado. Ellos, que nadan en el reino de la certeza; todo ordenado, todo perfecto; todo seguro...

—Verita, por Dios, ¿no es un poco precipitado? —Recuerda las palabras de María—. Bueno, para cualquier cosa la abuela está en El Melojo, o podéis iros a casa a Sotogrande, nosotros llegaremos pronto, para Semana Santa. —La escuchó suspirar al otro lado del teléfono—. Qué locura meterte con tu hermano en una caravana a trotar por el sur, tú sabrás lo que haces.

Con cuidado para no despertar a Lucas, abre la puerta y sale al mundo. Anoche aparcaron en la carretera de Istán, a unos nueve kilómetros de Marbella, en un mirador frente al pantano de la Concepción. Calmo y quieto, entre verde y turquesa, bebe de las aguas que bajan de los arroyos de la sierra de las Nieves que lo rodea majestuosa. La imagen es sobrecogedora; al fondo el mar y el peñón de Gibraltar. En los días de poniente, como hoy, se distinguen perfectamente las particularidades de la Roca, también el Rif africano, con la montaña de Jebel Musa, «mujer muerta». Vera recuerda una leyenda que le contaba su abuela sobre un Hércules enfurecido por la infidelidad de su amada que toma la cordillera marroquí de una mano y el peñón de Gibraltar de la otra y, ciego de furia, los separa dando lugar a un mar entre medias —el Estrecho—, donde ahora a través de sus ojos verdes el agua se antoja de plata besada por los primeros rayos de sol de la mañana, y los cargueros a lo lejos parecen minúsculos rectángulos flotando en el manto infinito. Imagina las corrientes, intuye la vida animal que vibra debajo. Ha observado el estrecho de Gibraltar muchas veces con su abuela y con su madre desde los cerros del Melojo, pero hoy lo mira con ojos de principiante, y de alguna manera siente que, así como fluye la corriente del río para morir en el mar, fluye la vida por los rápidos y afluentes de la existencia cuando la única certeza es la muerte. En este mismo momento, con el pantano de la Concepción y el océano al frente, es consciente de que todos sus pasos, siempre controlados, han limitado la frescura y espontaneidad del camino, pero ahora por fin se ha rendido; se ha montado en una caravana hacia no sabe qué y se entrega liviana y curiosa a lo que tenga que venir no sabe dónde. Ha aceptado por fin a la incertidumbre en su carné de baile.

Por la carretera de Istán, serpentea las curvas en dirección a Marbella un Land Rover antiguo; en la parte de atrás, un pastor alemán disfruta con la cara contra la brisa. La felicidad debe de ser eso. Lucas se acerca con el pelo revuelto.

—¡Buenos días! —saluda y bosteza a la vez.

—Este sitio es maravilloso, Lucas, qué feliz me hace haber venido contigo. No hace ni cuarenta y ocho horas estaba en Madrid pisoteada por Manu y ahora...

—Ahora vamos a desayunar, reina mora.

En la venta y estanco Los Pacos bulle la algarabía de la mañana. A pesar de no ser temporada alta, Marbella ya cuenta con unos doscientos mil habitantes y la venta es el encuentro de muchos de ellos para el descanso del desayuno. Vera devora un mollete catalán con un café cortado; Lucas huevos fritos con beicon. En la mesa de al lado, un matrimonio nórdico, quizás noruego, discute en su idioma sobre algo que parece ser importante. Un señor inglés estudia el periódico delante de un té y, al fondo, un grupo de albañiles piden el carajillo de rigor a esas horas, «que la obra es dura», a pesar de ser marzo el calor hoy aprieta, y la promoción de apartamentos de lujo tiene que estar lista para verano. Se deshacen en piropos ante unas señoritas —según Lucas son del Miladi Palace—, que piden cambio al camarero para comprar tabaco en el estanco. Llevan faldas muy cortas y plataformas de escándalo. Parece que no han dormido. Al entrar a por sus cigarrillos, la más rubia de las tres choca con un señor que ha ido a comprar puros. La mercancía cae por el suelo. Lucas se precipita a ayudar cuando reconoce al fumador.

—¡Hombre, Paco! —Vera distingue al hombre campechano con el que pasaron la noche en el tablao Villa Rosa hace apenas cuatro días.

—Pero qué ven mis ojos, ¡los hermanitos en mis dominios! ¡Cómo es que no me habéis llamado, con lo bien que lo pasamos la otra noche! —Paco viste polo de rayas, cortavientos azul marino y una gorra roja. Puede que intente parecer un jugador de golf, pero no lo consigue. Sin pedir permiso, acerca una silla y se sienta con ellos—. ¡Un sombra, José! Y ahora contadme, ¿qué hacéis por aquí, chicos?

La cercanía de Paco hace que se pase el tiempo entre risas y cafeína. El empresario los invita a acompañarlos a él y a Palomilla en el barco a Gibraltar, acaba de arreglar un motor y quiere probarlo. Pueden comer en el peñón, tiene que atender algunos negocios, algo rápido.

Existen pocos placeres mayores que navegar con la suave brisa del océano calmo un día de casi primavera. Lucas y Vera han acompañado a Paco y su esposa atravesando el mar —hoy parece de plata, que hace escasas horas divisaban a lo lejos desde la caravana en Istán. Han reído casi todo el trayecto. Lucas, con su llamativo y cuidado maquillaje —«Eso nunca puede faltar querida, que no sé con quién voy a encontrarme»—, ha tomado los mandos del timón hasta su destino: «Es de lo poco bueno de tener un padre rico y autoritario con barco propio, que me obligó a sacarme el título de patrón de yate». Ahora almuerzan distendidos en un restaurante de Main Street. Conversan sobre una fiesta que el matrimonio planea para el jueves.

—No podéis faltar, van a venir los mejores artistas —Palomilla engulle sus *fish and chips* mientras Paco asiente feliz al verla alimentarse. A Vera se le asemeja a ese tipo de gente que disfruta viendo comer al otro.

—Pues ahí estaremos el jueves, ¡si hay fiesta, cuenta con nosotros! —Lucas confirma asistencia y Vera piensa en cómo va a arreglarse para una fiesta en la caravana.

Gibraltar es un territorio británico de ultramar en la costa sur española dominado por una cresta caliza de cuatrocientos metros de altura. Todo lo que gira en torno al lugar es, cuando menos, peculiar, empezando por el bilingüismo de sus habitantes, que pasan del inglés más *posh* al andaluz cerrado. Las características cabinas de teléfono rojas conviven con los trabajadores que cruzan a diario desde La Línea de la Concepción, abogados fiscalistas, negocios turbios y no tan turbios, judíos ortodoxos de negro con enormes sombreros, y cómo no, unos macacos impertinentes del norte de África que, a la mínima que uno se despista, le roban lo que lleve en la mano. La energía del lugar es extraña, hay una nube densa perenne en la cima de la Roca.

Tras el almuerzo descienden por Main Street. Palomilla compra varios perfumes; Lucas dos cartones de Marlboro, «que aquí es más barato». El lugar está también vinculado al romántico oficio del contrabando de tabaco. Entre múltiples negocios, Paco cuenta con un par de tiendas de relojes en la calle principal, las vitrinas repletas de Rolex, Panerai, IWC a atractivos precios carentes de IVA. En el mostrador, una niña de Jimena de la Frontera que cruza cada mañana la aduana para trabajar en la tienda del señor Sánchez.

—Soy un hombre hecho a sí mismo, chicos, he sabido oler el negocio donde lo había. —Sube por una escalera estrecha a la trastienda. El resto del grupo lo espera en el supermercado de Marks & Spencer. Nada mejor que desayunar *scones* en la caravana.

La vuelta a casa a medio gas ha sido tranquila. Los hermanos han abierto su corazón al matrimonio Sánchez, al que ya han cogido cariño. Les hablan de sus proyectos de vida, de volar al margen del yugo paterno, que da pero exige en exceso, de la necesidad de fluir hacia una nueva vida en el sur.

—Me estoy quedando helada, esta mañana he salido sin abrigo. —Vera se estremece y Paco, protector, le ofrece su cortavientos azul con un logo rebuscado en dorado que imita a una ballena.

El hombre ha empatizado con los pobres niños ricos. Cree que puede contratar a Lucas como patrón de barco y tiene en mente algo para Vera: asistente personal de un anticuario gitano. Al mismo Paco le da la risa al mentar el cargo, pero ve en la chica la perfecta acompañante de Amancio el Esquinao, a quien ha prometido cuidar.

Campo de Gibraltar, años ochenta

Aquella tarde de agosto y poniente de 1982, María y el Chico continuaron el camino; detrás quedaba el coqueteo con la muerte en las tumbas antropomorfas a la vera de la torre. Dejaron a su paso el embalse de Almodóvar y Facinas para arribar a la duna de Valdevaqueros. El agarró su mano y rodaron por la masa de arena sorteando los lentiscos y las sabinas, terminando tendidos en la playa frente al océano Atlántico que los observaba majestuoso.

Aquel fue un día especial. Comían queso y jamón que el Chico había sisado de la despensa exquisitamente llena cuando los señores estaban en el cortijo. Inmortales y livianos, se entregaban a la calidez de una emoción templada que iba en aumento y les quemaba la piel como el sol de agosto. En los últimos años, desde que se extinguió la infancia con sus juegos inocentes, habían pasado poco tiempo a solas, salvo en algunos acercamientos cuando María volvió al Melojo en Navidad y en el puente de mayo. Habían compartido un porro detrás de las cuadras. Para el Chico, habían sido instantes mágicos, incluso cuando la vio partir hacia Sotogrande para cenar con sus amigos. Pero hoy la tenía solo para él, tumbada y desinhibida en la arena de Tarifa.

Conversaron de la vida, de sus sueños, de cómo ella quería estudiar arte fuera —en la Sorbona de París, o en Escocia, en la Universidad de Saint Andrews, un pueblo costero famoso por el golf—. Él lucía los músculos de una espalda forjada en el descorche y forrada de piel aceituna mientras se giraba hacia ella y se atrevía a hacer movimientos circulares con el dedo alrededor de su ombligo, erizando despacio una preciosa piel de porcelana, despertando un destello tímido y miel en los ojos de la muchacha. Le habló de su amor por el flamenco y de la inmensa cantera de artistas de su tierra, Cádiz. Le habló de cómo estaba restaurando con sus propias manos la Puch minicross para revenderla y comprarse una Bultaco. De cómo le tentaban los trapicheos con el contrabando de tabaco; sabía de un pescador de La Línea al que apodaban el Shinga. Y en ese momento, María, con la impulsividad de la adolescencia, le regaló un beso de sal en los labios que hizo estallar un cosmos en la playa, en el mismo punto donde se unen dos mares. El hijo de los guardeses, la niña de los señores.

Aquella tarde de agosto, José estaba cansado. Demasiados festivales, demasiados días de excesos y fiesta. Conducía despacio y la melodía del motor de su flamante Mercedes 300 blanco sumía al gitano lentamente en un letargo y una modorra que volvía peligroso su trayecto entre Cádiz y Algeciras, donde lo esperaba su compadre. El aire acondicionado del vehículo no enfriaba lo suficiente para aliviar la fatiga del artista, que agarraba fuerte el volante con sus dedos repletos de anillos: el oro tiene buena sombra. Había almorzado tarde huevos fritos con longanizas en la venta del Canario, a escasos kilómetros de San Fernando, y emprendido el camino sin dormir siesta. *Qué ganas de llegar a la casa del Paco.* Dejó atrás Chiclana y Vejer —ambos de la Frontera— para atravesar Tahivilla y Facinas. A la altura de Valdevaqueros, cuando el calor más apretaba, se percató de que dos adolescentes le hacían señales al borde de la carretera. Un payo moreno, una mocita pecosa y a su lado una motocicleta amarilla que no quería arrancar. Arrimó el Mercedes al arcén y paró el automóvil. Los chicos se alegraron cuando, por fin, un coche blanco atendió sus señales. María, en medio de sensaciones encontradas, aún con el sabor de un primer beso y el miedo de llegar tarde al Melojo y que sus padres descubriesen que no estaba en Marbella con una amiga. El Chico, estaba consternado por su Puch, más aún por ser descubierto en su escapada clandestina, pero esos momentos tan juntos en la arena habían generado una corriente eléctrica por todo su cuerpo que compensaba cualquier contratiempo y que juró no olvidar jamás —serían eternos—.

Ambos se quedaron estupefactos cuando, al abrirse la puerta del coche, encontraron frente a ellos, con gafas de aviador y chaqueta a pesar del bochorno, al mismísimo Camarón de la Isla.

6

A escasas horas de la gran fiesta, la casa de Paco y Palomilla desentona triunfal en medio de la urbanización de Nagüeles. Varios cubos y rectángulos en madera aluminio y cristal se ensamblan entre algarrobos como un juego de tetris. *A priori*, el concepto podría ser elegante y vanguardista, pero hay algo que indica que algún arquitecto narcisista ha querido dejar su huella en el sitio equivocado. Una enorme piscina con luces que cambian de rosa a violeta, y un *jacuzzi* en forma de estrella con repisa de mármol para apoyar la copa son los reyes del jardín. Precedida por una zona de hamacas tapizadas de leopardo y sombrillas fucsias destaca una barra en malaquita verde y una barbacoa con pantalla gigante led para ver los partidos de fútbol. Al final de la parcela se esconden tres cubos menores con habitaciones destinadas a invitados que el matrimonio, generoso, ha cedido por un tiempo a Vera, Lucas y el Esquinao —peculiar equipo de inquilinos—. El flechazo entre los hermanos y el gitano ha sido inmediato en el instante que les ha recibido en albornoz blanco, piña colada en mano y unos fandangos antes de irse a cambiar: la noche promete.

Dentro de Vera bulle una energía diferente ante la expectativa de pasar unos meses asistiendo al tito Amancio. El plan contempla temporadas en su piso de Triana, acompañarlo en viajes y tratos de anticuario, vigilar que no se meta en líos y se cuide. A simple vista un trabajo poco creativo, pero la chica ha sabido oler la aventura. La contraprestación que ofrece Paco a cambio es desproporcionada.

A las nueve de la noche, el fluir de la fiesta comienza con un grupo cubano vestido de blanco, sombreros, congas y trompetas. Paco, camisa hawaiana y puro en mano; Palomilla, con un vestido varias tallas por debajo de la suya que limita sus movimientos. El desfile de invitados toca todos los palos. «Igualita a las fiestas de papá y mamá», los hermanos ríen. Hay un grupo de iranís donde resalta una belleza de ojos de gata y nariz aguileña; varios rusos barrigones con riñoneras de Gucci acompañados de modelos caucásicas de piernas kilométricas; algunos empresarios de la noche. Puede que algún traficante de armas albano-cosovar; locales de San Pedro de Alcántara venidos a más —y a menos—; familia y amigos de Algeciras y el Campo de Gibraltar.

—Ven aquí, Vera mía, que te presento al Antonio y la Eli.

El Esquinao, impecable con guayabera blanca y pañuelo flamenco, se abre paso con una pareja de

La Línea de la Concepción. El hombre andará por los cincuenta, conocido como «el Chinga» —en Cádiz, *Shinga*—, camufla el atractivo de su piel curtida y mirada de mar con una camisa de Versace y toneladas de algo que Vera juzga como timidez, puede que recelo. Ella, unos veinte años más joven, desprende vida y desparpajo —está muy buena— y planta besos sonoros a diestro y siniestro grabando a fuego sus labios rojos en la cara de los invitados. Masca chicle y lleva uñas decoradas. Vestido de licra dorado, peinado escultura con kilos de laca y horas de peluquería.

—Encantada, guapa, me llamo Eli, ¿nos tomamos unas margaritas? —Vera se deja llevar por una personalidad arrolladora y carcajada fácil—. Yo no soy de La Línea, nena, soy de San Roque, pero vivo en Sotogrande, que tengo una villa. —Y al olor de la alegría se ha unido Lucas.

Con la fiesta a velocidad de crucero, llegan ellos, los gitanos: siempre se hacen esperar. Con la banda sonora de sus cadenas de oro, las camisas negras, los zapatos relucientes, el pachuli intenso y los abrazos y besos sonoros entre unos y otros. Por un momento guardan la distancia con los payos, que no pueden dejar de mirarlos; tienen algo misterioso y adictivo. Disfrutan siendo el centro de atención. Se mueven por la casa entre risas sonoras, miradas enigmáticas y «te quieros»: los gitanos escupen los «te quiero» allá por donde van. Han ovacionado al unísono cuando el tito Esquinao ha salido a recibirlos: «No chanela el tito ni *na*. Él ya se ha *orientaó* en la fiesta desde su esquina». El Pantera juguetea con el arete de oro de su oreja izquierda. El traje blanco, la camisa con bordados de plata bien desabrochada para mostrar el pecho al mundo y al ambiente marbellí. La cascada de rizos rompe sobre los hombros. Se ha arreglado en el hotel Don Pepe con ritual de torero y ahora planea la mirada de color miel por el recinto. Se detiene en un grupo que contrasta junto a la barra de piedra verde. Reconoce a la Eli, amante de Antonio el Shinga, dueño y señor del clan más importante del hachís en el Estrecho. Oriundo de La Línea de la Concepción y aficionado al flamenco, que tantas veces llena los bolsillos del artista con fajos de billetes para que cante en sus fiestas privadas. Junto a ella, y no menos discreto, el *jambo** rubio con el que estuvo de fiesta hace poco en Madrid. El conjunto parece sacado de una decoración de Navidad. Frente a los brillos dorados de la Eli, Lucas se desmarca con unos *leggins* de lentejuelas rosas y camiseta *tie-dye* del mismo color. Entre los dos, contrastando por su sencillez, el cantaor descubre a la dueña de los ojos verdes que le sostuvo la mirada una madrugada en la plaza de Santa Ana. Lleva el pelo muy liso, rubio ceniza o castaño claro, largo; un vestido de seda

* *jambo*, «payo».

marfil con tirantes que se desliza por una piel blanca que no ha besado el sol de Marbella. No hay joyas ni aderezos. Limpia y pura. Parece la Virgen María.

En medio de la discusión entre Lucas y una Eli muy acalorada sobre el incipiente nudismo en las playas gaditanas —«Mira, Lucas, que te lo digo yo, ahí todos los que se ponen en pelotas son *mu* feos, y el agua está *mu* fría, y salen con todo bien *shiquito*»—, Vera ha olido algo; es sutil, pero flota un aroma de notas ahumadas y testosterona que ya conoce y la transporta de golpe a un encontronazo de frente en el tablao Villa Rosa. Mira a su alrededor; busca; no sabe qué hasta que lo encuentra mirándola fijo y profundo entre Paco y un grupo de artistas. Tan profundo que da vértigo, y quizás sea una vez más el tequila —esta vez margaritas—, pero hay una intensa tendencia al abismo que la empuja con paso firme hacia el grupo.

—Esta es Vera, de Madrid, va a cuidar del tito una temporada —Paco la introduce a los tres músicos—. El Arrullo, un as con la *guitarra*, el Moreno, gran artista de familia de bailaores; y el Pantera... —Vera no escucha lo que sigue a continuación, sostiene la mirada, cree que ha sonreído, pero no está segura. El cantaor continúa fijo, hincando los ojos con descaro. Inclina la cabeza a modo de saludo, pero no se acerca. Ella se siente invadida, desnuda y, a la vez, halagada y poderosa. Hay un silencio que dura milésimas de segundo. Todos lo han sentido.

Empieza el espectáculo en la casa de Nagüeles: una violinista enfundada en un mono blanco de látex se pasea entre los invitados con las notas de su instrumento de viento electrónico sobre una base de techno. Hay un grupo de hombres, más bien guerreros incas, que escupen fuego por la boca al son de una coreografía magistral, algún salto mortal entre medias. «Toma ya, arsa», ríen y jalean los gitanos. A los rusos se les ha ido la mano con el vodka y corean al unísono unos cánticos de su tierra. En el cuarto de baño hay un ir y venir para empolvarse la nariz —en todos los sentidos—, o para «visitar al doctor toque», como lo llama el Esquinao. Los grupos más jóvenes reparten MDMA.

Vera observa con preocupación cómo Lucas se reparte entre ambos grupos de paraísos artificiales. Se tumba sola en una hamaca algo retirada a liarse un cigarro, a veces viene bien un parón de la fiesta y de la vida para coger impulso, han sido muchos cambios en pocos días. Unos granitos de hachís. El cielo está plagado de estrellas.

—¿Ya estás cansada? —El Pantera la sorprende. Se ha sentado sigiloso en la hamaca vecina. Ha dejado a su compadre afinando la guitarra con dos muñequitas a cada lado y ha seguido a la chica empujado por una fuerza motriz.

—Un poco, la verdad, no he dormido mucho estos días. —Aspira profundo embriagada por el hachís; por el perfume del gitano que la mira desde la hamaca vecina.

—No quieras dormir tanto, niña, que el sueño son horas que se roban a la vida. Mira cuántas estrellas hay esta noche.

Vera está abrumada por algo más que el cielo. Se incorpora y se sienta. Mira a su interlocutor de frente, el corazón ha metido quinta.

—Bueno, creía que aquí la gran estrella eras tú.

—¡Agua!, mira la roneanta, y tú, ¿qué eres?, ¿la luna entonces?

Vera bromea:

—Soy una luna perdida.

—Mmm..., perdida. —En cuestión de segundos y con un movimiento veloz, el Pantera se ha sentado a su lado y se acerca peligrosamente al cuello de la chica. Le susurra una melodía al oído—. Piérdete conmigo de una vez y empiézame a querer y aclárame la duda, ay, ay... Por amor se me apagó la luna.

El aliento acaricia una piel suave que se eriza bajo la letra del maestro Parrita; por un instante ha rozado el cuello con la barba, casi casi con los labios. Después se ha levantado a la misma velocidad y ha vuelto con paso triunfal al núcleo de la jarana dejando a Vera sentada y boquiabierta; envuelta en un perfume profundo y vivo que se ha quedado con ella en la hamaca de leopardo, al lado de una sombrilla fucsia y bajo un manto estrellado.

Al otro lado de la piscina se ha formado un corrillo mientras el Arrullo entona las primeras notas con la guitarra. El Pantera se une a las palmas celebrando pletórico para sus adentros el golpe de efecto. La sigue mirando de lejos, una gitana vieja se arranca por tangos...

El flamenco, con su arte y su verdad, es ahora el dueño y señor de la fiesta. Soleás, bulerías y alegrías dirigen los cantes al principio de la reunión. Quizás más adelante, en el silencio de madrugada, cuando ya queden pocos con las sensaciones a flor de piel, vengan los fandangos, seguiriyas, martinetes y cabales. Hay gran afición entre los invitados, que se agrupan alrededor de los artistas, expectantes. Tocan palmas, jalean, llevan el compás. Nadie quiere perderse al cantaor estrella que ha abierto el On Fire hace una semana.

—Hay que ver este Paco, siempre trae los mejores artistas. —Mientras el Esquinao se canta unas letritas, todos miran con respeto y enorme admiración: «Qué *aje** tiene». Termina dando unos saltitos entre jota y bulería que levantan al público al unísono: «¡Oléeeeeee!». La Eli también sale a bailar varias veces, remanga con descaro la falda dorada descubriendo dos piernas bien torneadas que provocan a su amante Antonio el Shinga y que la llevan *con su pataíta* hasta una silla del semicírculo. Al lado se ha sentado Vera, concentrada en lograr un «olé» a tiempo.

—Te he visto antes en la hamaca con el gitano, nena, quiero saberlo todo, ¡mira la mosca muerta!

* *aje*, «arte».

—Vera se ríe cómplice y un poco borracha; Lucas se ha unido al gallinero. El cantaor los mira de lejos mientras la noche fluye como fluyen las cosas con duende, con magia.

Shhhhhhhh, shhhhhhh. El compás anuncia bulería, el público pide silencio, la guitarra puntea. El Pantera da un paso al frente del círculo, se ha quitado la chaqueta; la camisa con bordados de plata pegada al cuerpo, la brisa nocturna le mueve el pelo. La emoción desprende un aroma dulzón. Hunde los ojos miel, casi amarillos, en una chica rubio ceniza, más bien castaño claro, que es una luna perdida.

—Eeeh... —entona primero y por fin se arranca—. Ay, a tu vera, ay, que siempre a la verita tuya, siempre a la verita tuya, aunque yo de amor me muera...

7

—Despierte, compadre. —El Arrullo zarandea sin piedad al Pantera que duerme abrazado a la mullida almohada del hotel Don Pepe.

Es la una de la tarde y la casi primavera marbellí se hace sentir a través de la ventana que el guitarrista abre de par en par para sacar de la cama a un cantaor que saborea entre sueños el recuerdo de la última noche. Fantasea con que los astros se alinean y una fuerza superior mueve los hilos del destino. El olor del mar se cuela en la habitación. Aún no abre los ojos, rebusca en la memoria a corto plazo. Revive cómo cerca de las seis de la madrugada agarró con descaro la mano de la payita de ojos verdes y escaparon de la fiesta dejando a Paco y a un pequeño grupo de rezagados bajo la batuta del tito Amancio. Compraron churros en un puesto del casco antiguo.

—Esto de tomar churros después de una fiesta está *mu* gitano, guapa mía.

—Y muy payo, Pantera, que los churros no son solo vuestros.

Contemplaron el triunfo del alba sentados en la arena, la playa como testigo, la intimidad de dos extraños que hasta el momento habían compartido poco más que miradas. Hacía frío frente al mar, le cedió su chaqueta, la chica se dejaba abrazar para entrar en calor. La fiesta y el alcohol sueltan las palabras y, aunque las intenciones del gitano eran inicialmente otras, el amanecer marino trascurrió entre conversaciones casi profundas.

Ahora sabe que Vera huye de una relación tóxica que ha dejado en Madrid y es una niña rica que no quiere pagar la factura de sus privilegios. Él, que nunca tuvo facilidades, se sorprendió de cómo el discurso de la muchacha le acariciaba el corazón; más aún, de tener ese tipo de conversación con una mujer. Analizaron la vida con esa facilidad de palabra que da el tequila, sus culturas contrapuestas, incluso algunos miedos. Llegaron a la conclusión de que la música cura, igual que cura el agua salada que miraban al frente. La luz era tranquila como el silencio de esos instantes de duelo entre el día y la noche. Un grupo de pescadores con sillas y cestas en la orilla miraban el horizonte mientras tiraban la caña. Al fondo, un grupo de gaviotas volaban sobre un banco de peces. El agua estaba calma y el gitano sacudido, al ver que Vera se metía vestida en el mar.

—Ya, ya, compadre, que bulla trae esta mañana.

El Pantera se despereza entre las sábanas de hilo; le habría gustado cobijar a Vera con ellas después de los churros, el amanecer y el baño. Pero con ella es diferente y la dejó, caballeroso, cerca de las ocho de la mañana en casa de Paco. Empapada y envuelta en un abrigo que encontró en el maletero.

—¡Anda, anda! Ya llegan los tortolitos de desayunar sin traer nada al tito. —El Esquinao, incombustible, aún no se había acostado.

Por fin se levanta de la cama del hotel don Pepe, entra en la ducha y de alguna manera organiza el día antes de volver a su tierra esa noche. Es importante vestirse *apañao* para causar efecto. No recuerda bien cómo, pero ha quedado con ella, no puede dejar de verla; una cuerda flexible que los amarra fuerte por sus extremos y genera tensión cuando se alejan demasiado. Planea pasear por Algeciras para enseñarle el Campo de Gibraltar. Quiere llevarla al mercado, ella no conoce más allá del ambiente jambo y fino de Sotogrande y de una finca de sus abuelos en el Parque de Los Alcornocales. Debe de andar en el *taco**, pero él no es menos, él es el Pantera, la estrella del momento.

El Jaguar verde callejea por la urbanización de Nagüeles rumbo a la casa de Paco. El cantaor al volante. Tiene *fatiga*** y no ha desayunado, es una emoción diferente ante la expectativa de un día con

---

* *taco*, «mucho», «abundancia»; andar o estar en el taco equivale a ser rico.

** *fatiga*, «ansiedad», náuseas, mal cuerpo.

la payita, no solo el instinto animal que lo mueve a veces con otras, hay algo más que lo desconcierta. Aparca y sale del coche. El pelo aún mojado y toneladas de perfume, gafas de aviador, camisa azul bien abierta hasta casi el ombligo, que se vea la cadena dorada con una enorme cruz de coral, vaqueros apretados, zapatos relucientes en punta. Deja una chaqueta de pana en el asiento de atrás por si refresca.

—Ya estoy fuera, Vera mía.

Vera y el Pantera enfilan la AP-7 dirección Algeciras. Para un gitano que vive al día, más bien al minuto, entra dentro de lo normal. Para Vera, el *modus operandi* de la última semana es novedad, sorpresa y vida. El peñón siempre al frente, con la nube perenne coronando la cima. Sonrisas redondas en la cara, ibuprofeno para la cabeza y muy pocas horas de sueño acompañan el camino hasta el mercado de abastos de la reina de la bahía del Estrecho. Pasean entre los puestos de una planta octogonal iluminada por el sol gaditano, que se desliza liviano por la claraboya y alumbra el vaivén de los mercaderes que cierran ya la jornada. El Pantera apoya la mano en el hombro de la chica.

—Qué guapa eres. —Juguetea con un mechón de su pelo que brilla bajo los rayos del astro rey.

Algunas amas de casa aprovechan el último momento y compran para hacer de comer. Varias chilabas y hiyabs delatan la cercanía con Marruecos. Al gitano le divierte comprobar la frescura del pescado y la fruta.

Salen a la plaza de Nuestra Señora de la Palma, o plaza baja; varios *fans* abordan al cantaor para sacarse fotos, en Algeciras hay afición. El artista se quita las gafas, posa con un grupo de jovencitas exaltadas mientras Vera captura el momento. El protagonista de la instantánea la mira a ella más que al objetivo. Finalmente, y siempre sobre la marcha, se acercan al Saladillo.

En el barrio conviven payos, gitanos y musulmanes en viviendas de protección oficial construidas hace treinta años. En un primer momento, en su urbanización inicial, se trataba de un lugar de bonitas casas con paredes blancas y ventanas verdes entre grandes avenidas, pero poco a poco ha sido relegado al abandono y la exclusión social. Soporta el estigma de ser uno de los epicentros del narcotráfico en España. Vera ha visto noticias de tiroteos en el Saladillo que lo equiparan al barrio sevillano de Las Tres Mil Viviendas, incluso se vincula con el yihadismo causante de los atentados de París.

Aparcan junto a varios bloques de pisos de un verde destartalado. Los cables de electricidad sobre la fachada esquivan la ropa tendida. Camisetas, calcetines, bragas de colores. Una mujer sin dientes les sonríe desde una ventana. Cuando se bajan del coche, una nube de gitanitos se abalanza sobre el artista: «¡El Pantera, El Pantera!». Lo abrazan, lo besan, tocan las palmas; las madres le cantan, los niños se sacan fotos en sus brazos. El cantaor compra chucherías en el quiosco de la esquina, no escatima en selfis. Se está dando un baño de masas, pero Vera no aprecia un ápice de ego. Abraza a su etnia y a sus hermanos. Ternura con los más pequeños, respeto para con los gitanos viejos que se acercan.

—Esta barriada tiene *mu* mala fama, Vera mía, pero llégate por aquí a las siete de la mañana y verás a todos los obreros camino a sus puestos de trabajo. —Acaricia la cabecita de un bebé—. Y no veas el arte que hay viviendo por aquí.

La chica está conmovida; por el rabillo del ojo observa cómo las mocitas comentan su *look* de falda larga plisada beis con bailarinas y camiseta blanca —«*Mu* sosa»—, chaqueta de cachemir suave sobre los hombros y gafas de carey.

Suben por las escaleras a un quinto piso de uno de los bloques, les ha dado miedo que la electricidad, seguramente enganchada ilegalmente a la red, les juegue una mala pasada con el ascensor. Aún sin aliento, tocan a una puerta que abre un gitano rubio de inmensos ojos verdes con un chándal negro de Nike.

—¡Ay, mi compadre, Dios me lo bendiga! —El abrazo es infinito—. ¡Negra, salte *pacá* que ha venido mi compadre a comer!

La tarde trascurre ante un guiso copioso de la Negra, que viste un pijama de corazones. Su *Mario* el rubio de Palmones, ha recorrido el mundo junto al

Pantera cuando ambos trabajaban cantando en la compañía de un famoso bailaor. Sudamérica, Japón, Estados Unidos... Rememoran aquel día que cocinaron un espeto de sardinas en una *suite* del Waldorf Astoria de Nueva York. Un grupo copioso de niños de todas las edades corretea por la casa. También unas primas, y el abuelo, que no suelta el sombrero ni el bastón. Los almohadones del sofá turquesa tienen puntilla de tul blanco y el último modelo de televisión con pantalla gigante contrasta con las carencias del barrio. En un momento en que Vera ha ido a un cuarto de baño rosa, inundado de botes de perfumes y cortinas con tira bordada, los descubre cuchicheando a su vuelta. Comprende que es la novedad en la reunión, pero se siente acogida y disfruta de la compañía.

—Oye, reina mora, ¿dónde coño es esta ubicación que me has mandado? Estoy en un barrio rarísimo, en frente de un bloque verde.

Lucas viene a buscarla. Vera se despide de la familia y el Pantera la acompaña escaleras abajo.

—¡Corazón mío, qué no tengo *bulla!**, que me hubiese *llegao* a Marbella a dejarte. —Pero ella no quiere añadir kilometraje al viaje del artista; aún le quedan horas de carretera—. Lo que fuera por echar un ratito más contigo.

---

* *bulla*, «prisa».

La coge de la mano, la frena en seco; Vera se apoya en la pared a la altura de un desconchón, el perfume intenso ahoga y delata que el Pantera está muy cerca, a pocos centímetros de su cara, quiere acariciar la cicatriz de su barbilla. A Vera le zumban los oídos, apoya la frente contra la del gitano unos segundos que parecen eternos, escuchan ambas respiraciones, casi el latido del corazón, al compás siempre, como las palmas; instantes en que la tierra deja de girar alrededor del sol y no sabe si salir disparada o explotar en mitad de la galaxia: todo puede pasar. Unas carcajadas pinchan la burbuja que han creado en un portal de un bloque del barrio del Saladillo, varias gitanitas salen corriendo con sus chándales rosas y aretes dorados al verse descubiertas. El Pantera, muy despacio, pasa de largo la cara de Vera y la besa en el hombro. Después saca un anillo de oro con piedra de lapislázuli de su dedo anular y se lo pone.

—No me olvides, Vera mía.

8

La tarde extremeña de marzo es fresca, no hay atisbo aún de las chicharras con su zumbido sordo, ni del fuego seco del sol que calentará las encinas en pocos meses. El campo aún respira aliviado y alejado de la aridez del verano; las amapolas, las margaritas que rodean tímidas los alcornoques, la retama y la jara auguran un pronto florecer.

Consuelo prende la candela en el patio de una casa a las afueras de un pueblo blanco de la provincia de Cáceres. La luz dorada de las llamas se suma al atardecer rodeada de sillas de enea donde su *papa* y su abuelo, gitanos canasteros sentados al calor de la lumbre, trenzan cestas con las manos curtidas por el tiempo. La noche acecha sigilosa con su silencio, el cielo se vuelve escarlata, la próxima semana cambiará la hora. Su *mama* tiende con la tita detrás de la casa, en el *tinao* que separa el grupo de viviendas familiares; mañana han dado sol. Llevan a los niños con ellas: «Que busquen hinojos *pal* potaje». Pronto la familia se sentará a cenar cercando la magia de las llamas mientras esperan al Ezequiel, que por fin vuelve esta noche. Consuelo sonríe una vez más al recordarlo: «Ay, mi *marío*, Dios me lo bendiga». Lleva sonriendo todo el día. Lo ama con fuerza, con toda el alma, desde que las familias los prometieron sin apenas conocerse siendo ella mocita y se casaron con quince y diecisiete años.

—¿Qué tienes, niña, ahí *pasmá* frente a la candela? Venga, *su mama**, que la Aroa y el Juan han cogido buenos hinojos bien gordos *pa* hacer de cenar.

Consuelo estudia a la Lola que se acerca, el barreño de la ropa a la cadera, *leggins* negros, zapatillas de deporte, el pelo quemado de mechas rubias, la raíz negra, la trenza infinita. A sus cincuenta y tres años su *mama* es joven y robusta, pero los surcos en la piel quemada por el sol delatan los desvelos al frente de una familia grande. Muchos hijos, muchos nietos. Sueña en ser como ella, al cuidado del nido, al cuidado de su hombre —«Que coma bien, que descanse»—. Ha educado a sus hijas como debe ser: «Que él sale a buscar el pan para la casa, niña». Devotas al esposo y deseosas de regalarle el mejor de los tesoros: su honra.

Consuelo entra en la cocina; huele a hogar y gitanería. Pela y pica con movimientos rápidos y precisión quirúrgica la cebolla, el tomate y el pimiento. Vuelve a salir y sofríe la verdura con unos dientes

---

* *su mama*, «te lo dice tu madre».

de ajo y un poco de pimentón en la candela del patio. El fuego cruje e ilumina sus ojos de agujero negro, la largura de las pestañas, los labios sustanciosos, el pelo azabache hasta donde la espalda pierde su nombre. Espera, como tantas veces, la llegada de su hombre.

Los niños juegan con las canastas del abuelo; por el rabillo del ojo Consuelo descubre cómo la Juli —que ya va *pa* mocita a sus diez años— quiere subirse en la bici del Juan.

—Estate quieta, *su mama*, que te tengo dicho que las niñas no montan en bici, corazón mío, mira que puedes romperte y luego no te salen las rosas cuando seas mayor en tu *boa* con tu *marío*, chiquilla —Señala a la niña con una cuchara de palo—, y eso es la honra de *toa* la familia. ¡Bájate de esa bici te he dicho!

Suspira y continúa con la tarea del sofrito. El corazón de la gitana se vuelve suave, algodón de azúcar, cuando recuerda el día de su boda, el olor a rosas, a inocencia. La corona de varios pisos. Perlas y brillantes que enmarcaban los bucles negros, una coraza de las mismas piedras que cubría cuello y escote, un corsé forrado de tul. El torso casi infantil ceñido, el corazón apretado; el amor parecía iba a salirse por el pecho y apenas dejaba respirar. Los nervios y la fatiga jugaban entre los encajes y bordados de la falda abullonada de una niña de quince años. Un velo transparente con hilos de plata cubría el conjunto de pureza, regalo inmaculado para su

Ezequiel. La gitana rememora risueña la mesa que puso su suegra, la Trini, decorada en blanco y lazos para que la *juntaora** hiciese el trabajo. Recuerda tumbarse en el centro, el dolor punzante entre las piernas, el nudo en el estómago, las mujeres casadas expectantes en la habitación. Las mocitas esperando fuera habían crecido escuchando historias, las lágrimas de felicidad que rodaban por los ojos de su *mama*, de la abuela, de la bisabuela y de todas sus titas. Mujeres, gitanas orgullosas celebrando sus raíces y la honra de una familia que continuaba intacta al sacar tres enormes rosas escarlatas en el pañuelo. Dice la tradición que una es para su *papa*, otra para el suegro y otra para la suegra. La alegría, el alboroto; volaban las almendras y las *pelaillas* mientras rompían los cantes por alboreás, los cantes de boda.

—¿Le corto los tallos bajos al hinojo y lo hiervo *pa quitá* el amargor, *mama?*

La Aroa interrumpe los pensamientos de su madre. Es una mocita de quince años que pronto va a seguir el camino de su progenitora en un mundo diferente, inundado de pantallas, de TikTok y derechos de las mujeres.

—Sí, cariño mío, y me traes la morcilla, el chorizo, el tocino y el morro de cerdo —se seca el sudor, la

---

* *juntaora*, «juntadora», mujer que se encarga de comprobar si la novia gitana es virgen.

candela aprieta—, que pongo ya el potaje con las habichuelas *pa* la noche. A ver si llega tu *papa* a tiempo.

Consuelo se enorgullece de su prole, de los cinco hijos que con tan solo treinta y dos años ya le ha dado al Ezequiel. Su Ezequiel chico nació a los diez meses de casarse y ahora vive cerca, en Villanueva de la Serena, a sus diecisiete años; la Aroa con quince está preciosa; su Julia es un trasto, pero baila *mu* gitano con diez años recién cumplidos; su Juan, un hombrecito de siete, y su Manuela, que con tan solo dos, ya lleva el compás con las palmas. Consuelo se sabe esposa y madre, mujer de razones y de familia; el mejor regalo para el hombre al que ama, cuida y venera. Aquel al que dedica cada respiración de aire caliente que entra por su cuerpo.

—Que buena noche parece que se ha *quedao.* —Las ropas negras anuncian a la Trini, que entra con el abuelo: su suegra viste de luto a pesar de que hace muchos años que enviudó.

—Echa ya el *majao,* el morro y las habichuelas, niña, que quedan un par de horas *pa* que llegue mi Ezequiel y le vamos a dar gloria.

Los miembros de la familia se van acercando poco a poco a la candela mecidos por el ritmo de un potaje y el olor del hinojo. Los *cuñaos* y las *cuñás* han traído ensaladilla, unas botellas de vino, y un lomo de la última matanza. Los niños corretean alrededor de la lumbre. Un primo toca la guitarra. El fuego y los gitanos son un bonito binomio.

Consuelo aprovecha que las mujeres están al tanto de la olla para arreglarse unos minutos en el cuarto. Se quita el delantal y la ropa para meterse en la ducha, observa en el espejo el cuerpo moreno y redondo, las carnes aún están prietas, pero las estrías son el legado de cinco embarazos. La imagen es muy distinta a la de las chicas *del* Instagram. A veces se siente insegura. El Ezequiel viaja mucho y sabe que a ratos va con mujeres, ha visto el maquillaje que mancha sus camisas al deshacer la maleta cuando vuelve de viaje. Lo intuye en el aire cada vez que él prefiere acostarse en el sofá y no duerme con ella. En el embarazo de la Manuela, la doctora le recetó antibiótico, había contraído clamidia, una infección de transmisión sexual. No le dijo nada, se desahogó con sus hermanas.

Aparta las nubes negras que cruzan por la mente. Se sabe su mujer, la que le quiere, le atiende, le plancha y le hace de comer, la única que le ha brindado tres rosas de sangre el día de su boda. Él le ha dado siempre su sitio. Las otras son distracciones banales que toda mujer aprende a llevar, ya se lo explicó su suegra, y su madre. Consuelo piensa que el amor nunca se malgasta, aunque no te lo devuelvan en la misma medida que mereces o deseas.

Sale de la ducha, se suelta el manto espeso de pelo negro que casi roza los hoyitos de las lumbares. Se viste rápido con el bullir en las mismísimas entrañas. Camisa de flores, falda negra, pintalabios rojo —los labios siempre han sido su fuerte—, y unos pendientes de coral. Lleva días sin verlo.

Escucha un coche a lo lejos, los gritos felices de los niños; suenan los besos, los *te camelo*.* La gitana se rocía el cuello con un perfume empalagoso que ha costado doscientos euros y sale al patio. Ahí está él, de espaldas, lleva a la Manuela colgada a la cadera, la tita lo abraza y llora. Por fin se da la vuela, por fin ha llegado a casa su *marío*, su hombre: su Ezequiel el Pantera.

Poco a poco la candela se ha ido apagando, apenas quedan unas brasas como testigo de la unión familiar, de los abrazos, las historias de los gitanos viejos y el potaje. Los *papas*, los hermanos, los primos, titos, abuelos y *cuñaos* han ido abandonando el patio y el calor de las llamas para volver a las casas vecinas al abrigo de la noche y de su estrecha comunidad. «Dios te bendiga, Ezequiel», repiten el mantra. Ninguno olvida la generosidad del artista, su esfuerzo y su trabajo, que los alimenta y cobija. La penumbra silente se apodera de la casa. La Consuelo termina de fregar los platos, quiere deshacer la maleta de su *marío* antes de acostarse y al menos dejar una lavadora puesta. A lo lejos lo escucha en los cuartos de los

* *te camelo*, «te quiero».

niños. Una carcajada clara mientas la Manuela lleva el compás con las palmas es un bálsamo de agua fresca.

—Te como tu cara, mi niña. —Consuelo sonríe al escucharlo feliz. Es un buen padre.

La cocina está limpia y recogida; la gitana cansada sale rumbo a su alcoba. Recorre el pasillo, se ve besándolo a solas, la caricia en su pelo negro, un sol calentando suave en el pecho. Pero, al pasar por la salita, lo descubre sentado en el sofá. Se ha quitado la camisa. El torso desnudo, el oro y el coral de la cadena brillan entre las sombras.

—¿No vienes a acostarte, Ezequiel mío? —suspira mientras pregunta.

—Mejor me quedo en el sofá, cariño, que la Manuela entra siempre a la cama en mitad de la noche y estoy *molío* de tanto viaje. —Evita mirarla a los ojos y el gesto no pasa inadvertido.

—La Aroa se acuesta con ella esta noche, no va a molestarnos, se lo tengo dicho, que no la deje. —La gitana hace un último intento a la desesperada.

—Tranquila, cariño, que estoy cansado y me echo aquí mejor con el runrún de la tele. —Se acerca, un beso raudo y fugaz en la boca. Ezequiel finge que no ha visto una lágrima minúscula que rueda por el rostro de su mujer. Ella intenta contenerla, el rechazo crepita en el pecho y la intuición avisa punzante: llora un río de desengaños.

El Pantera se ha tumbado en el sofá, evita las miradas de sus hijos en las fotos de la pared. Se centra más bien en las vigas del techo, las intuye amenazantes, hay algo en su aura de madera, una rigidez que juzga. Un hogar que juzga, una raza que juzga. Por primera vez en dieciséis años de matrimonio, ciñe a sus espaldas el macuto de la culpa que contractura las cervicales. *Es una buena mujer*. Recuerda la inexperiencia de ambos, aún niños, torpes en la noche de bodas y las que siguieron. Recuerda el hambre y la prisa, más por perpetuar una estirpe que por descubrir sus cuerpos. Con el tiempo ha bebido las mieles del sexo en otras mujeres; ha interiorizado que en su matrimonio de conveniencia el amor brilla por su ausencia y el deber aprieta fuerte; ha experimentado posturas y técnicas de placer que hacen brotar un volcán interno con otras y que jamás practica con ella. Consuelo continúa subida en un pedestal impuesto y puro de madre y esposa, al margen de las estrategias de depredador que aprende su marido en sus viajes por el mundo, en la soledad inmensa de un artista que busca calor en una fría habitación de hotel antes de enfrentarse al público. Un chico que lleva detrás una estirpe de bocas que comen de su esfuerzo y que hasta ahora no se ha sentido culpable, no ha hecho nada que no hagan los demás hombres: su abuelo, su padre...

A la esposa se le daba su sitio siempre. Lo que pasase fuera de casa ahí fuera quedaba. Pero Ezequiel sabe que esta vez sí se ha traído algo a casa, una sensación que jamás ha conocido, algo mucho más profundo que acompaña a la atracción sexual: una marejada de fondo que lleva dos días recorriendo el cuerpo; una brisa de verano en la cabeza, una lluvia fina que cala los huesos y pone en jaque sus creencias y tradición gitana. Un breve texto que envía con manos temblorosas entrada la madrugada: «Ya te echo en falta, Vera de mi corazón».

Segunda parte

La pasada

9

La voz de María suena casi histérica al otro lado del teléfono.

—Ay, Verita, por Dios, qué tonterías dices. ¡Cómo que vas a trabajar con un gitano anticuario viajando por España! Entiendo que estés pasando por un mal momento con lo de Manu, pero ¿en serio necesitas huir así?

—Tengo casi treinta años mamá, sé cuidarme sola.

Vera desayuna temprano en el porche de la casa de Nagüeles. En una mano, el móvil; en la otra, un café humeante; en el corazón, la primavera. En frente, Paco escucha atento la conversación telefónica entre madre e hija camuflado detrás de un periódico.

—Vera, estás despreciando todas las oportunidades que te ofrecemos. Tienes trabajo asegurado aquí en Madrid con papá, qué necesidad tienes de estas estupideces.

—No quiero volver a Madrid.

—Pues quédate en nuestra casa en Sotogrande, o con la abuela en El Melojo...

María no tiene tiempo de terminar la frase, Paco ha bajado el periódico y grita para que puedan oírle al otro lado del teléfono.

—¡María! No te preocupes, que yo me hago cargo, no le va a pasar nada.

Vera agradece el gesto con la mirada, conoce el concepto que tienen sus padres de Paco y duda de que sirva de mucho. Murmura una excusa para colgar.

El Esquinao se acerca con cuerpo de viaje. Traje claro, maletín en mano, coloca coqueto los gemelos de la camisa. Esta mañana parten rumbo a Sevilla, Paco les ha prestado un coche. Planean una parada para rematar algunas ventas con Antonio el Shinga en La Línea de la Concepción. A pesar de ser consciente de a qué se dedica el Shinga, Vera está deseando volver a ver a Eli. Se despiden de Paco y Palomilla, volverán muy pronto. Lucas se queda con ellos una temporada como patrón de barco. Le pide prudencia con la noche y las drogas a su hermano, sabe de sobra cómo se le va a veces la mano. Ahora empieza la aventura sin Lucas, con una sola cosa en la cabeza que le roba el sueño desde hace tres noches y suena a soleá por bulería.

La Atunara huele y sabe a mar: el barrio pesquero de La Línea de la Concepción, un laberinto de arquitectura popular. La cal de sus casas bajas con un punto de color en zócalos, puertas y celosías se intercala con viviendas de nueva construcción. La anarquía reina en las calles angostas, testigos de los quehaceres diarios de los marineros.

Antonio Morón, alias el Shinga, proviene de una familia de pescadores. El apodo es gentileza del léxico del Peñón: *chewing gum, chinga, shinga* con acento de Cádiz, y así la familia debe su nombre a un acto tan común como que su abuelo sintiese predilección por la goma de mascar.

Pasea despacio por la barriada donde se ha criado después de desayunar café con leche y manteca *colorá* en casa de su *mama*. Anoche han entrado cinco cargamentos de grifa, nueve toneladas en total. Sonríe satisfecho. Varias vecinas se acercan a saludar cuando lo ven salir de mañana por la puerta de la casa.

—Antonio, hijo mío, qué guapo te veo, estás más gordo, ¿no? —Viste chándal y riñonera de Versace como complemento a unos ojos azules tan profundos como el océano, y lleva una pistola que guarda en el bolso de marca. Se para en un quiosco de refrescos y chucherías. A una distancia prudente lo guardan dos hombres fornidos con gafas de sol.

—Qué *paza,* Antonio, cariño. —La quiosquera casi grita, en la radio suena Omar muy alto.

—Dame una botella de agua, Vane, y las chuches que les gustan a los niños. Dime qué te debo.

—¡*Pa* ti *na,* Antonio, por *Dio, fartaría ma,* cariño!

El Shinga se sabe idolatrado; a pesar de ser inmensamente rico, jamás abandona su barriada ni la cercanía con sus gentes, a las que ayuda altruistamente y ofrece trabajo en el imperio que ha levantado con el hachís. Todo el barrio se ha enfrentado a pedradas contra la policía más de una vez para defenderlo a él y a su negocio. El narco recoge desde hace más de treinta años a un porcentaje altísimo de jóvenes que rozan la exclusión social y abandonan temprano la escuela y las esperanzas de un empleo digno. Con el Shinga llevan un jornal a sus casas bastante más elevado del que jamás pudiesen soñar en un trabajo común y mantienen a sus familias. La pobreza, la falta de recursos y el paro en La Línea de la Concepción —la gran olvidada— llega a niveles tan elevados que obliga a sus habitantes a cruzar la aduana de Gibraltar a diario o a enrolarse en el narcotráfico.

Antonio es un dios, el Pablo Escobar de Andalucía. Pero, para sus adentros, fantasea con ser legal. Quizás un hombre dedicado a la pesca, como lo fueron su padre y su abuelo. Quisiera haber estudiado, incluso en la universidad. Habría sido un buen abogado, como esos de la Costa del Sol a los que paga cantidades astronómicas para defenderlo a él y a sus empleados. Pero, muy a su pesar, la vida lo ha guiado por otro camino, el que abrió su padre que no podía alimentar tantas bocas entre tanta miseria con lo que sacaba del mar, y empezó a coquetear con el contrabando de tabaco.

Contempla orgulloso su Ferrari de lejos, digno de Puerto Banús, aparcado en la esquina. Saca un cigarro de la riñonera, que enciende con dificultad; hoy sopla levante. El Esquinao no tardará en llegar con las fotos de las esculturas para la casa del Zabal, a ver cuánto le pide esta vez. Aspira hondo una bocanada de humo y mar que lo invade por dentro. A sus cincuenta y tres años Antonio se siente de agua, como el mismo agua del Mediterráneo que recorren tantas noches los pilotos de sus narcolanchas.

Identifica una pequeña punzada en el océano interno, una sensación recurrente cada vez que recuerda la muerte accidental de su padre cuando él aún era un niño. Un chivatazo a la Guardia Civil, que acudió a interceptar el tabaco que su padre colaba con sumo esfuerzo por la verja de Gibraltar con el único fin de llevar el pan a casa. Por la zona se dice que lo traicionaron, alguien los llamó. El resultado fue un tiroteo que dejó sin cabeza de familia a una madre analfabeta con muchos hijos en una de las zonas más pobres de España.

Antonio y su hermano, Mateo, que por aquel entonces vendían las cajetillas ilegales de su padre por los quioscos de la zona, tuvieron que hacerse cargo de la familia con solo doce y trece años, y viraron al mundo del hachís, mucho más rentable. Comenzaron como puntos en las azoteas del barrio dando aviso de cualquier movimiento de la policía, después en las collas de alijadores, desembarcando los fardos y cargando los coches para llevarlos a las guarderías. Llegaron a trabajar como conductores para llevar mercancía a Francia: se pagaba mejor porque las penas de cárcel en el país vecino eran muy superiores.

Pero Antonio, el Shinga hijo, era vivo y *arremetío*, y decidió emprender por su cuenta buscando y regentando guarderías propias. Estrechó lazos con un muchacho de Los Barrios, unos diez años mayor que él, y que ya trapicheaba con su padre y el tabaco. Le llamaban el Chico por ser el menor de varios hermanos, trabajaba en una finca entre Algeciras y Tarifa, sus padres eran los guardeses, y conocía escondites cerca de la torre vigía de Torrejosa de la que podían valerse para controlar cualquier movimiento que cercara la mercancía. «Ahí guardábamos el tabaco, podemos usarlo para la grifa». Decidió dar el paso con el antiguo socio de su padre y terminó montando un clan. Cobraban un precio altísimo por sus servicios y fueron creciendo juntos poco a poco hasta levantar la «empresa» que Antonio regenta hoy en día con audacia e inteligencia. Negocia precios con Marruecos para ofrecer los servicios de transporte a través del Estrecho, y de escondite para la mercancía que después su socio, aquel muchacho de Los Barrios, se encarga de colocar por el mundo. El tiempo ha pasado y tienen armas, radares, gomas sofisticadas y equipamiento muy superior a la de la Guardia Civil, que se defiende con lanchas obsoletas, un helicóptero y tres Nissan Patrol.

—Antonio, corazón mío, ¿cómo estás esta mañana? —El Esquinao avanza bajo el sol del mediodía de la Atunara con un maletín bajo el brazo. Ya huele el jurdó. Le acompaña Vera, la chica que simpatizó con la Eli hace tres días en Marbella—. Mira que te traigo gloria bendita en esculturas y cuadros ¡y todos con sus papeles!

La última frase hace que tanto a la chica como al Shinga se les escape una sonrisa. La primera, que ha visto las fotos en el coche, sabe que lo que trae el tito son malas imitaciones de escultura barroca española; el segundo, que no ha estudiado, pero la vida le ha hecho espabilar, intuye de sobra que compra réplicas, pero es consciente de que nadie más va a querer vender a un narco de La Línea para decorar su mansión del Zabal. En definitiva, Antonio solo quiere contentar a su mujer.

—Bueno, tito, nos llegamos a la casa y decidimos ahí con la Sara.

La zona del Zabal en La Línea de la Concepción es conocida como «Villa Narco» o «el Salvaje Oeste»; se accede desde la misma playa de la Atunara por dos carriles. Vera y el Esquinao siguen al Ferrari del Shinga por los caminos.

—No hay cobertura de móvil, qué raro. —Vera echa una mirada fugaz a su WhatsApp anhelando nuevas noticias del Pantera. A los lados del carril de tierra hay muros altos de hormigón que esconden el interior.

—Uy, estos jambos ponen inhibidores, Vera mía, y hay cámaras por todos *laos*, ¡nos vigilan! Aquí se han *venío tos* los narcos a vivir, antes esto era un cacho de tierra donde se cultivaban maíz y tomates y ahora, detrás de los muros, hay mansiones y jardines con menos papeles que un conejo de campo. Las ponen a nombre de mendigos o pensionistas y guardan bien de grifa en el sótano. Aquí no entra nadie que no sea de ellos, pero a mí me tienen confianza. —Sonríe orgulloso—. Yo les vendo cositas y me dan sus buenos billetes. Sin factura ni *na*, y también me llego a veces *pa* las fiestas con los flamencos, que no veas las que organizan, nos dan gloria bendita.

Vera casi desfallece al descubrir el vergel que se esconde tras los muros del Shinga. Una selva de palmeras y plantas tropicales, varias piscinas con dibujos en el fondo, trampolines, hamacas tapizadas con logos de Versace, esculturas doradas por doquier, cámaras de vigilancia cada tres metros, una jaula inmensa con pájaros exóticos de colores.

El Esquinao y el narco entran en la casa. Sugieren que Vera espere tomando algo en el jardín: «Ponerle lo que quiera, cerveza, champán». Un parcerito tatuado hasta las orejas le sirve una mimosa. Uno de los hombres fornidos se queda junto a ella sin moverse. Un intento frustrado una vez más de acceder al WhatsApp incrementa la ansiedad de sentirse incomunicada en el lugar. La voz de su madre retumba en los oídos, quizás la aventura se le esté yendo de las manos. Por fin, cuarenta minutos más tarde, escucha con alivio la voz del tito.

—Haz caso a lo que te digo, Antonio mío, esa pareja de esculturas es de la escuela del mismísimo Alonso Cano y ahora son tuyas por la mitad del precio de mercado. Ya están avisados de que mandas alguien por ellas.

Los dos hombres salen acompañados de una mujer morena con coleta alta; un vestido elástico y blanco le ciñe las curvas. Chanclas plateadas, mirada suspicaz. No saluda a Vera ni se despide cuando cruzan de nuevo la cancela automática del jardín rumbo a Sotogrande.

—¿Quién era esa mujer, tito? —Vera sigue el Ferrari del Shinga por la AP-7.

—La Sara, la mujer del Antonio, tienen tres chicos.

—¿Y Eli?

—La Eli es la amante, niña, que no te enteras de *na*. Con ella tiene otro chico y les tiene puesta casa en Sotogrande. La muchacha le ayuda en el negocio blanqueando los dineros en peluquerías, y el Antonio se divide días con ella y días con la Sara porque el en Sotogrande no pinta *na* él es de su barrio.

—¿Y saben la una de la otra?

—Pues claro, Vera mía, no van a saber...

El Esquinao y Vera acceden a la villa de Sotogrande Alto por la entrada del jardín. El Shinga aparca a un lado y deja las llaves a sus guardaespaldas. La mansión neoclásica de columnas, capiteles y frisos de mármol se alza majestuosa en una colina. El frescor de la piedra se hace notar. En el horizonte, el mar Mediterráneo y el eterno binomio peñón-nube.

La Eli baja una escalera blanca que da al vestíbulo seguida de dos bichones malteses con lazo rosa; los tacones infinitos replican sobre el mármol y las losas blancas y negras del suelo del recibidor. El grupo se ve reflejado en la infinidad de espejos repartidos por la estancia. Está grandiosa, con su cuerpo reloj de arena cubierto con un vestido de red negro que transparenta un culote y un top de tubo del mismo color: el resto es piel apretada y maciza. Dos aros gigantes de brillantes en las orejas; hoy decora las uñas con purpurina.

—Ya tenía ganas de verte, chocho. —Vuelve a marcar la cara de Vera con pintalabios rojo para seguidamente propinar un beso de tornillo a su amante.

El almuerzo se sirve en un comedor forrado de espejo; en el centro, una mesa negra brillante; en el techo, una araña inmensa de cristal. El Esquinao se ha puesto la servilleta al cuello para devorar los carabineros; todo menos mancharse la camisa. Antonio habla poco, la Eli no calla y narra sin pudor cómo se ha marcado un triple en Marbella: labios, pechos, glúteos. Tras la comida, los hombres conversan sobre flamenco ante dos piscinas de *gin-tonic*. El Esquinao ya ha visitado un par de veces al doctor Toque. Las chicas se sientan al sol templado contemplando la vista, con un porro poco cargado, que Vera tiene que conducir hasta Sevilla.

—Bueno, ¿y qué pasa con el gitano? —Vera sopesa la respuesta, pero termina confesando: las mariposas en el estómago y la cercanía de su compañera de sobremesa sueltan la lengua.

—Con el gitano vi amanecer en la playa el día de la fiesta, hablamos sin parar toda la madrugada.

—¿Hablamos? ¿Y no hubo mandanga? Tú estás tonta, ¿no te gusta?

—Sí me gusta, ¡y cómo huele! —Y Vera le cuenta la historia del portal del Saladillo, el anillo que ahora lleva en su dedo anular...

—Vamos, que te pone bien chota, niña. ¡Pues te hubiera empotrado en el Saladillo! A mí no se me hubiese escapado vivo ese pedazo de gitano; cuando queremos algo, no hay que desperdiciar las oportunidades, mira cómo tengo ahí a mi Antonio, loquito por mi cuerpazo. —Hace ademán de pasear las manos por su cuerpo de guitarra.

—Casi no lo conozco, pero es como si me hubiese hecho brujería, es una atracción tan intensa, tan diferente. —Siente que levita mientras se desahoga, casi puede olerlo, la barba rozando el cuello, las canciones al oído, las risas.

—Hoy has conocido a la Sara, ¿no? —La muchacha de San Roque amarga el almíbar de Vera para cambiar de tercio y explicar con vehemencia la importancia de ser la amante—. Hay mucha dignidad en ser la otra. Ella es su esposa, sí, yo soy la segunda, y no va a dejarla, pero siempre nos quieren más a las segundas, nena, además le ayudo en el negocio. —Y Vera no consigue entender la bigamia de Antonio el Shinga y la aceptación de las dos mujeres. Reconoce que ella sería incapaz de llevar la situación mientras la Eli con su verborrea le muestra fotos de la cadena de peluquerías que regenta en la Costa del Sol para su Antonio.

—Corazón mío, tiramos ya *pa* Sevilla, que me esperan en El Mentiroso.

El Esquinao quiere volver a Triana, lo aguardan en su bar de cabecera. Las dos chicas se abrazan. Un pacto de amistad nueva entre dos mujeres a las que la vida mece por escenarios muy diferentes del amor. O quizás no.

Campo de Gibraltar, años ochenta

Aquellos días de verano se habían grabado en la memoria y la retina del Chico para siempre. El muchacho del Campo de Gibraltar atesoraba los recuerdos en la playa de Tarifa, el paseo por la torre de Torrejosa y las tumbas antropomorfas; las manos de María que se agarraban fuerte a su cintura sobre la Puch minicross; aquel encuentro mágico y fortuito con el mismísimo Camarón de la Isla; el rescate en las dunas de Valdevaqueros para devolverlos a Algeciras donde aguardaba su guitarrista —Paco de Lucía—, y de donde tuvo que recogerlos su padre y amenazarlo acto seguido al descubrir su escapada clandestina: «Si se llegan a enterar los señores de que andas con su hija, nos buscas la ruina, Chico, no olvides que comemos de esta casa, hijo mío». Días de juventud donde se daba todo por hecho sin medir consecuencias, donde se creían inmortales. Su melena rubia, su cuerpo, la piel pecosa... Cualquier hazaña merecía la pena por gozar de cada minuto de su atención, de un amor prohibido.

Pero todo llega a su final, y el verano dejó paso al otoño y María volvió a Madrid, a su ciudad, a su ambiente, a su gente. Prometieron escribirse, llamarla a casa era arriesgado, ella prometió volver el puente del Pilar con su familia, pero nunca contestó a sus cartas. A pesar de ser un mal comunicador por escrito y de las faltas de ortografía, el Chico jamás dejó de escribirla casi a diario. Se armó de valor para llamar un día a la capital y colgó al escuchar la voz de su padre al otro lado del teléfono. Por fin, en la festividad nacional, los señores volvieron al Melojo por el puente; María prefirió un viaje a Londres con amigos. Y cuando la ilusión empezaba a desdibujarse en el horizonte como un sueño de verano, reapareció el puente de Todos los Santos.

Quiso reprochárselo, pero en el instante en que la vio bajar del coche con sus pantalones de campana y sus botas de cuero, con la risa melódica, los ojos pardos despiertos... En ese momento, como si no hubiese pasado nada, como si acabaran de zambullirse juntos en el océano de Tarifa, no pudo por menos que olvidar sus desaires y entregarse a sus demandas caprichosas.

La invitó a pasar la víspera de los difuntos en Algeciras: «Les he dicho a mis padres que iba a Marbella, siempre les cuento la misma mentira». Pasearon por la ciudad y la popular fiesta de *Tosantos*, por el mercado y la plaza de abastos repletos de castañas, nueces, membrillos, boniatos. Compraron cartuchitos de marisco, ella le dio la mano: «Aquí nadie me conoce, Chico, no pasa nada». Le hablaba de sus planes, por fin se marchaba a Escocia el próximo curso; de la movida madrileña: Radio Futura, Nacha Pop, Enrique Urquijo, Alaska. De la despenalización de la homosexualidad, de la venta de anticonceptivos... María se bebía la vida a borbotones mientras que él solo era un muchacho del Campo de Gibraltar que se ganaba la vida con el descorche y no llegaría más lejos de Los Barrios o Algeciras, del levante y el poniente. El Chico se juró a sí mismo cambiar las cosas, trabajar sin descanso para ser alguien, para estar a su altura, la del pedestal altísimo donde la había colocado y donde se veía condenado a trepar.

María le quería a su manera, desinhibida y descomprometida; él basaba todo su valor y amor propio dependiendo del cristal por donde ella lo mirase; otorgaba demasiado poder a los ojos de aquella niña rica pecosa que solo jugaba como jugaban las adolescentes rebeldes en la era del posfranquismo. Y como siempre, volvió a marcharse a la capital, a su vida cosmopolita, a los juegos prohibidos de las nuevas drogas y paraísos artificiales que reinaban en la noche de Madrid. Para su consuelo, esta vez sí escribió, pero las cartas no hacían más que restregarle por la cara cómo conocía el mundo a sus expensas; a veces acompañaba las misivas de fotos de la ciudad, de sus viajes, también le envío algunas que se habían sacado juntos en los altos del Melojo en un día de levante en la víspera de Todos los Santos; Gibraltar y la bahía de Algeciras al fondo, ellos dos bajo un alcornoque milenario, el corcho del árbol y el amor de su vida.

El Chico atesoraba la instantánea bajo el colchón y la miraba por las noches mientras trazaba un plan para ser alguien, para impresionarla. Manejaba bien la grúa y consiguió un trabajo nocturno de carga y descarga de contenedores en el puerto de Algeciras que combinaba con las labores del campo en El Melojo. Pasó el otoño, el invierno, intentó olvidarla sin éxito en los brazos de una morenaza de San Roque. Las epístolas desde Madrid eran cada vez más escasas mientras él trabajaba sin descanso día y noche para ofrecerle su éxito. Se ganó la confianza en el puerto y le derivaron a aduanas, el salario era mayor que el de estibador, pero insuficiente para las ambiciones de un joven con sed de dinero y enamorado.

Por aquel entonces, el Chico había estrechado lazos con un pescador de La Línea, a su familia les apodaban los Shinga. El hombre pasaba fatigas para dar de comer a todas las bocas que le esperaban al llegar al puerto de la Atunara y se buscaba la vida escurriéndose por la verja del Peñón con cartones de Winston, o colándose clandestinamente en las aguas británicas con su barco de pesca y los fondos cargados de cigarros. El muchacho, avispado, supo oler la oportunidad y le ofreció al patriarca de los Shinga los escondites que conocía allá por la torre de Torrejosa y las tumbas antropomorfas, esas donde una mañana de agosto se había sentado al sol con ella, el lugar perfecto para esconder los arsenales de tabaco que iban cosechando y que los hijos mayores de su socio, los Shinguitas, Antonio y Mateo, iban ofreciendo con sus caritas morenas y risueñas a los locales de la zona. Fruterías, tiendas de ultramarinos, quioscos, llegaron a vender hasta en Cádiz capital... Y así, mientras tanto, el muchacho criado en el descorche, el Chico, el hijo pequeño de los guardeses, iba sumando fajos de billetes que escondía bajo el colchón junto a la foto de su amada.

10

A Ezequiel el Pantera le duele la cabeza. Adora a su familia, pero casi tres semanas en casa, excepto un par de bolos de ida y vuelta a Badajoz y Lisboa, pesan, porque la vida en el hogar pesa. Como pesan también las bolsas del Mercadona que carga en el aparcamiento del centro comercial Ruta de la Plata junto a la Consuelo, los niños, su *mama,* la suegra y las cuñadas. Sensaciones encontradas: la melodía alegre de la risa de los pequeños y las cadenas del matrimonio.

El artista se felicita a sí mismo por haber comprado en su día la furgoneta de nueve plazas para transportar a la prole, como la que pone el Pucho para los bolos, solo que invadida de sillitas de bebé, juguetes, bolsas de patatas y una medalla de Camarón sujeta con lazo de la bandera gitana al espejo retrovisor. El ambientador de cereza que ha puesto la Consuelo, orgullosa de su furgoneta, empalaga con un olor dulzón de cine de barrio el vehículo lleno de hijos y gitanas que han quemado la tarjeta de crédito del Ezequiel en las tiendas del centro comercial;

También saqueado el supermercado: la nevera de un gitano siempre ha de estar llena.

Emprenden el camino de vuelta al pueblo atravesando los campos plagados de flores amarillas, donde por fin ha explotado grandiosa la primavera en la provincia de Cáceres, inundándolo todo. En la radio suena un gachó cantando reguetón; las cigüeñas, erguidas sobre los nidos en los postes de luz y campanarios de piedra; las ovejas pastando, la jara y la retama rebosantes de flores blancas y amarillas. Pronto volverán las golondrinas.

Los niños pelean, la Juli quiere un top como el que se ha *cogío* la Aroa en el Bershka para salir *apañá* en los vídeos *del* TikTok. La Manuela, desde la fila de atrás, tira de los rizos del Juan, que ya le ha dado un manotazo. Las gitanas, que no callan entre ellas.

—Pues me he *cogío* el *vestío* igual que el de la comadre, pero en turquesa, así *bordao, pa* el día que haga el Arrullo la fiesta en la casa de Sevilla, que ya me dijo el Ezequiel que me lleva. —Consuelo mira a su marido de reojo desde el asiento del copiloto esperando un gesto aprobatorio, pero está ausente.

—Y la chaqueta azul que te has *probao,* cariño, esa también *pa* el concierto en Nueva York, ¡pero una talla más!, que te estaba chica, que no sé qué le ha *dao* al Pucho ese que te quiere siempre *to apretao.* —De toda la frase, el Pantera solo atiende a la parte de Nueva York. Hace una semana le han dado la mejor noticia: el Flamenco Festival de la ciudad este año cae en mayo y el cantaor tendrá el inmenso honor de formar parte del cartel. El primer impulso cuando recibió la buena nueva de boca del Pucho fue un wasap.

—Ay, mi Vera, que voy a inaugurar el Nueva York Flamenco Festival en mayo. Vente conmigo. —La respuesta no tardó.

—¡Voy! Puede que con el tito en la maleta, pero voy.

—Primavera en Nueva York, como la película, mi Vera.

—Era otoño, Pantera, pero voy igualmente.

No puede esperar a llegar a casa y llamarla desde el sofá en la soledad de la noche; tras la espesura de sus días en familia, la chica provoca amaneceres en las penumbras del artista. Solo ha dormido un día en el cuarto con la Consuelo, más que nada por cumplir y por recomendación de su *mama* que dice que la suegra y las hermanas hablan, que la Consuelo está *preocupá*.

—Anda y duerme con ella, no te vayan a llamar a razones.

—Mañana me bajo temprano *pa* Sevilla. —El Pantera se sorprende a sí mismo de las palabras que han salido rotundas de su boca. Las gitanas enmudecen en el coche—. Tengo tarea en el estudio con mi compadre y ya me voy con él de ahí a Madrid para el bolo que tenemos en el Canal.

Consuelo no oculta un gesto de disgusto, no le agradan estas marchas inesperadas; pero el artista solo piensa en una cosa, y esa cosa está en Triana.

Sevilla en primavera es la flor del azahar; un afluente de alegría inunda las aceras y las gentes, las terrazas se cuajan bajo el sol manso respirando un torrente de vida que brinda con botellines helados frente a un plato de caracoles. Las cofradías ensayan por las calles, la cera de los nazarenos pronto cubrirá el asfalto y las notas del almizcle amaderado del incienso contagiarán el aire. Ya casi huele a tradición y a fieles; trajes oscuros y mantillas buscando consuelo y amparo.

Vera se ha puesto un vestido de flores *ad hoc* con la vibra del corazón en una mañana soleada; una chaqueta vaquera sobre los hombros por si al tiempo caprichoso le da por cambiar de tercio. Desayuna en una terraza de la calle Betis, junto al río. Las fachadas coloridas de las casas hacen frente, Guadalquivir mediante, a la torre del Oro, la Maestranza y, al fondo, la Giralda. Se siente bien en Sevilla, hay un aire fresco y provinciano alejado del peso de la gran ciudad. Ahí, con la mirada recorriendo el cauce del río, la vida se antoja más fácil y liviana. Apenas lleva unas semanas en su nuevo hogar, pero se sabe en casa. La convivencia con el tito es medianamente llevadera, a pesar de las excentricidades y los horarios de un gitano de setenta y cinco años que amanece a las dos de la tarde a tiempo para el aperitivo en Triana y, generalmente, se las apaña para que alguien los convide a almorzar. Si no, Vera tiene que cocinar algún potaje siguiendo sus directrices —«Me muera, que paya eres *pa* la cocina, hija»—; después, una siesta en el sofá, y cuando empieza a caer la tarde, toca escoltar a su «jefe» en algún negocio fraudulento que abarca desde relojes y joyas falsas hasta Picassos y Grecos de antes de ayer. Vera sospecha que incluso algunos clientes se dejan estafar solo por el placer de compartir el famoso encanto del Esquinao y el arte en todo lo que hace, incluido el timo. Una vez que cae la noche, el tito reina en su ambiente y no hay fiesta o reunión paya o gitana que no recorra. Se codea con ricos y pobres, aristócratas y plebeyos, artistas e intelectuales. Todos admiran su carisma, todos lo reclaman cerca para amenizar los saraos, aunque Vera sospecha que, en la penumbra de su buhardilla en Triana, Amancio el Esquinao sufre de soledad. Por ello admira el gesto altruista y la empatía de Paco al contratarla para acompañarlo. El sonido del móvil saca a la muchacha de sus pensamientos.

—¿Qué pasa, reina mora, descastada? La que se fue a Sevilla perdió su silla y un hermano, por lo que veo. —Vera sonríe, el humor de Lucas al otro lado del teléfono acompaña el día soleado.

—Estoy en una terraza de Triana tomando un café, a ver si se despierta el tito Amancio, que vamos a comer con un duque de tal, ya sabes lo que le gusta un señorito a ver si lo despluma. ¿Qué tal estás tú?

—¡Uf, yo divinamente! Ayer fuimos a un bingo en Torremolinos con espectáculo de *drags*, ¡maravilloso! He terminado en un *after* en Fuengirola y me dispongo a acostarme. En un par de horas, Paco quiere que saque el barco. Solo quería saludarte y decirte que eches un ojo al *Fuera de Serie* de hoy. Hay una sorpresa para ti, zorrita. —Vera levanta la mirada, antes ha visto a un señor muy formal con su teba de los sábados leyendo el *Expansión* en la mesa de al lado. Se levanta hacia él.

—¿Le importa que mire el *Fuera de Serie* que viene con su periódico?

—Aquí lo tienes, guapísima, te lo puedes quedar.

Y entonces lo ve en la portada: melena azabache al viento, chaqueta de pana negra entreabierta que cubre una camiseta metalizada en tonos plateados y pantalón de leopardo. La instantánea refleja el ademán del artista al cruzar una calle de la Cañada Real al atardecer; la foto ha captado el movimiento de las cadenas y los ojos miel enmarcados por dos cejas negras rotundas que traspasan el objetivo y que despiertan un pinchazo en las entrañas de la chica, que siente celos de la cámara. *Esa mirada es mía*. Sacude la cabeza, murmura al teléfono algo parecido a «Cuídate, Lucas, que llevas una vida de crápula», y cuelga para leer el artículo: «Ezequiel el

Pantera, el niño sin regalos de Reyes que se ha convertido en la promesa del nuevo flamenco». Y Vera comprende, sentada a los pies del río Guadalquivir, que está presa de un hechizo bastante más profundo que un simple bando de mariposas revoltosas en el estómago. Y, de alguna manera, detesta aceptarse vulnerable, caer una vez más en la codependencia que creía había dejado en Madrid. La fuerza se ha esfumado. La seguridad va y viene. No es una marcha que meta uno para recorrer determinados kilómetros.

Son las dos y media de la tarde y Antonio el Esquinao, con guayabera azul, sombrero panamá y maletín en mano avanza por la calle San Esteban del barrio de Santa Cruz directo a la Casa de Pilatos. Vera lo sigue de cerca atrapada en un bucle de pensamientos. La revista *Fuera de Serie* apretada contra el pecho. La belleza del palacio sevillano del siglo xv rescata a la chica de golpe del monólogo interior que la secuestra desde primera hora de la mañana. Los recibe un patio de planta cuadrada, una explosión de estilos donde predominan el clasicismo y el mudéjar coqueteando con el gótico. Arcos de medio punto, azulejos de todos los colores con escudos familiares, y zócalos esculpidos minuciosamente en piedra caliza custodian una fuente central que vigilan desde las esquinas cuatro estatuas guardianas.

Vera intenta contagiarse del poder de las diosas griegas. Palas pacífera, sin brazos y con un manto de mármol en su lado izquierdo, sostiene una cabeza de medusa en el centro del pecho e invita con su presencia, fría e impertérrita, a seguir adelante: «Vamos, chica, ningún hombre, ningún artista, ni mucho menos una simple portada de un magacín semanal va a dejarte fuera de juego. Tú también eres una diosa».

El tito se mueve como pez en el agua entre la sociedad sevillana. Presenta a la muchacha a los duques anfitriones y demás invitados, entre los que se encuentran toreros, reconocidos intelectuales nacionales y personalidades extranjeras, además de la alta alcurnia de la capital andaluza. Algunos parecen reconocerla —«Eres la hija de José Luis y María, ¿no? ¿Qué tal tus padres? ¿Qué haces por aquí?»—. Los siente confundidos al verla llegar con semejante compañía.

«Pues nada, aquí estoy cuidando a un famoso timador gitano..., deambulando entre artistas y narcotraficantes... Para colmo, esta mañana, al ver a un cantaor en una portada como la nueva promesa del flamenco, sospecho que estoy enamorada de él, y eso que solo le he visto dos veces. Y bueno..., mientras tanto, ando huyendo como puedo de una vida de pija que juega a ser alternativa y cosecha fracaso tras fracaso... ¿Algo más patético?». Fantasea divertida con la respuesta que haría las delicias de Lucas, pero se limita a sonreír y contestar con la primera formalidad que cruza por su cabeza.

Suben a la planta superior por una monumental escalera bajo una cúpula dorada de artesonado mudéjar que hace de cada peldaño un camino al paraíso. El duque explica a sus invitados que, en su momento, se trataba de la escalera más grande de Europa. El tito, cómo no, hace como si ya lo supiera. Vera no comprende cómo se las ha apañado para ser convocado a la reunión.

El aperitivo se sirve en una terraza sobre el Jardín Chico del palacio; para llegar, atraviesan un salón de frescos con un relieve en mármol de una mujer desnuda copulando con un cisne. La muchacha reconoce la escena erótica y bella por partes iguales: la fábula mitológica de Leda y el cisne, donde Zeus decide tomar la forma de dicho animal huyendo de un águila, y Leda lo esconde en su regazo.

El almuerzo tiene lugar en un comedor con eterna mesa de madera donde caben los más de cincuenta invitados; En las paredes cuadros napolitanos y una chimenea negra de pizarra. El Esquinao conversa distendido con un aristócrata, le enseña algunas de las fotos que atesora en su famoso maletín, gesticula y miente en exceso mientras presenta uno de sus Picassos. Vera lo observa divertida desde la otra punta, reconoce al interlocutor, José Antonio Ruiz de Ojeda, noble y muy rico que duda mucho que caiga en las garras del gitano. Ella está sentada junto a un reconocido torero ya maduro, retirado, y que hoy en día hace de sus amoríos las delicias de la prensa del corazón. Le confiesa que tiene una sorpresa para amenizar la sobremesa.

—Es algo excepcional, niña, arte puro, ya verás.

11

Ezequiel lleva un par de horas entre las paredes acolchadas de un estudio de grabación sevillano. Su compadre el Arrullo, entretenido con los arreglos del tema. Ninguno ha estudiado solfeo, ni canto ni guitarra. Su escuela es la calle. No saben el nombre de la nota que suena, podría ser do, la o mi; sale del corazón sin necesidad de pentagrama. En el pequeño cubículo hay una energía de creación sublime que por norma los atrapa en el tiempo durante horas hasta que les sorprende la madrugada. Por el contrario, esta mañana el cantaor, que ha llegado temprano huyendo del yugo familiar, quiere mantenerse suspendido en la conexión musical solo un rato, entre micrófonos y auriculares, y ya luego, cuando caiga la tarde, dar una vuelta por Triana para ver a los primos y recabar por los bares de siempre, donde sabe gobierna el tito vigilado por su nueva cuidadora. Pero el maestro ha llamado de camino a un almuerzo y suplica su presencia para animar la sobremesa.

Entre Ezequiel y el torero hay un pacto no escrito. El artista frecuenta los callejones de las grandes plazas y conoce a los maestros de su admirado arte del toreo y, a cambio, el eminente matador disfruta del honor de contar con una pincelada del Pantera en algunas de sus reuniones y tentaderos en el campo. Dos artistas admirándose mutuamente, una amistad forjada al compás de bulerías y verónicas.

Así que, sobre las cinco de la tarde y con los arreglos a medias, guitarrista y cantaor cruzan el patio de la Casa de Pilatos. El artista planea echar solo un rato antes de correr a Triana, y maquina una excusa para retirarse temprano mientras camina hacia el Jardín Grande donde, protegidos bajo una de las logias, un grupo copioso de señoritos bañan la sobremesa en *gin-tonics*. Al arte renacentista se ha unido el flamenco, con un cuadro que se arranca por rumbas y que hace las delicias de unas payas exquisitas que bailan y se mueven con más ilusión que gracia.

—Alabados sean los ojos, compadre mío. —El matador abraza al gitano, que avanza enfundado en camisa negra de satén y pantalón rojo. El oro, como siempre, adornando el pecho descubierto.

—A sus pies, maestro. —El cantaor teatraliza una reverencia.

—Venid, que os presento al duque. —Torero y flamencos zigzaguean por un jardín de boj y naranjos alrededor de una fuente donde, en un banco de mármol, se encuentra el aristócrata conversando distendido con un grupo formado por los más jóvenes de la fiesta—. Mira lo que he traído a tu almuerzo, un poquito más de arte si cabe para tu palacio—. Ezequiel inclina la cabeza a modo de saludo y al levantar los ojos descubre otros verdes junto al anfitrión.

Y ahí, en el corazón de Sevilla, rodeados de arte de distintas culturas que en su día estuvieron enfrentadas, parece que, una vez más, el choque dramático entre amarillo y verde ha provocado una bajada de la presión atmosférica. El tiempo vira repentino a tormenta y un rayo rasga un cielo ahora encapotado. Cuando el trueno brama el artista murmura.

—Vera mía...

Y la lluvia de primavera irrumpe en el jardín mientras los invitados corren a refugiarse al abrigo de la logia de cinco arcos, dos de ellos ciegos; como el sentimiento que Vera y el Pantera se reconocen sin murmurar ni una sola palabra, quietos en un duelo de miradas bajo las gotas de agua y el olor del ozono. A lo lejos, Vera ha creído escuchar a las diosas griegas: «Niña, no pierdas tu centro», pero ha hecho oídos sordos y ahora corre hacia un salón de azulejos arropada por los brazos del Pantera.

Entre el salón del Pretorio y el Jardín Grande se encuentra una sensacional estancia denominada el Gabinete, donde continúa la fiesta protegida de la tormenta. Las paredes de azulejos y yesería labrada mudéjar, Artesonado de madera y oro en el techo y una fuente octogonal en el centro. El cuadro flamenco que antes tocaba por rumbas es ahora solemne: un cantaor que se arranca por tangos ha confesado que es un privilegio cantar ante personalidades y, más aún, artistas como el Pantera. Vera y Ezequiel no se han separado ni un segundo desde su encuentro. El tequila ya corre a velocidad crucero por las venas. Comentan entre risas con el Arrullo cómo el tito va cercando cada vez más a su presa: «Hay que ver el Esquinao como *chanela**». El gitano viejo solo tiene ojos para el noble al que acorrala, cómo no, en una esquina, con las mismas falacias sobre las obras que va a venderle. Ezequiel saluda a un matrimonio que se acerca. Ella resulta cercana y Vera cree haberla visto en alguna parte.

—Mira, mi Vera, la Mariluz y el Pablo, él es de aquí de la casa esta, de la familia del duque. La Mariluz lleva el festival Trocadero en Sotogrande, es paya, pero como si fuera nuestra. —La pareja se une al grupo haciendo apuestas sobre cómo terminara el lance del Esquinao, al que parecen conocer bien. Mariluz es de origen extremeño, como Ezequiel, hablan de flamenco, ella quiere al cantaor cerrando este verano el festival que dirige. Comenta que ya está al habla con Pucho, que pide en exceso: el caché del Pantera sube de año en año—. ¡Mira cómo aprieta!, es más gitana que nosotros. —El artista bromea y se acerca al cuadro flamenco seguido por el Arrullo, que se ha apropiado de la guitarra... Se hace el silencio. Vera continua de pie junto al matrimonio.

* *chanela*, «sabe».

La escena es de esas que uno guarda en la retina para siempre. Un aura mágica, el duende. El gitano compite en carisma con el entorno. Fuera está oscuro, la luz dentro es de un dorado suave. Recita las letras con su metal sublime, las paredes le contestan. A Mariluz y a su esposo no les pasa desapercibida la química entre el cantaor y la chica de ojos verdes que tienen al lado con un brillo especial en la mirada. Tampoco que, tras el baño de olés y aplausos, se deslizan sigilosos por el arco de salida del Gabinete y cruzan el Pretorio y el patio rumbo a la calle.

Son las diez de la noche, la tormenta ha cesado, pero aún puede olerse la lluvia que se mezcla con el azahar por las calles de Sevilla. Pasean sin rumbo por el barrio de Santa Cruz intentando recuperar el aliento después del tequila y la emoción de haberse encontrado.

—Quería darte una sorpresa y aparecer por Triana esta tarde, Vera mía. Al final me la has dado tú.

El cantaor pasa su brazo por el hombro de la chica con gesto natural. Ella responde con el suyo rodeando la cintura del artista. Pasean abrazados y, no saben cómo, han terminado en el callejón del Beso, estrecho, angosto. El Pantera se para y aprisiona suavemente contra la pared a una Vera que acaricia el satén negro de su camisa; no puede contener mucho más el impulso de atraerlo hacia ella, el perfume intenso del gitano como siempre la emborracha, y la flor del naranjo, y el tequila. Sabe que está fuera de juego, rendida. Y no le importa.

Pero Ezequiel se toma su tiempo, la agarra por la cintura, las manos continúan bajando, acarician la cadera. Acerca lentamente la cara, la mirada fija penetrando con descaro hasta el alma. Los pocos segundos se antojan una eternidad de tensión retenida hasta que finalmente se rozan los labios. Es solo un roce, una caricia suave, repetida dos, tres veces, sin desembocar en aquello que da nombre a la calle donde han parado. Las respiraciones acompasadas. El deseo contenido es, si cabe, más deseo aún; lo respiran. El Pantera, con su juego, desafía a dar el paso definitivo, ambos saben que desembocará en otra tormenta, que el cielo puede volver a rasgarse entre rayos y truenos.

Y entonces Vera, a pesar del temblor en las piernas y haciendo de tripas corazón, se deshace del abrazo.

—Demasiado obvio intentarlo aquí en el callejón del Beso, Pantera, te creía más ingenioso. —Suelta una carcajada y sigue caminando triunfal.

Aprieta los dientes. El acto de sujetarse ha sido casi doloroso, duda que pueda volver a hacerlo. Ya no tiene sus manos en las caderas, pero el tacto se ha quedado para siempre. Por un instante, se siente vacía sin el calor de su pecho. Ezequiel la observa marcharse, atónito y divertido, el cuerpo entero palpitando. La alcanza a la carrera, ríe, la abraza, y continúan así en un balanceo suave por las calles y callejones adoquinados de la antigua judería de Sevilla, como el del Agua, desembocando en los jardines de Murillo, donde una llamada del Esquinao los obliga a un aterrizaje forzoso en el centro del parque. Ha vuelto a casa y se dispone a cambiarse y arreglarse para continuar la noche en Los Tevas; el bar hace las veces de cuartel general del tito y ha invitado a su presa aristócrata para continuar con el acoso.

—Venirse y me echáis una mano, niños. Me pongo un traje *apañao* y ahí nos vemos.

En el taxi de camino a Triana se han sentado muy juntos, el Pantera juguetea con el dedo de Vera dando vueltas al anillo que el mismo le ha regalado hace un mes en el Saladillo. Por azar, posa la mirada en la revista que sobresale del bolso de la chica, con su foto cruzando la Cañada Real en la portada.

—Hacía solo una semana que te había visto por primera vez en el Villa Rosa cuando me la sacaron, mi Vera, estaba pensando en ti cuando disparó el objetivo.

La barra de Los Tevas flota en la penumbra. Azulejos de colores que representan una plaza de Sevilla y madera oscura componen el mostrador donde Vera se apoya.

—Una caña, por favor. —El camarero asoma sobre un fondo enmarcado con fotos antiguas de Camarón, Paco de Lucía, Manolo Caracol, Pepe Marchena o la Niña de los Peines.

—Aquí tiene, señorita.

Custodiando su espalda, impasibles las botellas de Anís del Mono, Soberano, ponche Caballero y aguardiente. Un sinfín de patas de jamón colgando del techo desprenden un aroma rancio. Por la cristalera del local se distingue al Esquinao, que hace ademán de colocarse los puños de la camisa. Camina despacio, presumido, como pavoneándose mientras entra triunfal y se dirige a la barra. El traje azul, la raya del pantalón perfecta, los botones dorados. Está recién afeitado, huele a lavanda. Pañuelo en el bolsillo de la chaqueta, clavel en la solapa. La mano derecha en el pantalón, donde suenan las monedas.

—Un gitano tiene que ir siempre bien vestido, corazón mío —responde al silbido de Vera, que sentencia que la expresión «tengo unas pintas que parezco un gitano» es del todo errónea. Ella, en los últimos meses conviviendo con calós, sabe de sobra que no hay nadie más coqueto y pendiente de su apariencia. Siempre limpios y arreglados.

—Vamos a ver, Vera mía, échame cuenta de lo que te digo. Este jambo es de una de las familias más importantes de España y tiene billetes para comprar Madrid, Sevilla y España entera.

—Claro, tito. —Vera aguanta la risa.

—¿Me escuchas lo que te estoy diciendo? Billetes para comprar lo que le venga en gana tiene el payo. Y aquí está tu tito Amancio para darle el *mangazo*

—remata con los brazos en alto, chasqueando los dedos y dando una *patá*.

—¿Y sus hijos? —Vera no ve tan claro que Juan Antonio Ruiz de Ojeda, duque de Villafranca, ni sus hijos vayan a sucumbir tan fácil a los encantos del Esquinao, pero nada resultaría más gracioso.

—¿No lo oíste, Vera mía? Que ha regañado con los chicos, que ahora soy yo Lola Flores, ¡el que manda!, y tengo el Picasso más importante de España y Francia entera para venderle.

—Tito, que ese cuadro sea un Picasso no está tan claro, que este hombre sabe.

—¡Qué va a saber este hombre más que yo, corazón! ¡Que estás con tu tito Amancio Moreno, el Esquinao! Que en el saber de arte y antigüedades nadie me gana. —Empieza a tocar con el puño en la mesa.

El Pantera se acerca con un plato de jamón; han llegado todos los primos; empieza una letrita mientras el tito, pletórico, lleva el compás con la mano y los pies. Todo es alegría.

—Me encanta esto. —Vera sonríe al Pantera, que ya no canta y la mira tan fijo con unos ojos de miel que se clavan en las entrañas

—Y a mí me encantas tú, mi Vera.

Y retoma la letra. El Esquinao taconea en el centro del corro que se ha creado al compás de las palmas. La luz es tenue, la noche larga y el vino ya no es amargo.

12

La noche de entretiempo, menos espesa, de alguna manera menos oscura, ha caído sobre el Campo de Gibraltar. La Eli sale al porche en su villa de Sotogrande Alto. Al frente siempre el Estrecho. Hace fresco y no ha quedado otra que cubrir el mono apretado de charol con un jersey de angora negro: que desperdicio de modelo y de curvas. Por fin ha acostado al niño. Lleva un día duro en las peluquerías de Marbella, entre secadores, manicuras y blanqueo de capitales. Sirve dos copas de champán y se recrea en las luces de algún trasatlántico al fondo, en la franja negra de agua; detrás, la ciudad y el faro de Ceuta. Atisba a su hombre sentado al fondo del jardín, sabe que conoce la secuencia del faro de memoria, cada intervalo y haz de luz. El Shinga se asoma desde lo alto a sus dominios, al campo de batalla, a la vida, a las historias de adrenalina que encierran esos pocos kilómetros de agua y las orillas a ambos lados. Nostalgia, el mal de los que han vivido intenso. Fuma Ducados, el hachís hace años que quedó relegado. El vicio te hace vulnerable e interfiere con el negocio. Y él necesita estar siempre alerta. A veces se reconoce cansado de llevar la muerte y la cárcel acechando tras la espalda. La Eli se acerca y le tiende una copa.

—¿Has hablado ya con este?

—Está por llamarme. —Casi no le ha dado tiempo a terminar la frase cuando suena el segundo móvil que el Shinga guarda en el bolsillo del pantalón—. ¿Qué pasa, socio? —A la Eli le hace gracia cómo Antonio y el Chico nunca se dirigen el uno al otro por sus nombres de pila cuando hablan de trabajo, y cómo los retoman si coinciden en sociedad—. Sí, sí, por aquí todo controlado... ¿Qué hay de lo tuyo?... Bien, desde el puerto de Algeciras... El pájaro anda por Málaga hasta la semana que viene... Mejor en persona... Venga, nos vemos. —Guarda el terminal, un sorbo a la copa que aún le tiende su amante—. ¿Y qué tal tu día, preciosa? —La Eli se sienta en sus rodillas, zalamera.

—Quédate a dormir después de cenar y te lo cuento.

El Shinga ya tiene decidido quedarse a pesar de que lleva tres noches seguidas sin dormir en el Zabal. La Sara no es tonta y sabe dónde está. Pero, por una vez, no se ha quejado: la bigamia y sus inconvenientes. Ahora es el móvil de la Eli el que vibra con un mensaje. Lo abre aún sentada en su regazo.

—Anda, mira la Vera, me manda una foto de juerga en Sevilla con el Pantera. Estos se enrollan como que yo me llamo Elisabeth.

El Shinga finge interés, pero en este momento solo recorre con los ojos la carretera de curvas que es el cuerpo de la muchacha. Tiene faena y riesgo a la vista para la próxima semana con la luna, así que, por ahora, solo quiere recrearse un rato en la calma previa a la tormenta.

Son las tres de la madrugada cuando acaba la fiesta en Los Tevas. Ramón, el propietario, ha bajado la persiana hace una hora, pero resulta difícil evacuar al extenso grupo de gitanos y el arte que los acompaña. Está cansado y tiene que estar en Merca Sevilla a las seis de la mañana. El Esquinao anda tan perjudicado que ya casi ni se acuerda que Ruiz de Ojeda le ha dado plantón a pesar de las más de diez llamadas que el tito le ha hecho. Las visitas continuadas al doctor Toque multiplican el entusiasmo del gitano, que habla por los codos. Vera sabe que la veda abunda en la reunión, en el ir y venir al cuarto de baño, en los cantes y las palmas subidos de intensidad. Para el Esquinao, el doctor Toque es, sin duda, el mejor médico y prescribe la mejor medicina. Aquella que, según él, lo ha mantenido alejado del virus los años del Covid-19. La chica no comprende cómo se financia el vicio casi diario, siempre encuentra algún resto en los bolsillos de su pantalón antes de poner la lavadora.

Al Pantera se le acumula la tarea esta noche. A pesar de solo tener ojos para la paya, para su sorpresa, las hermanas Torés se han unido a la fiesta apareciendo sobre medianoche con el Trompeta, amigo y percusionista, y algún compañero más. La mayor de ellas, la Alba, suele acogerlo entre sus pechos con frecuencia y está acostumbrada a su cuerpo y atenciones, por eso no ha escatimado en gestos seductores, caricias y provocaciones para con el Ezequiel, que no sabe cómo zafarse de la gitana. La situación y la complicidad no le ha pasado desapercibida a Vera, que recuerda a la corista de la noche del Real y el Villa Rosa; tampoco la sensualidad y el erotismo que desprende la muchacha. Su manto caoba recogido en coleta tirante, los ojos inmensos, la retaguardia poderosa. Los andares, los bailes, la manera de morderse el labio cuando lo mira.

Las dos hermanas se acercan ahora al cantaor, que se levanta junto a Vera y algunos más para abandonar Los Tevas con ganas aún de alargar la madrugada.

—Ezequiel, ¿y dónde seguimos ahora la fiesta, cariño?

—Vamos a La Bodeguita, está dos calles más *parriba* y ahí nos dejan el cuarto de abajo para gozar toda la noche. —El Trompeta ha tenido una buena idea y todos aplauden.

—¡Vamos *payá!*

En el camino, El Pantera y Vera caminan del brazo. La cuadrilla toca palmas y canta por la calle inundando de ritmo y alegría las aceras camino del bar vecino. Ella fuma un cigarro aliñado. Está lo bastante borracha, lo bastante pletórica y lo bastante deseosa como para querer volver a encontrarse con su gitano en un callejón estrecho en algún momento de la noche. El Arrullo no quiere ser de mal *bahío**, pero recuerda, en un momento de lucidez, que mañana por la tarde viajan a Madrid. El jueves tienen bolo nada más y nada menos que en los Teatros del Canal.

—Mañana será otro día compadre, no me recuerde eso ahora que me pone mal, ya dormiremos en el tren. —El Ezequiel está pletórico, ensimismado y deseoso de rematar la faena. Vuelve a pasar el brazo por la cintura de Vera y continúan el camino, a pesar de un teléfono que no para de vibrar en el pantalón.

—Alguien lleva un rato llamándote, Pantera, ¿no lo vas a coger? —El artista calla, sabe que es la Consuelo, que insiste desde hace horas. Se resiste a contestar y que le eche en cara la fiesta y la embriaguez. Prefiere hacerlo mañana. Mentir y alegar que le pilló el amanecer como siempre concentrado en el estudio.

—Puede ser importante. —Vera no se da por vencida y lo increpa cuando vuelve a vibrar el aparato, obligando a Ezequiel a responder por fin.

—Hola, qué pasa —contesta frío; ha intentado tapar el auricular, pero a Vera no le pasa inadvertida una

---

* *bahío*, «mala suerte», en este contexto, «agorero».

voz de mujer alterada y cómo el artista aminora la marcha para quedarse atrás durante la conversación.

Anuncia al grupo que se adelanten, que él pronto los alcanza. Su mirada se ha apagado, el brillo de hace unos minutos se desvanece poco a poco. La chica continúa sus pasos con los demás hacia otro bar, hacia otra fiesta. El perfume de madera y notas nocturnas se le ha quedado impregnado en la ropa y en el pelo. Cuando mira atrás, distingue su silueta de ademanes alterados que se desdibuja a lo lejos.

Vera mira el reloj. Pasan las cuatro de la madrugada y el Pantera aún no aparece por La Bodeguita, un semisótano sin ventanas, húmedo y oscuro, donde la noche se está yendo mucho de madre; huele a cerrado y a whisky; ha tenido que zafarse de varios moscones. Nadie sabe nada y el artista no contesta sus llamadas. Está cansada, ebria y humillada. Realiza un rápido balance de la situación, sabe que el cannabis provoca comeduras de cabeza, pero la realidad es que hace un rato que no ve entre el grupo a Alba, la mayor de las hermanas coristas, morenas y voluptuosas, y no olvida las complicidades entre la muchacha y cantaor. Ezequiel no aparece ni llama ni escribe, y pasa más de una hora desde que lo dejó enredado en una convulsa conversación telefónica. Se enciende una lucecita tímida en el fondo de la cabeza que une conceptos, una alerta en el estómago.

Qué narices hago en este antro esperando a nadie. Así que, sigilosa, y tras comprobar que el tito está más o menos entero, se escurre por la puerta rumbo a casa, a solo una manzana de ahí.

El retorno a la buhardilla de Triana no es ameno. El desamparo de la noche se apodera de todo, a lo lejos escucha aún los ruidos del bar, algunos cantes rezagados y carcajadas histriónicas. El aroma a azahar se ha esfumado por arte de magia... El hachís, el tequila, el recuerdo del callejón y el perfume que lleva impregnado en el pelo se mezclan con el desengaño de un plantón y la sospechosa desaparición de la gitana de labios carnosos. No sabe qué pensar, en verdad no quiere pensar mientras abre el portal y sube al último piso. Se desmaquilla despacio mientras el espejo devuelve el rímel corrido y la ilusión frustrada. *Seré idiota.* El nudo en el estómago, las mandíbulas apretadas, la resistencia a sentir lo que no quiere sentir. *Casi no lo conoces, ni se te ocurra llorar, estúpida. Ni se te ocurra.* Se acuesta envuelta en el pareo de tigres de Bengala, aquel que en el pasado le ha infundido fuerza. Suena el móvil. Es él. Pero no lo va a coger. Se agarra como puede al último resquicio de dignidad que aún encuentra.

Se levanta, abre la ventana de par en par, a lo lejos murmura el camión de la basura rescatando los desechos de centenares de vidas; el llanto histérico del bebé del tercero reclama teta. Otra vez el móvil. Contiene el ademán de tirarlo a la calle y por fin se acuesta echa un ovillo a lamerse las heridas. El agotamiento psicológico devora poco a poco la escasa energía que queda en el cuerpo de Vera. Ya casi no siente el teléfono, que insiste una y otra vez, sucumbe poco a poco al sueño que llega triunfal a rescatarla.

De pronto, una voz mate de color claro se cuela por la ventana, un canto profundo que interrumpe el duermevela de la chica. Conoce la voz, la impronta personal; abre los ojos.

—Qué negra se hace la noche... cuando no puedo *dormí*... Yo busco en el firmamento una estrella carmesí... O la varita de nardo que aquel día yo te di... mientras me tiembla el alma pensando en ti. —Vera no ha podido reprimir el impulso de asomarse entre bostezos y descubrir en la calle, bajo su ventana, la atractiva figura mesiánica de melena azabache que despierta de golpe todo su cuerpo y de nuevo las esperanzas—. Asómate, niña, a la ventana, porque la luna ya está saliendo. Asómate, niña, a los balcones, porque tu padre ya está durmiendo. —El Pantera continúa con su canto desgarrado bajo el balcón de una calle de Triana. Unos borrachos aplauden, alguien vocifera algo parecido a «cállate ya, déjanos dormir», clarean los primeros signos del alba. Parece que amanece en Sevilla y en el corazón de la chica de la buhardilla.

«Déjame subir», una demanda por wasap.

«NO», una respuesta rotunda entre sonrisas.

«Perdóname, Vera de mi corazón. Mi *mama* se ha puesto mala y he tenido que llamar al médico para que fuera a atenderla en el pueblo».

«Perdonado», teclea sin pensar, necesita creerlo.

Otro pitido del teléfono.

«Vente conmigo mañana a Madrid».

«Mañana será otro día, ya veremos». Lo está deseando, pero el ego aprieta y no va a claudicar tan pronto.

«Te camelo, Vera mía».

Vera ya conoce la facilidad de los gitanos y los «te quiero» que escupen por doquier; aun así, está conmovida. Desde arriba saluda con la mano al artista, que aguarda abajo en el portal, la camisa de satén negro, el destello del oro en su pecho. No cree que pueda soportar ningún *loop* más en la montaña rusa de este día tan largo.

Cierra la ventana y se mete en la cama. Qué rápido cambia de juego la vida. Han sido muchas emociones, pero se duerme plácida, tranquila. A lo lejos el Esquinao avanza por las calles de Sevilla borracho de existencia. Saluda con la cabeza a los barrenderos de primera hora, tiende el clavel de la solapa a la panadera de la esquina que comienza temprano la jornada.

13

En la cocina de una casa blanca en un pueblo extremeño huele a café recién hecho. Una gitana, sartén en mano, aguarda a que el aceite esté bien caliente para freír las rebanadas de pan. Bata de felpa rosa, zapatillas de peluche y moño en lo alto. El café con leche bien a su vera para superar la mala noche. Echa las rebanadas en la sartén con cuidado de no salpicarse. La mirada castaña e inmensa fija en el aceite que hierve sobre el pan. Así se siente esta mañana, a merced del efecto de otro aceite sobre ella misma. Y, por supuesto, al igual que las rebanadas, termina siempre poniendo la otra mejilla para que la tuesten por los dos lados: el corazón de la Consuelo tiene fracturas múltiples desde hace tiempo.

Retira las rebanadas bien fritas de la sartén y las pasa por un plato con papel de celulosa para quitar el exceso de grasa, después a otro plato limpio, donde espolvorea sin miedo grandes dosis de azúcar. En definitiva, ella es la dueña y señora del Ezequiel, y aunque sabe que el artista ronea por ahí más de la cuenta, es suyo. Así es la ley gitana y así la entiende su *Mario* que le da su casa, sus caprichos, a ella y a los niños, que no les falta de *na;* el azúcar de sus tostadas, a pesar de que sangre perenne la herida.

—Vengaaa, niños, *su mama*, ¡siempre vais tarde! que están las *pringás* ya listas *pa* que se vayáis *comíos* a la escuela, que luego os da la fatiga a media mañana.

La Lola, su *mama*, cruza un patio abarrotado de macetas con geranios y la ropa tendida que separa ambas casas; entra por la cocina con bata de felpa similar y se une a los gritos de su hija para presionar a los nietos.

—Chiquillooos, que están ya casi listos el abuelo y el tito *pa* salir *pal* cole, *¡darse* prisa! —Entra un batallón en la cocina oliendo a colonia fresca de limón. La Juli, el Juan y por último la Aroa, que camufla un top muy corto con el cuerpo de la Manuela, que lleva colgada de la cadera como un koala—. A dónde vas chiquilla con *toa* la barriga al aire, ¡que pareces una fresca! ¡Ay, ay, si te ve tu *papa!* Tira *pal* cuarto y te cambias.

Los niños devoran el pan frito con azúcar. La Aroa, que no ha tenido más remedio que cambiarse, suelta a la Manuela en los brazos de su madre y los tres mayores salen por la puerta rumbo a la escuela.

—Qué te pasa, cariño, que te veo mala cara. —La Lola aprovecha la paz y el silencio que se apodera de la cocina mientras analiza a su hija sentada con un café, los ojos vidriosos y la Manuela en el regazo.

—Lo de siempre, *mama*, ¿qué va a ser? ¡Pues lo de siempre! El Ezequiel, que me dice que se baja *pa* Sevilla *pa trabajá* en el estudio y a la que puede ya andaba anoche por ahí de fiesta... Que yo lo he visto *to apañao* en el Instagram del compadre, los dos ahí, en una casa así como mora, pero de jurdó... En una casa de jurdó los dos de fiesta, y yo venga de llamarlo y él que no me cogía, y va y me atiende por fin a las tres y media de la madrugada, él bien a gusto, y me cuenta embustes y no veas la ruina que *hemo tenío, mama.*

—Venga ya, chiquilla. No te hagas mala sangre tú sola, *su mama*, que ya sabes que *pal* Ezequiel son importantes los contactos, nena. Que él está como de fiesta, pero está trabajando, que ahí en las fiestas y en las casas de jurdó sale mucho negocio *pa* los artistas.

—Ya, *mama*, ya, pero entonces que me coja cuando le llamo y me lo diga, que miente mucho, que dice que está en el estudio y en el estudio no está. Pero ya te digo yo que anda raro, *mama*, que en algo anda otra vez *metío*. Y que anoche, cuando llevábamos ya quince minutos regañando, escuche la voz de la puta esa, la Alba, la que le hace los coros... Que siempre pasa lo mismo, *mama*, y que no consigo perdonarle lo de mi niño el Panterita viviendo con esa en Villanueva, hay que ver, ¡qué *lache!** Que lo habla

---

* *lache*, «vergüenza».

tol mundo. —La gitana, desconsolada, el ceño fruncido, las ojeras violáceas y la Manuela, que ahora le tira el café por encima.

A trescientos kilómetros de su pueblo, el Pantera espera nervioso en la estación de Santa Justa. La Vera estaba difícil de pelar esta mañana, haciéndose de rogar con el viaje a Madrid. Si ella supiera los obstáculos con los que tiene que lidiar su persona por solo echar un rato con ella. Siempre mintiendo. El artista está ya harto de esconderse, de tener que acatar una ley gitana que lo obliga para con una mujer que ni ama ni ha elegido, de mantener docenas de bocas con su esfuerzo, de no tener el coraje de dar un puñetazo en la mesa y saltarse la justicia que dictan su sangre y sus raíces. Este mediodía apenas ha comido, la única solución ha sido embaucar al tito con no sé qué negocio en la capital, ponerle la zanahoria delante y jurar que le iba presentar unos jambos de jurdó, y, por supuesto, financiarle el viaje y la estancia para que acceda a regañadientes a acompañarlos a Madrid con su cuidadora. Mañana canta en los Teatros del Canal, Madrid es una plaza importante, así que a sus desvelos del corazón se suman los nervios del escenario. Pero al menos lo ha conseguido y suspira aliviado cuando detecta al Esquinao cruzando la puerta de la estación como un brazo de mar, limpio y aseado con su traje de viaje. A su lado, con enormes gafas de sol, gabardina y zapatillas Gazelle rojas, le acompaña Vera.

El grupo no pasa desapercibido en el vagón del AVE. El Arrullo con la guitarra, los palmeros y el percusionista que esta tarde tienen mucha guasa y bailotean allá por donde pisan; el tito que ya quiere pedirse un whisky y que a ver cuándo abren la cafetería; el Pantera que no concibe vestirse para pasar desapercibido y lleva chaqueta morada sobre camisa con greca geométrica verde y amarilla. Hoy, además de las cadenas y los anillos, ha forrado sus muñecas de distintas pulseras de oro, coral y ónix. Por fin se han sentado todos en asientos contiguos. El cantaor empuja a Vera al asiento de la ventana y se coloca raudo en el de al lado, no vaya alguien a quitarle el sitio. El resto, tras dejar cajón, guitarra y maletín del tito, corren al bar. El vagón entero ha quedado impregnado de pachuli del bueno.

—¿No te quedas entonces con nosotros en el hotel, Vera mía?

—Es que tengo mi casa, así le doy una vuelta.

—Pues mira, así me quedo contigo en tu casa, más tranquilos.

Vera no puede evitar la carcajada.

—Bueno, que igual me quedo con mis padres que están deseando, Pantera. Es mejor tú en tu casa y yo en la mía.

—¡Ea! Y Dios en la de todos, y tú sigues castigándome por dejarte sola anoche una horita de *na*. —El cantaor recuerda para sus adentros cómo tuvo que lidiar con la Consuelo, una bronca de casi media hora con sus amenazas de rigor—. Me muera que voy y despierto a mi *papa.*

Para colmo, cuando pudo por fin desenredarse, la Alba, que lo estaba esperando en la calle con ánimo de consolarlo. La verdad, estaba guapa. Muy mujer, mucho. Tanto que sopesó la posibilidad, pero la paya se le ha metido bien dentro, como una mala idea, y el disgusto fue tan grande al llegar a La Bodeguita y descubrir que se había marchado que la emprendió a gritos con su compadre y con el tito por haberla dejado ir.

—¿No estarás celosa de la corista, no? —Sonríe impertinente—. Mira que no te voy a mentir, que con la muchacha esa he *tenío* mis cosas, pero hace tiempo, me gustas mucho más tú.

—¿Me dejas elegir el *look* para la actuación de mañana? —Vera cambia de tercio y saca su vena de estilista.

—¿El qué?

—Que tengo un amigo diseñador al que estoy segura de que le encantaría vestirte para mañana.

—Haz con mi cuerpo lo que quieras, Vera mía.

La chica está cansada, ambos lo están. Mucha vida, muchas emociones, el ser humano, cada uno desde su prisma subjetivo, cada uno con sus zapatos. El traqueteo del tren y una inercia que empuja a Vera a recostar la cabeza en su hombro y al artista a acogerla con su brazo mientras se van quedando dormidos cabeza con cabeza. Se han despertado a la vez al entrar en Atocha con el soniquete del percusionista tocando a ritmo con ambas manos en la mesa, las palmas que le acompañan y la respuesta del tito y el Arrullo desde sus butacas con el puño en el respaldo y en la ventanilla, los olés, los «agua», los pasajeros del vagón, divertidos, unos minutos de felicidad y compás que se han encontrado por fortuna en su viaje a Madrid.

Los flamencos en la cola de los taxis; Vera abraza a su madre que ha ido a recogerla. «A sus pies, señora». El tito Amancio le besa la mano y bizquea con el pedrusco del dedo; María sonríe divertida mientras Vera le presenta al grupo, nada más adulador y educado que un gitano con su *ojana**. El Pantera la invita a los Teatros del Canal; el Arrullo ha comentado que parecen hermanas.

—Siempre llevan con ellos la alegría. —A María se le escapa la nostalgia en el coche camino a casa. Se han sentado las dos juntas detrás, se echaban de menos.

—¿Qué dices, mamá?

—Los gitanos digo, siempre llevan alegría de la mano.

Es aficionada, ama el flamenco y su cultura. No es quizás el entorno que quiere para su hija, pero sabe que son adictivos, especiales. El coche para en

---

* Tener *ojana*, «adular de manera interesada».

la esquina de Alfonso XII, el chófer abre la puerta; al salir, Vera saluda al Retiro, pero no tiene tiempo para un cara a cara con el parque.

—Me alegro mucho de que te quedes con nosotros estos días. Hoy he organizado una cena divertida.

Vera sabe que su pandilla caló, ahora rumbo a la prueba de sonido para la actuación de mañana, se va a dar una vuelta por las calles del Rastro, Lavapiés y Las Letras tras el ensayo. Pero por una vez tiene ganas de volver un rato a casa, un respiro, unas horas de retiro para coger perspectiva. En su cuarto de infancia la decoración ha cambiado. Ahora hace las veces de una elegante habitación de invitados, pero hay algo de la Vera niña que aún olfatea en la atmósfera. Desde que se hizo con su pisito en el barrio de las Letras no ha vuelto a dormir ahí. Recuerda que Lucas y ella salían cada uno a su balcón contiguo en invierno y bajo la lluvia a contarse historias de miedo en mitad de la noche. Recuerda también los primeros cigarros en sendos balcones con las vistas al retiro, después los porros, las confidencias. Escribe un rápido mensaje al Pantera: no se va a unir a ellos esta noche, quiere cenar con sus padres.

Campo de Gibraltar, años ochenta

Y María no regresó hasta las vacaciones verano, el Chico la esperaba en Semana Santa, pero le envió una postal desde el sur de Francia. Cuando el calor de agosto empezaba a quemar la arena, apareció de vuelta en El Melojo, con sus bikinis minúsculos en la piscina del cortijo, provocándolo mientras él regaba el césped. La mayor parte del verano escapaba con su pandilla a Sotogrande, a veces los llevaba a la finca, donde se quedaban de juerga hasta el amanecer. Los amigos escuchaban discos de Antonio Vega, bailaban, fumaban grandes cantidades de cannabis, pero jamás invitaban al Chico, a pesar de que él les conseguía la droga. En el Campo de Gibraltar la calidad del hachís era excelente y él sabía dónde encontrarlo. Cuando no estaba en el puerto, a veces le tocaba acompañar a alguno de los señoritos invitados a tirar un corzo a rececho. Por fin un día se armó de valor para invitarla a salir por La Línea y sus bares repletos de flamenco: «Ya era hora, Chico, pensé que nunca me lo ibas a pedir». Frecuentaron El Perro Chico, el España, el café Anglo-Hispano. La invitó a cenar y tiró la casa por la ventana llevándola a La Fonda en Marbella y al tablao Ana María a ver a Pansequito del Puerto. Tenía billetes ahorrados debajo del colchón. Ella vibraba con el flamenco, él le explicaba los distintos palos y se derretía cuando la veía llevar el compás con las palmas. Se conformaba con las migajas de cariño que le ofrecía en alguna escapada a Tarifa.

Pero, como siempre, el mes llegó a su fin, con sus días largos y claros de poniente, y María se marchó a estudiar a Escocia. El Chico quedó postergado al olvido y se juró de nuevo que dedicaría a invertir cada gota de sudor en trabajar para llegar lejos, tan lejos como fuese necesario para alcanzarla. Y así fue como la ambición del amor terminó llevando a aquel muchacho del Campo de Gibraltar directo al gran negocio del hachís.

Por aquel entonces, ya tenía una red sólida de contrabando con su socio pescador, pero el muchacho sabía que el dinero importante estaba en otro tipo de sustancias, había visto los precios que pagaban los señoritos de Madrid por la grifa. El principal obstáculo era que el pescador jamás daría el salto al océano de las drogas —un hombre humilde, pero con escrúpulos—. Así que cegado por la necesidad del amor, el Chico se vio obligado a traicionarlo y dar el soplo a la policía un día que sabía de su llegada a puerto con la barca llena de cigarros. Lo que se escapó a su control fue el desenlace, el tiroteo que desencadenó la actitud del viejo Shinga al saberse descubierto y que terminó con su muerte de un disparo accidental de la Benemérita. Su mujer y la inmensa prole en el desamparo y la necesidad. Sorprendentemente, no se sintió culpable, no veía más allá de su objetivo. No le fue difícil convencer a los niños; a los hijos del pescador no les quedaba otra. Y se tiraron de cabeza sin valorar las consecuencias, movidos por el hambre. Antonio, el mayor, tomó la delantera, la iniciativa, dejo detrás al Shinguita para heredar el Shinga paterno, y con solo trece años comenzó con sus pinitos en el hachís, en las azoteas, en los alijos... En poco tiempo, el Chico y Antonio el Shinga construían codo con codo un imperio y se zambullían de lleno en el narcotráfico. El amor y el hambre mueven montañas.

14

José Luis llega a casa sobre las ocho, lo acompaña Jacobo, un joven listo y avispado, energía emprendedora y ambición que le recuerdan a sí mismo de joven. Esta noche María, su mujer, ha organizado una cena; sonríe al saber que Vera está en la ciudad, ha mandado sacar un par de botellas del mejor Vega Sicilia. Al entrar en el vestíbulo, se asoma al comedor: la impresionante mesa de diseño perfectamente decorada, flores, vajilla y velas de cardamomo. Se acomoda con su joven empleado en el salón de *toile* de Jouy rojo; por la ventana, el parque del Retiro sucumbe al atardecer. Enciende una lámpara de luz dorada y sirve dos whiskies, el reflejo de los dos hombres, dos generaciones de poder y atractivo, en las bolas de espejo de Anish Kapoor que gobiernan una esquina de la estancia. Vera y María aún se están arreglando, la cita no es hasta las nueve, así que José Luis aprovecha para rematar unos flecos del trabajo con Jacobo. Mejor así, alejados de la oficina.

—He hablado anoche con este, tenemos que encontrar un transportista fiable en el puerto de Algeciras, que no se entretengan con los trámites, ya sabes que en ese puerto son minuciosos. —José Luis se revuelve intranquilo en el sofá.

—Lo tengo controlado, José Luis, es un desafío para mí, con sus riesgos, pero el que no arriesga...

—Bien, y prefieren vernos en persona, no quiero que intervenga Marce en los detalles.

Vera se ha parado en el rellano de la puerta y observa a su padre conversando con el chico. Por un segundo le llama la atención que José Luis quiera dejar a su fiel Marcela, asistente personal desde hace más de treinta años, fuera de cualquier acción que emprenda y que vaya a apoyarse únicamente en Jacobo. Lo conoce bien, es terriblemente guapo y sexi, ella sabe que bajo el traje de sastre esconde unos abdominales perfectos y un tatuaje del ave fénix en la espalda. Hace años se escaparon tres días a Cádiz; él hacía surf y ella lo admiraba desde la playa; días en los que llegó a palpar uno a uno todos sus abdominales. Fue bonito, pero el ritmo frenético de trabajo, la ambición sin límites y las conversaciones siempre centradas en los mercados bursátiles terminaron por aburrirla. Él tampoco hizo más esfuerzo por retenerla. Aunque ahora, cuando lo ve sentado, aflojándose el nudo de la corbata y bajo la luz dorada del salón, no puede evitar un cosquilleo en la boca del estómago. Da un paso al frente y entra en el cuarto sorprendiendo a los dos hombres en plena conversación. Ha buceado en el armario de su madre: un traje de chaqueta beis y sandalias de tacón. La entrada ha causado efecto.

—¡Papá!

Padre e hija se abrazan, ni una mención a su escapada al sur; José Luis cree firmemente que eso caerá por su propio peso. Una sonrisa y otro abrazo a Jacobo, algo azarado. Un tequila con agua con gas y Vera fluye como pez en el agua mientras van llegando el resto de los invitados: una pareja de decoradores estadounidenses cuyo corazón late por el encanto español y juegan a ser Hemingway siguiendo toreros por toda la geografía ibérica; la abuela, alta, delgada y sofisticada, que no se pierde ni una a pesar de sus ochenta años, aparece soberbia, con los labios pintados de rojo pasión y collar de perlas infinito. Se ha encontrado con Joaquín en el ascensor y entran del brazo. El diseñador, íntimo de María y Vera, y que secretamente ha tenido sus escarceos amorosos con Lucas, triunfa en las pasarelas de París con una moda sin género que, a pesar de ser barroca y teatral, vale igual para hombres que para mujeres. Vera ha quedado mañana en su taller para presentarle al Pantera, y Joaquín está muy emocionado ante la posibilidad de vestir a tan reputado artista.

El segundo tequila, ahora a palo seco, cae cuando aparece Clara, amiga, casi hermana, y la mejor confidente desde la infancia. Las chicas se abrazan; Clara ha dejado a su marido e hijos en casa y se ha traído con ella su hipocondría patológica, sospecha que recorre su cuerpo una ameba come cerebros por beber agua del grifo.

Completan el grupo un matrimonio íntimo de la familia: él, intelectual con columna diaria en *El Mundo;* ella política conservadora y polémica, amada y odiada a partes iguales. La cena trascurre distendida siempre con el parque del siglo XVII al frente, que se cuela por cada ventana. El Pantera ha llamado ya tres veces reclamando atención, el equipo flamenco ha patrullado por el centro para terminar en la plaza de Santa Ana, una vez más, en el tablao Villa Rosa. Entre tequila y tequila, Vera ha invitado a todos mañana al teatro mientras flirtea con el joven ejecutivo que le han sentado al lado. No está para un *revival,* pero le gusta sentirse deseada y aún arde en el pecho el recuerdo del plantón de anoche en Sevilla. No va a claudicar tan rápido esta vez. Horas después, la noche sigue fluyendo, el alcohol haciendo su efecto y el Pantera sigue llamando.

—A la mierda, me voy al Villa Rosa, Clara, ¿me acompañas? —La fiel amiga ha sopesado por un momento cómo reaccionará la ameba come cerebros que la habita si continua la juerga, y ha decidido que quizás, con un par de copas más, termine acabando con ella.

—Yo os llevo. —Jacobo caballeroso se une al plan. Vera sonríe para sus adentros.

Ezequiel está intranquilo, malhumorado. Debería centrar todas sus energías en el bolo de mañana, debería irse a la cama. Pucho les ha cogido habitación en el hotel Palace a pocos metros del tablao donde lleva ya rato ausente viendo las horas pasar junto a los niños de Cascorro. El Esquinao, entretenido, intenta adular a un grupo de japoneses. El resto de los artistas, responsables, se han acostado hace rato para dar todo de sí sobre las tablas, pero Ezequiel se resiste a marcharse. Retumban los tacones de la bailaora sobre el suelo de baile, los flecos del mantón colorado que la cubre se balancean al igual que el pelo largo y lacio.

El espectáculo es salvaje, pero el gitano siente el ambiente y la velada oscura hasta que distingue, a punto ya de claudicar, un punto de luz que acaba de entrar en el Villa Rosa. La mira desde lejos apoyado en la barra, no le pasa desapercibida la desinhibición de Vera, está muy guapa, pero gesticula y se ríe en exceso. Para su disgusto, la acompaña un jambo muy bien *vestío,* ella, con un gesto coqueto, se suelta el pelo, que cae como una cascada sobre los hombros, pasa la lengua por la sal que ha colocado de antemano en el dorso de la mano, inclina la cabeza hacia atrás con el vaso de chupito en la boca y muerde el limón con descaro. Ha sido demasiado. Se acerca a grandes zancadas.

—Buenas noches, te veo yo a ti *mu* suelta. —La chica se vuelve, lo abraza.

—Mira, Claraaa, ¡mi gitano! Ven que te presento a mi amiga.

El artista apenas presta atención a la chica de rizos rubios y enormes ojos marrones que lo saluda con mirada pícara. El payo trajeado susurra algo al oído de Vera y eso ha sido la gota que colma el vaso. Una montaña de ascuas candentes en el pecho. Agarra a la chica del brazo

—Vamos *pa* fuera, que estás tú sin puntilla. —Vera se deja arrastrar, divertida.

—Me encanta cómo hueles —balbucea, pero al gitano no le hace gracia.

La plaza de Santa Ana rebosa alegría, las gentes abarrotan las terrazas celebrando la deseada primavera mientras atestiguan cómo el reputado artista de melena oscura, chaqueta morada y camisa entreabierta intenta convencer a una chica para llevarla a su casa.

—Menudo número estás dando, cogemos un taxi y te dejo donde tus *papas*. —Vera no puede parar de reírse, le divierte en exceso verlo enfadado.

—A casa de mis padres no —alcanza a murmurar; todo empieza a darle vueltas—. Tengo las llaves de mi piso en el bolso, está aquí al lado.

El cantaor agarra con su mano izquierda el brazo de la muchacha, que pasa por detrás de su cuello, y con la derecha la coge de la cintura y la arrastra como puede hasta una calle del barrio donde ella, en su neblina etílica, cree recordar que vive.

Tras probar suerte en varios portales, han dado con el correcto. La ha subido a duras penas por las escaleras hasta llegar al último piso. Al entrar, la sienta en un sofá de cuero rojo del pequeño salón y abre las ventanas: huele a cerrado. Aprieta las mandíbulas enfadado cuando escucha el estruendo de Vera cayendo del sofá al suelo. Intenta levantarla.

—Te quierooo, Panteritaaa. —Intenta incorporarla, le pesa el cuerpo. A duras penas han llegado al dormitorio. Enciende la luz, el gitano se sorprende ante un retrato de una Vera con la cara verde que los observa sobre la cama, pero no tiene tiempo de analizar la obra: la chica sale corriendo al cuarto de baño desde donde la escucha vomitar.

—Lo que me faltaba.

Se acerca y la sujeta el pelo, paciente, le limpia con cuidado la cara, descubre un cepillo de dientes y pasta sobre el lavabo e intenta con gran dificultad ayudarla a lavarse. Hay un bote de colonia que derrama sin reparo sobre su mano para ponérsela en la nuca. Después, la coge en brazos. Para entonces Vera apenas reacciona. Vuelven al dormitorio y la tiende en la cama; siente que el corazón late deprisa cuando muy despacio le quita la ropa, la piel es suave y blanca, intenta mirar lo menos posible, quiere acariciarla. Dobla con cuidado en la silla el traje de chaqueta y el top de tirantes. No ha considerado necesario quitarle la ropa interior. Forcejea con el cuerpo inerte para meterle por la cabeza una camiseta vieja de David Bowie que ha encontrado en el armario. *Que le gustaba maquillarse al gachó este.* Abre también las ventanas, en la calle suena el karaoke de la esquina, la fiesta, la vida y la noche en ebullición, pero el aire fresco viene bien en estas situaciones. Le pican los ojos, los celos, el enfado y el miedo del escenario inminente. Aun así, cubre su cuerpo con una manta y cariño, un beso fugaz en la frente, para después salir de la habitación y hacerse un ovillo en el sofá del salón. Está agotado. *Me va a oír la paya esta mañana.*

A pesar de que la madrugada en el pueblo blanco de Extremadura es muy fresca, la Consuelo se destapa en la cama, le pesa algo más que las mantas. Su desvelo, como siempre, lleva el nombre del Ezequiel. Hoy tampoco le ha echado cuenta, simplemente llamó para avisar que había llegado a Madrid desde la prueba de sonido en los Teatros del Canal. La gitana quiso volver al tema de siempre, él le cortó alegando los nervios del escenario y pidió hablar con los niños. Siempre se los lleva a su terreno enumerando todo lo que les va a dar cuando vuelva. Ella siente el corazón como una diana donde ya no caben más dardos. El más doloroso está clavado justo en el centro desde que su hijo mayor, el Panterita, se fue de casa con solo diecisiete años junto a una mocita de la zona que confesó estar embarazada. Las gentes de los pueblos hablan, el rumor es un mal que se mete por cada esquina. Se dice que el niño es del Pantera padre, que el hijo asumió la responsabilidad por encubrirlo. Ambos, padre e hijo, lo niegan. Cada vez que saca el tema, el Ezequiel grita: «Delante de Dios que es mentira. Mira que te *jurao,* Consuelo», pero Consuelo hace tiempo que perdió la fe. Los ancianos hablaron, el veredicto fue mandar a su Panterita al destierro, a Villanueva de la Serena, con la familia de la muchacha. La Consuelo se niega a conocer a su nieto, más aún a ver a la madre. Y cada vez que intuye en el aire que su *marío* anda metido en historias de mujeres, el dardo central del corazón-diana se clava aún más profundo.

15

Noches alegres, mañanitas tristes. Vera se despierta con el timbre del móvil que no cesa. Está perdida, desubicada; tarda en reconocer el cuarto. Por fin contesta al teléfono.

—Perdona, mamá... Sí, sí, al final me quedé a dormir aquí en mi casa... Lo siento, debería haber avisado, luego te llamo.

La cabeza, una bomba que late al borde de la explosión; la boca seca. Se estremece al descubrirse vestida con una camiseta vieja de Manu. Contesta a los mensajes de Clara: «Estoy viva». El sol entra con descaro por la ventana y la luz duele en los ojos. Posa la mirada en una silla donde descubre la ropa de anoche perfectamente doblada, los zapatos juntos y ordenados. Poco a poco surgen imágenes que se abren paso entre las lagunas profundas de la memoria: la cena, el salón rojo de sus padres, el sabor del agave, la abuela como siempre divertida, el hambre evidente en los ojos de Jacobo, Clara y algo sobre una ameba come cerebros. Recuerda también las escaleras del Villa Rosa y una mirada entre miel y amarilla enfurecida. Un perfume que se ha vuelto a quedar impregnado en su pelo. Mira el retrato expresionista sobre la cama, busca respuestas en la Vera de colores extremos que ha sido testigo. No alcanza a recordar cómo ha terminado en el piso de Las Letras. Se acerca al cuarto de baño, donde vuelven, punzantes, algunas imágenes nuevas que brotan de la memoria y rememoran un desafortunado paso por ese mismo cuarto de baño unas horas antes. Cruzan por su mente unos brazos protectores que la acompañan. *No me lo puedo creer*. Entre vergüenza y desazón compone el rompecabezas, todo va cobrando sentido, la ropa perfectamente doblada, la camiseta de David Bowie, la manta que cubría su cuerpo al despertar y el gitano que descubre dormido, aún vestido, en el sofá del salón.

—Lo siento mucho —susurra mientras pasa las puntas de los dedos por la melena oscura.

Ezequiel abre los ojos, los niveles de serotonina de Vera descienden en caída libre. La euforia de la noche, el desamparo de la mañana. Para sorpresa de la chica, el artista sonríe.

—Vaya tela, Vera mía, valiente borrachera. —La mira divertido desde el sofá—. Estás amarilla. —Bosteza.

—Gracias por cuidarme.

—Bueno, me aproveché un poco, te quité la ropa, te he visto ya medio desnuda, ¡eso que hemos *avanzao!* —El artista conoce de primera mano lo dura que puede ser una resaca, intenta quitarle hierro. El enfado de anoche se ha esfumado en el momento que ha abierto los ojos y ha descubierto a la chica sentada a su lado, acariciándole el pelo. Ha dormido poco, mala receta para el teatro, pero ahora ya nada importa más que la paya en camiseta que tiene delante—. Voy a pasar por el hotel a ducharme, recuerda que hemos *quedao* con el jambo amigo tuyo para mí... ¿Cómo se decía...? *¿Look?*

El taller y *showroom* de Joaquín Reyes se encuentra en el corazón de Lavapiés. La entrada es una puerta de garaje conquistada por grafitis donde se lee con diferentes caligrafías el nombre del modisto. Los artistas y el ego. Los recibe una nave diáfana dividida en varios espacios, las mujeres inclinadas sobre sus máquinas de coser, maniquíes de tela, los burros con las perchas cargadas de creaciones, en el centro una *chaise longue* tapizada de terciopelo, revistas, fotos de los desfiles, suena el brindis de *La Traviata* a todo volumen; un caos en perfecto orden.

Joaquín los saluda enfundado en bata blanca y metro al cuello, no oculta la emoción. Ezequiel el Pantera es la imagen perfecta para su marca. Varonil, mesiánico, latino. Vera consume grandes dosis de ibuprofeno, el agua helada de la ducha ha mejorado en parte su estado, pero aún está lejos de tener la cabeza despejada.

El Pantera sale triunfal de detrás de un biombo, enfundado en un traje rosa con bordados. Joaquín palmotea, pero, sorprendentemente, al cantaor, por una vez, el color le parece excesivo. Han probado varias opciones, desde camisa de época con chorreras hasta pantalones a rayas. Finalmente se han decantado por traje oscuro con motivos goyescos que va a combinar con pulsera y anillos de rubíes. Vera sigue el proceso tumbada en la *chaise longue,* y se levanta para seguir al artista como alma en pena por las calles de Lavapiés.

Ezequiel quiere parar en el mercado: una cerveza, remedio infalible para el malestar. Parece que el cantaor se relaja paseando por los puestos de Antón Martín. Compra patatas, huevos, cebolla.

—Vas a ver, corazón mío, que te voy a hacer una tortilla que quita el *sentío,* y te vas a quedar como nueva para verme triunfar esta noche.

En la cocina del piso de Las Letras, el Pantera se ha puesto un delantal que imita un traje de gitana, Vera lo compró hace años en un chino del barrio para quedar postergado en un cajón de la cocina hasta que el cantaor lo ha rescatado. La imagen es pintoresca. El delantal, los rubíes en la muñeca y en los dedos, los rizos en un moño alto. Corta las patatas, la cebolla, bate los huevos. Cocinar templa, ancla la mente en el presente en vez de divagar por los miedos del futuro.

Mientras devoran el resultado sentados en la pequeña cocina, sobre un mantel de cuadros azules, Vera va recuperando la alegría de vivir. Aún es temprano, el artista no tiene que estar en el teatro hasta las siete de la tarde, hay tiempo para la siesta. Necesita dormir antes de enfrentarse al público. Se han tendido juntos en la cama; Vera, envuelta en el pareo, poco a poco sucumbe al sueño bajo el murmullo de su voz. Contesta tumbado al teléfono las preguntas de *El País,* que se cuelan indiscretas en la habitación. La ropa de anoche sigue perfectamente doblada en la silla, la Vera de cara verde vigila en lo alto de la cama. Una hora y media en el profundo océano de los sueños y a Ezequiel ha vuelto a visitarlo el gitanito moreno que ansiaba zapatos y bicicleta en el pueblo extremeño.

Vera ha despertado en un lugar entre la tierra y el cielo, desubicada. El bombardeo del tequila en la cabeza ha cesado, el sueño cura. Mira a su derecha, el Pantera murmura algo aún dormido, se revuelve, su sueño es convulso. La chica se siente extraña de vuelta en el piso de donde huyó hace poco más de un mes; aun así, aquel día del portazo en el que echó a Manu y respiró libre se le antoja muy lejano. Paradójicamente, fue por entonces que descubrió aquella mirada penetrante, casi amarilla, por primera vez. Quizás fue el empujón inconsciente que necesitaba, la *patá* por bulerías. Desde entonces el roneo gobierna su vida. Ha conocido el verbo con el gitano y le ha devuelto en parte la alegría. Lo mira tumbado a su lado, quiere abrazarlo.

Es extraño cómo la vida mueve los hilos, las marionetas, siente que los suyos y los del Pantera se han enredado y no sabe cómo. Quisiera que fuese solo un juego, sin dolor, sin fuego —el que juega con fuego se quema—, pero en un ejercicio de franqueza consigo misma se reconoce cansada de pelear, quiere quemarse y citar a Cortázar: «Vos no elegís la lluvia que te va a calar hasta los huesos». El corazón de Vera no tiene capacidad para puñaladas desde que Manu lo dejó maltrecho; una sensación latente en el pecho insta a mantenerse alerta, pero la lluvia fina ya ha empapado su cuerpo desde la fiesta de Marbella, desde aquella tarde en el Saladillo, su olor —siempre su olor— ahora junto a ella en la cama —no es lluvia, es diluvio—, la intimidad en el callejón del beso, el canto desgarrado bajo el balcón de Triana...

El Pantera se estremece e interrumpe los pensamientos de la paya con la que comparte cama y siesta. Tiene frío y se ha colocado en posición fetal, abrazándose a sí mismo en un duermevela que lo transporta a su niñez y a las tablas del teatro que ha de pisar en unas horas. Vera se acerca a su cuerpo, el instinto profundo de abrazarlo aprieta; aguarda unos segundos mirando al techo, escuchando su respiración entrecortada, la mente en blanco, los sentidos a flor de piel, la atmósfera cálida, los colores templados.

Un escalofrío sacude el cuerpo del artista, a medio camino entre una pesadilla y la realidad. De pronto siente un pecho caliente contra la espalda que reconforta; Vera no ha podido reprimirse, ha girado sobre su costado, lo abraza, lo acuna, lo besa.

El cantaor se despierta con un corazón que late contra sus omóplatos, un aliento templado en la nuca que se convierte en un roce tímido de unos labios contra el cuello. No está soñando. Descubre una mano suave que se ha colado por debajo de la camiseta y lo acaricia despacio; sube y baja con un roce ligero desde el ombligo hacia el torso, un cosquilleo con las puntas de los dedos, un contacto que despierta hasta lo más profundo de las entrañas. Sonríe aún con los ojos cerrados. Con un movimiento rápido, atrapa la mano, pequeña, nerviosa, la aprisiona contra su pecho, el bombeo del corazón contra la palma. Quiere quedarse ahí, en ese momento, toda la vida.

Vera ha postergado sus funciones mentales, se abraza a la espalda del Pantera como la pieza de puzle que falta en su existencia. Ha deslizado la pierna izquierda sobre su cadera, lo agarra con suavidad pero firme, quieta. Inspiran a la vez, expiran a la vez, laten a la vez. El gitano ya no tiembla, reconoce su cuerpo más vivo que nunca. Se deshace despacio de la camiseta, los vaqueros, y se da la vuelta: «Hola». La mira a los ojos, intenso, desgarrado, dos, tres segundos, y sin mediar palabra presiona los labios contra los de Vera, que abre la boca, el tacto de la punta de la lengua ya no es un roce tímido como aquel del callejón del Beso en Sevilla, quizás la palabra beso se vuelva pequeña frente a lo que está aconteciendo.

Tan solo la respiración entrecorta el silencio. El artista se deshace hábilmente del pareo que la protege para dejarla expuesta y desnuda, recrea la mirada en la tez de porcelana que arde bajo el calor de los ojos de miel que se pasean una y otra vez por su anatomía. Se abrazan, se rozan, la piel contra la piel, el órgano más extenso del cuerpo. Instantes en que todo se vuelve sentido del tacto, una mano que acaricia los recovecos de Vera, los brazos, el pecho blanco, el vientre; otra que sujeta la cabeza firme para no deshacer el contacto. Primero con la boca, después la besa en los ojos, la frente, la barbilla, el cuello y otra vez la boca. Una conexión suave y lenta, jugando con los tiempos, alejada de la prisa y el ansia.

La mano del Pantera es delicada, se cuela con su caricia por debajo de la ropa interior con un tempo manso y calculado, le gusta observar la reacción de la chica. El perfume que embriaga, los suspiros. Vera, que se agarra a su melena negra para no perder un punto de apoyo; el artista que no puede ni quiere contenerse, ya no, demasiado tiempo esperando. Se coloca encima y se entretiene mordisqueando la barbilla de Vera, hay una fuerza motriz que secuestra todos y cada uno de sus actos, el hoyito que le hace perder la cordura. El peso de su cuerpo reconforta, las manos que se entrelazan por encima de la cabeza y los cuerpos que encajan a la perfección, como si fuera su destino final, un nivel de placer casi insoportable.

Existe un limbo de luz blanca donde se han instalado y que trasciende el sexo al margen del mundo; una comunión entre auras ante la que se han rendido; un intercambio de espíritus en un éxtasis tan intenso que el tiempo y el espacio desaparecen ahí donde todo queda en suspenso, mientras ellos, ahora ligados hasta la muerte, sucumben a sensaciones de una potencia inédita. Y todo lo demás no importa. Cómo Consuelo recoge a los niños de la escuela, cómo María se pinta los ojos frente al espejo para ir al teatro, Lucas con otro amante vacío y esporádico, cómo el Esquinao revisa cada foto de cada cuadro falso en la soledad de su habitación de hotel, Paco y Palomilla en el AVE rumbo a Madrid, cómo el Shinga y la Eli, con la mirada en el Estrecho, traman el próximo desembarco bajo la próxima luna.

La agrupación arquitectónica de los Teatros del Canal, en el corazón del barrio de Chamberí, cuenta con más de treinta y cinco mil metros cuadrados donde confluyen las calles Bravo Murillo y Cea Bermúdez. Propiedad del Canal de Isabel, II al que deben su nombre, en el conjunto tienen cabida una sala de ensayos, el centro de danza del Canal y dos teatros: la sala roja y la sala verde, de aspecto industrial, donde a las ocho de la tarde el público va llenando poco a poco las butacas de madera para admirar a la reciente promesa del flamenco, el nuevo Camarón: Ezequiel el Pantera.

Los padres de Vera se acomodan en sus asientos de primera fila junto a la abuela y su estola de visón, a pesar de que la tarde es templada. Aparecen Paco y Palomilla, que acaban de llegar de Marbella; no quieren perderse el espectáculo. José Luis no oculta un gesto altivo, Paco se sienta al lado de María, un silencio incómodo entre ellos.

En los camerinos, donde por sistema reina el caos, hoy flota en el ambiente algo que podría llamarse paz. Algo inédito. Joaquín Reyes termina de ayudar al artista a ponerse la chaqueta. Cadena dorada al pecho con cruz de ónix que complementa los bordados negros y goyescos del traje. Los rubíes con su destello escarlata en anillos y pulseras; aretes dorados en las orejas. Un whisky y un plato de jamón que ablandan las cuerdas vocales, el Arrullo que practica una falseta a la guitarra una y otra vez, Pucho que repasa el orden del repertorio con sus zapatillas de dos colores... Vera y el Pantera, que no pierden la oportunidad de mirarse a cada minuto, a cada segundo, no pueden remediarlo.

—¿Estás nervioso? —La chica le acaricia la cara.

—Siempre lo estoy, corazón mío. El día que deje de estarlo se habrá terminado todo.

Alguien saca una foto al equipo, los flamencos preparados. Joaquín reclama la suya junto al Pantera, con Vera en el centro. Ha llegado el momento, el artista se acerca al oído de la chica.

—Te lo dedico, te quiero. —Se abrazan, por un momento vuelven a ser uno, el cordón que los une da vueltas a su alrededor para atarlos aún más fuerte si cabe.

Suenan los aplausos, la guitarra que trastea hasta las orillas del flamenco, la garganta prodigiosa del Pantera que reúne lo viejo, lo nuevo, lo ancestral y lo contemporáneo; enorme pureza en las soleás, tientos, seguiriyas, bulerías y fandangos del cante clásico. En las letras canta al amor, el encuentro de hace unas horas ha sido un intercambio trascendental de energías. Ha subido algo de Vera con él al escenario. Una emoción que vuelca sobre las tablas erizando la piel de cada espectador. Sublime, íntimo, soberbio. En la primera fila, a la abuela no le pasa desapercibida su nieta, que se ha deslizado en el asiento de al lado, en trance, en una conexión profunda que ha empezado esa tarde en el barrio de las Letras, es una con la voz, la mirada casi húmeda.

El teatro entero está en pie, rugen desaforados los aplausos. Parece que fuera, en la calle, una vez más se ha desatado una tormenta. La abuela se alegra de haber traído la estola con ella.

16

Pocas situaciones tan hipnóticas como ver pasar el paisaje a través de la ventanilla del tren: las afueras de las ciudades, los edificios con balcones grises que dan a las vías con la ropa tendida, pequeños cubículos que albergan familias enteras en escasos metros cuadrados, la realidad de la vida y sus desigualdades; después los polígonos industriales, maquinaria de obra, fábricas de automóviles, desguaces con sus montañas de chatarra; y, por fin, poco a poco, el campo que va brotando, los espacios abiertos, el cielo, las nubes que forman figuras para las mentes creativas.

Vera apoya la cabeza contra el cristal de la ventanilla del tren que la devuelve al sur con el corazón encogido por una despedida y expandido por un cambio profundo y transformador del que no hay retorno al estado inicial. Ayer, tras el concierto, la euforia. Las felicitaciones, la celebración, cómo no, en el Villa Rosa. Artistas de variada índole y flamencos, Paco y señora, algún actor y alguna presentadora, Joaquín Reyes eufórico, farándula a raudales. Incluso María se unió a una copa a primera hora y se dignó a conversar con el matrimonio Sánchez; José Luis se fue a llevar a la abuela a casa.

En un punto álgido de la juerga, cada uno por su lado, Vera y Ezequiel se miraron. Y no hicieron falta palabras, huyeron dejando la fiesta y el ruido detrás para celebrarse en soledad, aunque la noche, como siempre que están juntos, fue abrupta. Dormían en la habitación del hotel del Pantera cuando irrumpieron *los jambos** a las cinco de la madrugada buscando al Esquinao: «Amancio Moreno, registrado en el hotel, tiene variadas cuentas pendientes con la justicia». Pero, gracias a Dios, el tito seguía al mando de la fiesta en el Villa Rosa.

Después el Pantera la acompañó a casa de sus padres andando, un paseo abrazados por Madrid a eso de las seis de la mañana. El dedo en su cicatriz de la barbilla, un mordisco en el labio inferior, los planes inminentes para viajar al festival de Nueva York juntos en mayo —«Te quiero, Vera mía»—, y la resolución de que él escapará a Sevilla regularmente cada vez que la agenda lo permita.

María se despertó cuando escuchó de madrugada la llave girar en la puerta, los ojos de su hija brillaban de una manera que a una madre le hace sospechar, porque a ella también le brillaron hace años.

---

* *los jambos*, en este contexto, «la policía».

Atracaron juntas la nevera, miraron álbumes antiguos, de infancia en El Melojo, hablaron del amor, incluso alguno de juventud de María frente a una foto de su madre con solo dieciocho años y un chico al lado bajo un alcornoque milenario.

—¿Es papá? —María no contestó.

El amanecer en el Retiro las sorprendió hablando. Y ahora Vera vuelve al sur con el alma llena, un punto de inflexión que se alza por encima del miedo y las preocupaciones. El traqueteo del tren, los ronquidos del Esquinao a su lado; el Arrullo, palmeros y percusionista esta vez hacen el trayecto en silencio. La noche ha sido dura, durísima. La llegada a Santa Justa prevista sobre las ocho y cuarto de la tarde. El Pantera ha salido esta mañana temprano rumbo a Extremadura, ya debe de haber llegado a su pueblo, el hilo que los une se tensa con la distancia.

Ezequiel ha pedido la furgoneta al Pucho a las siete de la mañana, justo después de dejar a Vera en casa de sus padres, ya dormirá en el camino. Vuelve a casa temprano, aunque siente que el pensamiento de Vera está por derribar esa casa, agrietar todos sus puentes y hacerle perder el equilibrio. Suena el teléfono.

—Sí, cariño, ya estoy de camino. —La Consuelo al otro lado respira aliviada, por fin vuelve.

Ha estado buscando en Instagram toda la noche y por fin, cómo no, ha encontrado. En las historias que colgó ayer en el camerino uno de los palmeros antes de salir, se atisba por detrás al Ezequiel abrazando a una paya. Ha seguido buscando en el perfil de un diseñador que también ha visto etiquetado en las redes. Y ahí estaba, una foto de su *marío* con el modisto; entre los dos, una muchacha rubia oscura, la piel clara, los ojos muy verdes, y en la mano un anillo de lapislázuli que la gitana hace días que echa en falta en los dedos de su esposo. Por el momento prefiere callar, a ver cómo llega, a veces unos días en el hogar son suficientes para hacerle olvidar a otras mujeres. Y ella va a cuidarlo para que así sea. El domingo tienen celebración en Higuera de la Sierra, su compadre el Arrullo ha invitado a toda la familia a un arroz a medio camino entre Sevilla y Extremadura, el Ezequiel ha prometido que lleva a toda la familia. Ya tiene preparado el vestido, también el cariño que va a darle. Todo está controlado. Lo que no espera es el rumbo inesperado que van a tomar las cosas.

El cantaor llega por fin al pueblo a eso de las diez de la mañana. El sol de abril que pica desde temprano, el sueño de una noche más en vela que aprieta. La Consuelo le tiene preparado el desayuno. *Pringás* con bien de azúcar y zumo de naranja, los ojos pintados, pero el hambre del artista va más allá de un desayuno. Los niños están en el colegio, no vuelven hasta el almuerzo y por fin empiezan las vacaciones de Semana Santa. La Trini —su *mama*— y la suegra, sendas batas de felpa, moño y chanclas, lo esperan también en la cocina, que huele a hinojo y a potaje.

—Ahora de que desayunes, te acuestas, cariño mío, y así estás despierto *pa* cuando lleguen los niños a comer, que tenemos unos garbanzos que son gloria bendita. —La Consuelo y sus recetas para el amor. Ezequiel se arma de valor y suelta una bomba que malogra la cocina con su onda expansiva.

—Sí, así echo un rato con ellos, que al final esta tarde tiro otra vez *pa* Sevilla, me han *quedao* flecos *pa* terminar en el estudio. —Ya lo ha dicho. Solo piensa en volver a Sevilla, no aguanta más horas sin verla. Lleva solo cuatro y ya está enloqueciendo.

—Pero ¡qué hablas, Ezequiel mío, si acabas de *llegá* de Madrid y ya te vas otra vez! —La Consuelo responde con un grito histérico, la cara roja—. ¿Y cómo *hacemo?* ¿Y el almuerzo donde el compadre el domingo? ¡Que ya tengo el *vestío comprao!*

—Lo siento, cariño, no va a poder ser, el trabajo es lo primero, ya os llevo otra vez.

Las tres gitanas que se miran, la Consuelo que sale pegando un portazo entre juramentos al borde del llanto, el Ezequiel que termina su pan frito y se acuesta con remordimientos, pero con la mirada puesta en dos horas de coche esta tarde para llegar y sorprender a Vera.

Sevilla recibe al Esquinao y a su joven cuidadora con un atardecer que huele a flor de naranjo y a Viernes de Dolores. Pasado mañana es Domingo de Ramos. La ciudad ya está tomada por alguna cofradía. El incienso, las familias vestidas con sus trajes de domingo, los niños con las bolas de cera, que suplican a los nazarenos ocultos tras los capirotes; las corbatas, la gomina, pendientes de perlas y zapatos planos para callejear por las bullas. La cola de los taxis es larga, muchas las gentes de vacaciones en Semana Santa. El Esquinao está impaciente.

—De camino a la casa paramos en El Mentiroso, niña, que la ciudad en estas fechas está muy viva y hay que aprovechar.

—¿Es que nunca te cansas, tito? —Es incombustible, está hecho de otra pasta—. Si quieres te dejo con el taxi, yo me voy a casa, estoy molida.

El trayecto en coche a la buhardilla se está complicando, hoy salen varias cofradías, la hermandad de Pasión y Muerte lleva rato con su estación de penitencia por las calles de Triana. Muchas están cortadas. Los sevillanos se aglomeran en las aceras.

—A esta cofradía la llaman los negros de Triana, corazón, no vamos a llegar más lejos en coche, está todo cortado. Nos quedamos aquí, en la esquina del Mentiroso, deberías venirte y luego, a medianoche, vemos entrar el Cristo que pasa por debajo de la casa y se recoge en la iglesia de Santa Ana.

—Estoy muy cansada para ir a un bar, tito, no me importa irme andando.

—Qué *jartible* eres, Vera mía, ea, pues tira *pa* la casa andando con las maletas en medio de la bulla, a ver si llegas, cabezona mía. —La chica lo ve alejarse feliz a su bar de cabecera. Duda de que corra un ápice de devoción por sus venas, pero siempre tiene una excusa para trasnochar.

Agarra como puede su maleta y la del tito, al menos ha tenido la decencia de no endosarle el maletín. A lo lejos se escucha la banda, las trompetas, los tambores. El intento de llegar se ha visto frustrado en tres ocasiones por la muchedumbre que le impide avanzar, agolpada en las calles. Al doblar una esquina, encuentra el paso de la Virgen que se aleja, la corona dorada, el manto de terciopelo morado, el palio mecido al compás de los costaleros. Las dos maletas que pesan mientras se enfrenta a la marea de fieles a contracorriente; ya va quedando menos, solo unos metros que resultan una hazaña heroica. Le duelen los brazos de cargar el equipaje, la cabeza por la falta de sueño, las gotas de sudor caen por la frente, rebusca ofuscada las llaves en el bolso, en la mente la ardua tarea por delante de subir con los bultos hasta un cuarto piso sin ascensor.

Entonces, de pronto, mezclado con el incienso ha olido algo, un perfume intenso y familiar que acelera el metabolismo. El mundo entero se difumina cuando lo reconoce sentado en el portal, vaqueros y camisa azul, mirada profunda entre parda y amarilla.

—Pero... ¿qué haces aquí? —Un abrazo, muchos besos.

—No estaba preparado para separarme tan rápido de ti, Vera mía.

Las gentes de Triana aguardando al Cristo en las aceras los miran sorprendidos desde sus sillas plegables, bocadillos y bolsas de garrapiñadas para endulzar la espera. Pero nada importa. Sin dejar de besarse y abrazarse, han metido las maletas en el portal, el portazo abrupto que viene después les es indiferente. El Pantera esta vez sí tiene prisa.

—Espera, tenemos que subir todo esto, no hay ascensor.

Emprenden como pueden el camino escalera arriba, Vera delante con un bolso y una maleta, el gitano detrás, que la alcanza a cada rato con el resto del equipaje a rastras, la toma por la cintura y la besa en la nuca, ella que se deshace de sus brazos entre carcajadas. El trayecto es empinado, el sudor, la falta de aliento y la fiereza con que la agarra llegando al rellano del tercero. No hay vuelta atrás.

Vera contiene las risas —«Nos van a oír los vecinos»—, pero ya la tiene amarrada por la cadera y levanta su pelo con la otra mano mientras la muerde en el cuello, casi hace daño. Suspira mientras la apoya de espaldas contra la barandilla, la contención es imposible, el ansia inmensa y las ascuas semiapagadas de anoche han prendido de nuevo hasta volverse llamas crueles que devoran el cuerpo.

Las maletas ruedan por las escaleras, la ropa del Esquinao esparcida por los peldaños. Una mano que se cuela por debajo de la falda y sube hasta rasgar con descaro la ropa interior, que arroja también escalera abajo. La rodilla que separa las piernas. Vera que ríe, llora y suspira, las envestidas, la mirada fija en el hueco de la escalera que, por instantes, se nubla, una ola de placer que es solo presente, verdad, ahora. Y las extremidades sucumben al temblor, a cada sacudida. Hace calor, la energía es densa, los gemidos cada vez más intensos e inevitables a pesar del vecindario. Un volcán en plena erupción en un portal de Triana, la lava inunda y quema cada escalón y a sus protagonistas exhaustos, empapados en sudor. Los tambores que se acercan, el paso del Cristo de Pasión y Muerte no anda lejos, la virtud y el pecado que van de la mano.

En la penumbra de una habitación pequeña y abuhardillada de Triana, se cuela la devoción y el murmullo de la Semana Santa por la ventana abierta de par en par, el olor penetrante del incienso. Por la calle desfilan ya los nazarenos con sus túnicas de ruán negro de cola, cinturón y zapatillas de esparto, capirotes altos y cirios morados: la cofradía de negro de Triana.

En la cama, el Pantera tumbado bocabajo, desnudo, la cabeza a un lado contra las sábanas; sobre su piel aceituna descansa la tez blanca, casi rosada de Vera, a su vez recostada sobre la espalda del gitano. El pecho contra las escápulas, la nariz enterrada en la melena azabache esnifando su aroma. Las respiraciones al compás, muy quietos, en comunión ambos corazones. Las manos izquierdas entrelazadas, una sobre otra. Ezequiel que besa el dedo anular donde reposa el anillo azul que simboliza la unión secreta entre los dos. Una sensación inmensa —sentirse completo al fin— que se expande por el pecho; una ternura sin límites, un escalofrío dulce que recorre de la coronilla a los pies del artista y que jamás ha sentido con nadie.

Pero una punzada recurrente en la boca del estómago aprieta y aprieta, nubla en parte la euforia: es el miedo, el miedo a enfrentar las raíces que viven y crecen bajo el suelo que pisa, a descubrirle la verdad sin tapujos a la mujer que yace desnuda sobre su espalda y cuya piel de terciopelo se funde con la suya desdibujando los límites de cada cuerpo sin saber dónde empieza uno y acaba el otro.

—Creo que ya viene el Cristo. —Vera le susurra en el oído, el cosquilleo de su aliento despierta al cantaor de sus tinieblas.

Se asoman a la ventana, Vera se ha cubierto con el pareo, los tigres casi rugen ante la escena, que sobrecoge. El Pantera se ha puesto la camisa. El Santísimo

Cristo de Pasión y Muerte avanza tallado en madera de cedro por la calle, la cabeza baja, la ausencia de vida tras la crucifixión, los párpados semicerrados, la boca entreabierta, cada uno de sus pies atravesado por un clavo. El trabajo del tallado en el pelo y los paños es minucioso. Los respiradores del paso son bordados, la canastilla de talla neobarroca. Los nazarenos de negro y esparto, el cirio morado, la banda, los tambores; un espíritu de recogimiento y austeridad que se apodera del Pantera, que se arranca con una saeta espontánea aprovechando un cambio de costaleros.

—*Mardita* sean tus verdugos... y *er Jua* que te vendió, y *er* que tiró la saeta... que el alma me traspasó.

Un aroma leñoso y amaderado, una cantar dulce y cítrico con toques frescos de menta, una Vera que tiembla por el tacto de su voz. Sale a borbotones de la garganta un manantial de pasión y miedo, pasión y una emoción oscura. Una mirada de soslayo, la devoción, la cofradía de negro. Desde la ventana, observan al Cristo, que se marcha rumbo a la Catedral de Triana, la fe de los transeúntes que lo sigue, el silencio que deja detrás en una vibración elevada, dos corazones que se miden de frente perdidos en el infinito de la medianoche.

Tercera parte

El careo

17

Dice la tradición que el Domingo de Ramos hay que estrenar. Vera desayuna en un bar de Triana con el Esquinao y el Pantera enfundados en sus trajes claros y camisas nuevas; el tito lleva corbata de lunares, el Ezequiel desabrochado hasta medio pecho, pañuelo rojo y cadenas varias. No van a por las palmas bendecidas en la misa, no participan de la Semana Santa a pesar de que el Pantera sucumbió el Viernes de Dolores a la emoción del Cristo y el Esquinao trasnochó con la excusa de la cofradía de Triana. Ellos son evangelistas: «Del Curto*, Vera mía». Así que el plan de hoy es un almuerzo en Higuera de la Sierra: «Que tiene mi compadre el Arrullo un cortijo y *vamo hacé* un arroz. Vienen muchos de los niños y muchos artistas, vamos a gozar, ya verás».

Vera y el cantaor se miran a los ojos y se rozan por debajo de la mesa, disimulan delante del tito

* Curto no es caló, es un deje andaluz, se refiere a su religión.

Amancio, pero el gitano no es tonto, y al volver del Mentiroso esta madrugada ha escuchado al Pantera marcharse sigiloso de la habitación de la chica y del piso. Esta mañana, mientras la paya pide café en la barra, susurra al oído del cantaor: «Ustedes sabréis lo que hacéis, no quiero líos».

El Jaguar verde abandona la ciudad rumbo a la frontera entre Sevilla y Huelva. El tito sucumbe a una cabezadita en el asiento del copiloto: «La siesta del carnero niños, la mejor de *toas pa aguantá* la tarde de arte bueno que nos espera». El Pantera alterna la mirada entre la carretera y el retrovisor, por donde le sonríe una chica envuelta en primavera. La ventanilla unos centímetros abierta para que se cuele el sol y el aire fresco, la sierra repleta de jara en flor, alcornoques, encinas y ganaderías porcinas criadas en montanera. El gitano cautivo de una emoción que huele a canela. *Te como esa cara, Vera mía.*

A las tres de la tarde el Domingo de Ramos los lleva a una casita blanca —«*mu* gitana»— que su compadre, el guitarrista, atesora en la sierra de Aracena a escasos kilómetros de Higuera de la Sierra. Desde la zona del aparcamiento constatan que la reunión es variada; el Esquinao se orienta enseguida hacia el jolgorio y la barra. Vera y el cantaor se entretienen unos minutos, hay que bajar los *mandaos* que el Arrullo y su mujer les han pedido que traigan de Sevilla, cajas de alcohol de etiquetas poderosas, de esas que conocen de memoria los gitanos. Pero el

Pantera no tiene prisa y alza a la chica para sentarla en el maletero; se entretiene un rato en besarla. Ella lo agarra con las piernas y lo estrecha fuerte, la nariz respirando el cuello una y otra vez, como una adicta. La bioquímica y la corteza cerebral alteradas, la dopamina inunda el cuerpo y nubla la lógica. Vera tiene que frenar las manos que se cuelan ansiosas debajo de la blusa. No saben cómo van a fingir durante la tarde, la vibración es casi obscena.

—Te amo, Vera mía.

—Ya estamos con los «te quiero», qué facilidad tienes... —Vera aguanta la risa.

—Pero yo te amo; te amo no es lo mismo que te quiero, delante de Dios que te amo más que a mi vida, me muera. —El semblante formal, intenso, teatral, profundo—. El juramento de un gitano es algo muy serio, corazón mío.

La Vera analítica lo encuentra excesivo, pero en algún lugar late una Vera pasional, soñadora, totalmente embriagada. La brisa le acaricia la piel, a lo lejos huele a leña, a candela, a las risas de la fiesta del Arrullo. El Pantera aprisiona sus manos entre las suyas y se las lleva una vez más al pecho, la palma abierta contra la piel. Ha jurado, a ella y más aún a sí mismo. En sus adentros ha tomado una decisión pesada de valor y de razones que hará temblar la tierra árida de su hogar extremeño. Ya huele la tempestad, pero aun así está tranquilo, se sabe seguro. Mañana, cuando vuelva a casa, irá con la verdad, aunque dé miedo.

La tarde es suave, con un sol fresco y macetas plagadas de geranios. Frente a la casita del Arrullo huele a barbacoa. Carmen es una gitana rubia de ojos verde pardo y nariz aguileña que lleva diez años casada con el guitarrista. Una gitana de hoy en día, de las que sienten que en las bodas de su raza la protagonista es siempre la mujer. Trajina con el sofrito en la paellera, la ayuda su suegra y la Mercedes, también casada con artista; ellas se entienden. Le gusta recibir en su casa a las gentes del artisteo que rondan a su marido, saber de su mundo y traerlo a casa, y así, de alguna manera, ser ella también partícipe. Hoy va a ofrecer gloria bendita: «Que no *farte* de *na*». Los botellines helados de cerveza tan fría que hasta duele al bajar por la garganta, el jamoncito de su sierra de Aracena, la carne lista en la parrilla, el arroz que cocina con sobrasada y panceta. Y después lo que se venga, cante y baile...

Al encuentro han acudido payos y gitanos, artistas de oficio o de la vida misma. Paco Sánchez, con sombrero y puro en mano ambienta con su risa fácil y socarrona. Palomilla lo sigue siempre de cerca. Ganaderos de la zona, jamoneros; una familia insignia de flamencos bailaores hace su entrada, todos muy bien coordinados en telas y colores. Para sorpresa de Vera, reconoce al torero aquel de la Casa de Pilatos y a la directora del festival Trocadero con su marido, se mezclan bien entre los calós y el arte. Un grupo variado de fiesteros sevillanos que parecen futbolistas: repeinados, con ropa y accesorios plagados de logos. Percusionistas, cantaores y hasta un flautista flamenco.

Vera se siente ligera con su blusa y su falda de flores, botas camperas y jersey de lana a los hombros, que en primavera refresca al caer la noche. Se siente ligera también por dentro, desenfadada, desinhibida. Fuma hachís y bebe cerveza. Ha cotilleado un rato por wasap con Eli, única conocedora del idilio —«Aprovecha, bonita, que el gitano está *to* bueno»—, y ahora se integra y se mueve por la reunión con soltura, le gusta mezclarse con las mujeres gitanas, con la Carmen, con la madre del Arrullo. Se sienta a su lado observando su cocinar pausado y alegre con alguna letrita de por medio.

El Pantera que se acerca a robar un trozo de panceta del arroz y la Carmen que le pega con la cuchara de madera en la mano: «Que se esté quieto, compadre, que tiene usted la mano *mu* larga y el arroz no está listo». La paya que ríe y la mirada que lanza al Ezequiel no pasa desapercibida a la gitana, que es muy larga. Ha visto mucho y muchas para ser exactos. Pero ha jurado a su marido mantener siempre la boca cerrada de los deslices y las amigas que traen sus compañeros a las reuniones. Es el precio que tiene que pagar por poder participar del mundo en el que navega su Arrullo.

Se han sentado todos a comer en mesas distribuidas por el campo, cada una de su padre y de su madre; han puesto sombrillas, que el sol de primavera es peligroso. El Esquinao ya ha visitado un par de veces al doctor Toque, las gitanas, todas juntas en un lado con los niños, cotilleando entre ellas los modelos de las payas tan modernas que andan por ahí; Vera que conversa con Mariluz, le divierte su trabajo, emocionar a la gente, han quedado para verse en Sotogrande y quizás la chica pueda colaborar con ella en el festival del verano. Poco a poco van sonando palmas según la tarde va muriendo. Cuando el cielo toma tintes de color escarlata, encienden la hoguera, y las gentes se sientan alrededor del fuego. El Arrullo que suena ya con su guitarra profunda y el Pantera que comienza por soleares. La noche promete. Vera se ha movido junto al calor de las gitanas y los niños, que llevan el compás con las palmas, e incluso uno chiquitillo y moreno se arranca a bailar cuando el Pantera canta por bulerías y las gitanas jalean.

—Ole, qué baile más gitano, qué bonito baila me muera, Dios me lo bendiga.

El hachís, los botellines helados, el recuerdo de la noche pasada junto a su piel y las llamas del fuego que lo iluminan ahora cantando bajo una luz de cobre, van haciendo su efecto y Vera flota en una euforia sutil, levita a unos metros del suelo.

—*Mama,* ¿y por qué no se ha traído el tito Ezequiel a la tita Consuelo y a la Juli y la Aroa, y el Juan y la Manuela? —Una gitanita de unos ocho años pregunta a su madre; se hace el silencio entre las mujeres—. Yo quería jugar con mis primos, el tito prometió que los iba a traer. —Vera acaba de aterrizar de golpe. Del cielo al infierno en una centésima de segundo. La vida no puede virar así de rápido. *Imposible*. La duda raspa en la boca del estómago como una navaja afilada. *He debido de entender mal*.

El golpe de bajar al mundo terrenal ha sido fuerte y está mareada. Se levanta al cuarto de baño, por el camino vuelve a ver a la niña que juega con su traje de lazos y volantes, una *ferpa* de encaje en el pelo. De fondo la voz caliente del Pantera y los oles de Paco. No puede reprimirse y pregunta.

—¿Y sigues triste porque no han venido tus primos, guapa?

—Sí —la niña contesta parca y la estudia con la mirada de sus ojos morenos.

Vera se siente frente al precipicio de la pregunta que duele en la garganta. No quiere saltar, no quiere preguntar, no quiere saber, caer en brazos de una realidad que intuye inminente, no quiere que cese el sueño, no se atreve a pronunciar las palabras, pero lo hace.

—¿De quién son hijos tus primos? —Le tiembla la voz.

—¡Pues de quién van a ser! De mi tito el Ezequiel, el que está ahora cantando y que ha *venío* contigo. Y de mi tita la Consuelo, su mujer. Yo tengo un año más que la Juli. Estuvimos con ellos en el centro comercial hace poco y el tito nos dijo que venían todos hoy.

El corazón de Vera se sale del cuerpo y vuela hasta el piso de Las Letras, a aquella tarde tras la siesta donde ella se aferró a su espalda; después vuela a la penumbra de su cuarto de Triana hace dos noches, bajo el murmullo de la cofradía de Pasión y Muerte, planea por el maletero del coche de hace apenas unas horas, por las palabras que aún suenan en la cabeza; por el anillo que vive y late en su dedo anular. Después, el corazón de Vera vuelve a ella, se cuela maltrecho dentro de su ser y explota en mil pedazos en el pecho. La gitanilla la mira curiosa.

—¿Estás bien, quieres un poco de tarta? —Le tiende un plato con sus manos regordetas.

Vera se ha sentado sola con la sorpresa y la estupefacción en un rincón del patio de la casa, alejada de la fiesta. La mente busca una justificación entre los escombros. *La niña se ha confundido*. Pero sabe que no es así y la realidad duele tanto que apenas puede respirar, tomar bocanadas de aire entre punzada y punzada de dolor. Quiere gritar. Hay una marejada de fondo que se va abriendo paso, una sensación oscura de aguas turbias y bilis que va creciendo desde las tripas hasta el pecho, un tsunami, una herida que sangra a borbotones sin que nada ni nadie pueda detener la hemorragia. Y de fondo, aún semiescondida, la tristeza. Un velo ligero de pena y lágrimas, de desidia, duelo y pérdida que poco a poco va brotando del corazón y reinará por encima de todas las emociones: cuando no quede nada, quedará solo ella. Pero aún es pronto, en el cuerpo de Vera se libra una batalla de sentimientos sin nombre que se mezclan unos con otros.

Carmen es una gitana lista y humana. No le han pasado desapercibidas las miradas entre su compadre el cantaor y la chica desde que han llegado, también ha sido testigo de la afirmación de la niña que ha dejado a Vera fuera de juego. La busca y la encuentra sola en el patio. La mirada perdida, empalma cigarros, tirita.

—Aquí estás. —Las mujeres se miran, ambas saben lo que está pasando.

—Está casado, ¿verdad? Está casado y tiene familia. —No es una pregunta. Carmen recuerda su compromiso de silencio, pero ahora no tiene sentido callar. Tampoco hurgar más en la herida.

—Sí, niña, lo siento.

Quiere decirle que lleva casado desde la adolescencia, preso de un matrimonio pactado, que no es feliz. Pero la gitana calla, cualquier cosa que diga no va a amainar la tormenta del corazón de la paya quebrada que tiene enfrente. Y no puede hacer otra cosa que abrazarla, acariciarle el pelo y el desengaño, que va tomando fuerza y volumen. Vera se está ahogando y se agarra fuerte a la balsa de salvación de la gitana. Ya ni siquiera escucha la voz del Pantera por fandangos, ni los oles ni las palmas.

Paco Sánchez es poco dado al polvo blanco de la veda, solo la prueba en ocasiones muy concretas. Él ya tiene sus años y sus kilos y hay que cuidarse el corazón. Pero el Pantera hoy canta con un desgarro especial, con una luz en la voz que le ha puesto melancólico y traído recuerdos del pasado, así que ha decidido meterse un tirito pequeño que amablemente le ha ofrecido el tito Amancio. Camina hacia el cuarto de baño dentro de la casa con la droga en el bolsillo de la chaqueta, pero al cruzar el patio descubre a Vera echa un ovillo en una silla, la Carmen le acaricia el pelo. El rímel corrido, los ojos perdidos. Se acerca a ella y le pone la mano en el hombro.

—¿Qué te pasa, niña? —Vera no puede controlar los hipidos.

—Por favor, sácame de aquí. —Paco sabe reconocer un corazón roto. También sabe que ahora no sirve consolar o dialogar.

—Está bien. Aviso a Palomilla y voy por el coche.

Vera se levanta sin sentir suelo firme. Carmen la lleva de la mano al coche de Paco, la ayuda a meterse en el asiento de atrás, no es la primera vez que asiste a una víctima de los amoríos de su compadre.

—Lo siento mucho —repite las mismas palabras, no cabe más que decir. Antes de cerrar la puerta, Vera se arranca el anillo de lapislázuli del dedo y se lo tiende.

—Devuélveselo al Pantera, por favor.

Campo de Gibraltar, años ochenta

Los inviernos desapacibles pasaban año tras año en el Campo de Gibraltar. La nube perenne en el Estrecho, la humedad, la nostalgia, que planeaba sutil por la zona entre las barbas del Levante...

El Chico continuaba en aduanas y expandía en paralelo su negocio con el hijo del pescador, cruzaban el Estrecho y guardaban los fardos entre las tumbas, contrataban adolescentes de La Línea que no iban al colegio y echaban mejor el día vigilando en las azoteas. Sin apenas darse cuenta, estaban creando un clan, el de los Shinga. María solo se dignaba a volver al Melojo en agosto, y lo saludaba después de un año de ausencia como si nada, como si los 360 días que él lloraba su ausencia fuesen cinco minutos. Su vida en Escocia era vibrante, nueva, excitante, diferente, y así se lo hacía ver los pocos ratos que le regalaba en las vacaciones de verano, los escasos momentos que pasaba con él cuando no andaba con su intensa vida social en Sotogrande.

—El otro día vimos la aurora boreal en la playa en Saint Andrews al volver de una fiesta. Ha sido lo más impresionante que he visto nunca, me encanta vivir allí.

—Qué suerte has tenido, María. —El Chico asintió, actuó como si le interesara, no se atrevió a admitir que no sabía qué era la aurora boreal. Él solo era un niño de Los Barrios y lo más impresionante que había visto nunca era esa muchacha rubia loca por vivir a impulsos.

—¿Sabes, Chico? Lo que más me gusta es escaparme algún fin de semana a Londres. —Ella fumaba mientras lo miraba sentada en la arena de la playa de Getares, donde habían pasado la tarde a sabiendas de que nadie los vería juntos. Aquello no era Sotogrande. El bikini diminuto, la figura escultural, las pecas, la melena más larga que de costumbre, llena de mar y de sal—. Deberías venir a visitarme algún día. —Sus palabras se quedaron grabadas en la mente y en el corazón del Chico, y las tomó como reales.

Por eso, cuando ella marchó de vuelta al Reino Unido, cuando el mes de septiembre acechaba tras la esquina, comenzó a planear un viaje para encontrarla. Calculó los costes del avión hasta Escocia, el hotel en Saint Andrews, otro avión y un hotel en Londres para pasar el fin de semana. Lo ayudó un colega de padre gibraltareño, compañero de trabajo en el puerto, hablaba inglés y tenía un primo en Londres que trabajaba en una agencia de viajes. Por aquel entonces los fajos de billetes que el muchacho atesoraba eran cada vez más gordos, ya no cabían bajo el colchón, y empezó a enterrarlos en un zulo cercano a las tumbas antropomorfas, custodias de los arsenales de cannabis que acumulaba junto al Shinga. Jamás le confesó a su socio en qué invirtió el montoncito importante de billetes, ya habían utilizado varios para la compra de su primera *goma**. Y se marchó solo y asustado un mes de noviembre de 1986 a Escocia, a la odisea de sorprenderla sin hablar inglés y sin haber ido más lejos de Algeciras o Tarifa. Pidió unos días de permiso en Aduanas, y se aseguró no planear ningún cruce del Estrecho con Antonio durante su ausencia, la narcolancha podía esperar escondida en tierra hasta su vuelta. Tenían un hangar junto a las guarderías. Nada más llegar al pueblo costero de Saint Andrews, la buscó en la universidad, en la entrada, en la salida, hacía frío, faltaba la luz de Andalucía, nadie le entendía. La buscó por las clases hasta que dio con unas jóvenes que hablaban español. Se atrevió a preguntar por ella.

—Ah, sí, María, no la busques, se ha ido unos días a Edimburgo con su novio.

---

* *goma*, «narcolancha».

18

El Pantera lleva casi una hora entregado al desahogo y al cante que sale profundo desde las mismas vísceras. Las llamas de la candela lo han obligado a quitarse la chaqueta, el fuego dibuja luces y sombras sobre su rostro y los ojos rugen. La camisa blanca y desabrochada hasta el ombligo se pega al cuerpo. Los rizos sueltos y desordenados, el pañuelo abraza la garganta y el pecho siempre descubierto. Canta fiero y drena emociones en cascada. Pletórico, decidido, sintiendo el paso adelante. Llora a la vez el linaje, que lo va a sentir traidor mañana, cuando vuelva con la verdad a la que hasta hoy sentía su casa.

En un momento dado, mientras entona, ha visto cómo la destinataria de todas sus letras se ha levantado a conversar con una niña, pero hace rato que no vuelve al grupo, al corrillo. Da un paso atrás mientras el Arrullo navega por un mar de falsetas y se sienta en su silla. Está cansado. Deja el arte en manos de sus compañeros y se levanta a la barra a por una cerveza, quizás la encuentre ahí. El Esquinao toma el mando con una letrita que despierta un estruendo de «oles» y «aguas». El Pantera pregunta al maestro, a Mariluz y a un grupo apostado en la barra: nadie la ha visto.

Unos metros más allá divisa a la Carmen en la penumbra cargando una bandeja de vasos limpios; el ritmo del alcohol es vertiginoso en la noche primaveral de la sierra. Se acerca. La gitana lo ha visto, deja la bandeja y se seca las manos en la falda. Lo mira a los ojos. No quiere juzgarlo, no quiere meterse en nada, no quiere problemas, pero no le ha quedado otra que sacarse el anillo de bolsillo cuando el Ezequiel le ha preguntado por Vera.

—Se ha marchado, compadre, me dijo de darle este anillo. —La circulación del cantaor se ha congelado, el corazón deja de bombear sangre—. Estuvo hablando con la Samara, la del Joselito, se ve que la niña le preguntó por sus primos y su tita la Consuelo, y la paya se ha ido, compadre.

El Ezequiel no contesta, coge el anillo despacio, se lo mete en el dedo, la mirada baja. Después gira sobre su costado, agarra la bandeja de vasos de la mesa y la estrella contra el suelo. Una ola de cristales en mil pedazos, un estruendo, el corrillo cesa. El Pantera se ha cortado a la altura del gemelo, un trozo de vaso le ha rasgado el pantalón. Siente la sangre correr por la pierna, también por ese músculo del tamaño de un puño que late en el pecho.

Vacío. Cuando llevas una hora y setenta y ocho kilómetros llorando en un coche entre la sierra de Aracena y Sevilla, solo queda vacío, nada, dentro de Vera un espacio que hasta hace pocas horas ocupaba él. Los vacíos cuando el corazón se rompe, cuando se derrama el contenido, es difícil llenarlos de otra cosa que no sea incredulidad y el escozor del fuego, que por ahora camuflan la tristeza. Paco y Palomilla dejan de madrugada a la chica en el portal de Triana.

—¿Quieres que nos quedemos contigo? —Ella no ha abierto la boca en todo el trayecto.

—Muchas gracias por traerme, de verdad, ya estoy mejor, no es nada, os lo agradezco muchísimo. —Se baja del coche y entra en el portal, sube a la buhardilla en un acto reflejo.

Ahora no es momento de lamentos, hay que ser analítica, necesita salir de su territorio, sabe que cuando descubra que se ha marchado, irá a buscarla. Abre la maleta encima de la cama y la llena de sus cosas, que va tirando dentro con ímpetu, con cierto desprecio. Se concentra solo en la respiración, la mente aporrea y añade sufrimiento al dolor. *No sé por qué pensaste que esta vez te iba a salir bien*. Esa facilidad de fustigarse cuando se siente vulnerable. Así que, para sobrevivir a la noche oscura, pone el piloto automático, recoge sus cosas, conduce como una autómata dejando Sevilla y Jerez atrás, enfila la carretera de Los Barrios hasta llegar con el amanecer al Melojo, a los helechos y alcornoques del Campo de Gibraltar. Busca el calor de sus padres, que se han instalado en la finca de la abuela en Semana Santa.

—Teníais razón.

María recibe a su hija cuando brota la mañana. Un café y un abrazo. Detrás, la bahía de Algeciras y el Peñón. Las heridas de traición se curan mejor con una madre. En casa puede rendirse por fin a la tristeza y llorar tranquila. Porque duele saber que sus palabras eran mentira. Se avecinan tiempos de duelo.

El corte abierto reclama varios puntos de sutura en la pierna que aprieta el acelerador rumbo a Sevilla. Las manos agarran el volante con una fuerza desmedida. El cuello, el trapecio y la mandíbula rígidos. El Esquinao en el asiento del copiloto, callado. Le han aguado la fiesta. En la mente del Pantera una retahíla de plegarias y excusas, la tímida esperanza de que cuando la alcance ella sepa o quiera entender. «El teléfono al que llama está apagado o fuera de cobertura».

Paco Sánchez asegura que ha dejado a la chica en Triana, el jaguar del gitano vuela hasta el corazón de la ciudad para encontrarla. Aparca en segunda fila, arrebata las llaves de la mano del Esquinao y lo deja atrás intentando recomponerse. No le gustan las ruinas, es un ave de fiesta. El Pantera sube de dos en dos los escalones por donde hace unos días rodaba la ropa y abre la puerta. Pero ella no está. En la pequeña buhardilla aún queda su olor, puede sentir su energía de animal herido, pero se ha ido. El armario abierto, las perchas y los cajones vacíos. Se ha llevado con ella la ropa, los abrazos y la fuerza motora que lo empujaba a romper sus ataduras. El Esquinao entra por fin en la casa, el aliento entrecortado de correr escalera arriba a sus setenta y pico.

—Vamos *pal* centro de salud, niño, que te cosan la pierna, mañana será otro día.

El sol de media tarde se cuela por la ventana, Ezequiel abre los ojos en la cama de la buhardilla donde hace poco ella se recostaba sobre su espalda, donde los visitó el Cristo de Pasión y Muerte, pero la pasión se ha marchado dejando detrás varios puntos de sutura, el vacío y la muerte. Los ronquidos del tito al fondo del pasillo; lo recuerda con el alba a su lado mientras le cosían la pierna, acompañando sus penas en silencio, el gitano viejo que no sabe manejar la falta de alegría porque él mismo huye de ella, de la pena y de la soledad. Se incorpora a duras penas en la cama, el cuerpo pasa siempre la factura del dolor del alma. «El teléfono al que llama está apagado o fuera de cobertura». El sol que brilla impertinente recordando que la vida sigue, pero la vida tiene que pararse hasta que él la encuentre. Y nadie sabe, ni Paco, ni la Eli, a la que llama desesperado, ni Joaquín Reyes, ni siquiera Lucas, cuyo teléfono ha conseguido a través del diseñador. Se ha esfumado dejando detrás el caos y la destrucción. La culpa, un amasijo de hierros candentes en el pecho del Pantera, que desayuna Lorazepam a las dos de la tarde y frena el impulso de emprenderla a patadas con todo lo que encuentra a su paso.

Vera ha dormido algunas horas, la incredulidad y la negación han dejado paso a una emoción punzante, un grito de intensidad variable, una debacle de melodías desafinadas, una tormenta eléctrica de rayos y truenos. Ha ido con su madre al mar, dicen que cura; se ha metido dentro. La playa de Getares, el día nublado, gris, hace fresco para bañarse en el Parque Natural del Estrecho. Pero quizás el agua salada amaine el tornado interno, que se revuelve. *Esto no va a poder conmigo*. Vuelven al cortijo, el té con la abuela, su collar perenne de perlas, el Levante que sopla, y la decisión de pasar página cueste lo que cueste.

—Vera, si no quieres volver a Madrid con nosotros después de Semana Santa, puedes quedarte aquí. Me encontré a la directora del festival que hacen en Trocadero, estaría encantada de que trabajaras con ella.

Las madres, como siempre, buscando soluciones y tiritas para llagas inmensas. Y por primera vez puede que Vera haga caso. Aún no sabe, no quiere pensar, libra una pelea a cuerpo descubierto contra la traición.

Lucas aparece, llega de Marbella despeinado, pero vestido dentro de la etiqueta tradicional de su entorno familiar. Vaqueros y camiseta. Su presencia reconforta.

—Sabía que estabas aquí. Me llamó ayer el gitano. ¿Damos una vuelta y nos emborrachamos? Es la mejor receta para el mal de amores, reina mora.

Un paseo por el campo, confesiones entre hermanos que terminan en Sotogrande Alto, en la casa de columnas neoclásicas y excesos de la Eli, para ahogar las penas en tequila. Los tres sentados en el porche en sofás mullidos de un blanco perla, dos bichones malteses corretean. El Estrecho a sus pies. La botella es casi una escultura con forma de calavera.

—Bienvenida al club de las segundas, cariño. —La Eli lleva el pelo suelto, pulido por la plancha. Vaqueros muy apretados, chaquetilla de chándal negra y dorada, aros inmensos en las orejas, brillante nuevo en el dedo, que las narcolanchas han cruzado un buen botín anteanoche—. ¡Por nosotras! —Las mujeres brindan, Lucas también, el tequila quema la garganta y anestesia el dolor.

—A ti nunca te han mentido, Eli, tú has elegido sabiendo lo que había. A mí me han engañado.

—Pues brindamos por las segundas con consentimiento, y por las segundas que se acaban de enterar después de probar el veneno. Y a ver cómo te quitas el veneno de un gitano, bonita. —Otro chupito, y otro, pero el alcohol a veces hace el efecto contrario y multiplica la pena—. He preguntado por ahí a mis amigas que van con artistas. Tu gitano está casado, pero al parecer lo obligaron con diecisiete años y no es feliz. Dicen que lleva una vida paralela cuando viaja, que va con mujeres y que no se atreve a separarse. Para su raza es algo *mu* serio. —La Eli suelta la información como un mazazo mientras se mira las uñas pintadas de rosa.

—Que no sea feliz con ella no me supone nada. Debería habérmelo dicho. —Vera suspira.

—Bueno, si te lo hubiera dicho, no le habrías dado la oportunidad —Lucas interviene

—Dicen también que tiene otro hijo por ahí con una muchacha, además de los cinco con su mujer, y que obligó al mayor de sus niños a asumir la paternidad. —La Eli echa leña al fuego—. De todas maneras, niña, ¿nunca pensaste que con lo jovencitos que se casan estos calós este podía estarlo?

—Bueno, lo vi con una mujer, una de sus coristas, en el Real y luego en Sevilla, era un folleteo esporádico según me confesó. No se me ocurrió que también existiese una mujer oficial, ni mucho menos hijos. —Resopla—. La verdad es que no quiero saber más, dame otro chupito, por favor. —Demasiada información, demasiado dolor y estupefacción. Sonaba tan real, tan bonito.

Antonio el Shinga sale al porche de la villa de su amante, viene directo del Zabal. Sabe que la Eli ha quedado con los hermanos, pero quiere pasar a echar un rato con ella y abrazar al hijo que tienen en común antes de que se acueste.

—Buenas noches, ¿qué celebráis con el tequila?

—Cosas nuestras, Antonio, no me seas *arremetío*. —Un beso exagerado en los labios—. ¿Te subes *pal* cuarto? El niño te andaba esperando.

El Shinga es buen padre, con sus hijos legítimos y con el de la Eli. Algunas noches, aunque no duerma en la villa, se pasa para leerle algo antes de que se duerma. A pesar del mundo turbio donde trabaja, es un hombre tranquilo. Y no sabe la tormenta que ha desencadenado cuando, hace media hora, al teléfono con el Esquinao por unas pinturas, le ha comentado, inocente, que Vera estaba en casa de la Eli.

El Jaguar verde vuela por la carretera de Los Barrios, no sabe si llegará a tiempo antes de que la chica se vaya de la villa de la amante del Shinga, pero el Pantera tiene que intentarlo, desde que el tito le ha dicho que Vera está ahí, no lo ha dudado. Solo quiere explicarse, rogar por su comprensión, no sabe cómo va a hacerlo. Una mochila cargada de culpa mantiene todos los músculos rígidos. Un bloqueo en la boca del estómago y un juez inmisericorde en la cabeza que lo fustiga sin descanso. Llega por fin a su destino, cada latido del corazón va a romperle el pecho. El coche de Vera aparcado en la entrada es una balsa de aceite. La última vez que anduvo por esa casa fue para una juerga, aún recuerda el fajo de billetes con que le obsequió el Shinga; esta vez viene a suplicar clemencia, a suplicar que merezca la pena seguir respirando. Toca la puerta, abre la Eli con un chupito en la mano.

—Déjame entrar, me muera, quiero aclararle algo.

—¿Qué haces aquí? Me mata la Vera, ni hablar, no quiere verte. —La peluquera cierra la puerta y se acerca al porche.

—El gitano... Está fuera, cariño. —La chica se levanta, el corazón estrujado, la rabia aprieta.

—¡Veraaa! —Los gritos del Pantera en la puerta interrumpen la historia del mar y pescadores que el Shinga relata a su hijo ilegítimo recostados en la cama.

—Tu abuelo, el Shinga viejo, que salía a faenar todos los días en la Atunara...

—¡Veraaa!

—Voy a bajar, Toñito, duérmete, mañana vuelvo a verte.

El hombre de mar y hachís, acostumbrado a la guerra del contrabando, baja dispuesto a poner paz en las rencillas del amor. Sale a la calle.

—¿Qué pasa, Ezequiel? Tranquilo, ahora hablo con ella, a ver si podéis charlar un rato.

Pero Vera no quiere verlo, a pesar de los ojos azules y mansos de Antonio el Shinga, que aboga por que todo el mundo merece al menos la oportunidad de explicarse.

—Vámonos, Vera, esto parece Puerto Hurraco. —Lucas la empuja y salen por la puerta principal escoltados por el narco y la peluquera.

Vera no quiere mirarlo, duda que pueda hacerle frente. El suelo que se mueve por cortesía del tequila. Todo es demasiado intenso.

—Vera, Vera mía, escúchame lo que te digo delante de Dios. No te dije *na pa* que no me rechazaras. Pero voy a dejarla, Vera. Lo juro por mis hijos.

—Sí, esos hijos que tampoco me has contado que tenías. —La chica no ha podido contenerse, levanta la mirada. El choque con los ojos de miel esta vez es más fuerte que nunca, hay un destello, tiembla la tierra; al fondo, las corrientes del Estrecho se vuelven violentas, la energía turbia, el aire pesado—. ¡Embustero! —Se mete en el coche, el gitano está al borde de las lágrimas

—Vera mía, si no me importaras, si no te quisiera más que a mi vida, no me hubiese *llegao* hasta aquí, que llevo buscándote *tol* día. Si fueras una más, ya estaría de vuelta en mi casa.

El portazo ha sonado como un estruendo. Un portazo en la puerta del coche y un portazo a las esperanzas de un cantaor despechado.

—Pues la verdad que en eso último tiene razón. —Lucas arranca y mira a su hermana de soslayo.

—A la mierda, Lucas. Vámonos de aquí.

Vera vuelve la cabeza mientras el coche cruza la verja. Detrás queda la mansión con sus columnas neoclásicas, la Eli con su chaquetilla negra y dorada, el Shinga, señor del narcotráfico, con la mirada tranquila, y un gitano que ha caído de rodillas, la cabeza gacha y las manos en la cara. Se ha levantado niebla en el Estrecho. Ha sido una historia corta e intensa que va a dejar cicatriz. Pero se ha terminado.

19

En Extremadura la lluvia es un regalo del cielo. El campo reza por un par de días como hoy para salvar la temporada. El estío se acerca poco a poco. La primavera y sus cambios de tercio entre nubes y el sol tibio, los campos tapizados de amapolas. Y el patio de la Consuelo que no drena bien la lluvia: hay un centímetro de agua que acecha las macetas y los geranios que lucen esta mañana un escarlata oscuro.

La gitana tampoco drena. Un bloqueo, un cúmulo de nudos tirantes y enrevesados en la garganta que no terminan de romper en un llanto liberador. Consuelo sufre una congestión emocional que ahoga hasta el límite de entorpecer la respiración. Mira caer la lluvia sentada a la mesa de su cocina. Los niños han vuelto a la escuela y él regresó hace más de una semana. Desde entonces solo respira como acto reflejo, merodea cual autómata por la casa si no viaja por algún bolo, apenas presta atención a los niños. Ella lee en sus ojos el mal bahío y sabe que le han hecho daño, que la pena de su *marío* es de amor. Igual que la suya propia. Y así han ido pasando los días mientras espera el desenlace inminente, el día que hable con los viejos, el día que la deje. Tan solo queda la esperanza de que ella sepa y encuentre la fuerza para curarlo y él se deje vendar las heridas en familia, en su casa.

El Pantera entra en la cocina a las doce del mediodía tras una noche más en vela tumbado en el sofá. Chándal gris, el pelo en una coleta. Un sinfín de llamadas perdidas y mensajes sin respuesta de Pucho en el móvil. Viajan pronto a Nueva York, pero ahora que ella no lo acompaña es indiferente; un triunfo plano. La ilusión ha partido a otros mundos y a otras gentes. Le asusta la facilidad y la prisa con la que ha aprendido a quererla, como si llevara toda la vida haciéndolo. Y ahora queda la cocina, la gitana que lo mira con los ojos tristes sentada a la mesa, herida. La lluvia torrencial de primavera que aporrea la ventana, buena para el campo, pesada para el ánimo.

—No andes descalzo, te vas a poner malo. —Consuelo habla mientras él, de espaldas, busca algo en la nevera.

—¿No queda zumo? —Ezequiel demanda algo fresco, algún sabor cítrico que despierte de la abulia.

—Estate quieto, te exprimo yo ahora unas naranjas, pero ponte las zapatillas que te vas a poner malo.

Por encima del dolor, cuidarlo es superior a sí misma. Cómo será esa mujer, esa desgraciada que ha osado lastimarlo. Las gitanas hablan mucho, hablan entre ellas. A la Consuelo ya le ha llegado un rumor de una jamba el Domingo de Ramos en casa del Arrullo, justo dos días antes de que él regresara roto. Bichea por las redes de madrugada cuando no puede dormir y ya la ha localizado. Vera. @siemprealaveritatuya en Instagram, tiene perfil abierto; es la misma que vio junto a él en el camerino de los Teatros del Canal. Es guapa. *Mu guapa, mu fina, mu paya.*

Ezequiel observa a su mujer exprimiendo las naranjas; a esa niña de quince años que se casó ciega y asustada hace ya diecisiete primaveras y que ha entregado su vida a cuidarlo, a servir a la familia que han creado. Le ha regalado toneladas de hogar, de base, de refugio. Reconoce una punzada en el estómago por no quererla, por no saber amarla como ella merece. El verdugo también siente dolor al provocarlo.

—Gracias.

Bebe del zumo que ella le tiende. El plan: confesar hoy ante los viejos, que lo han llamado a razones. La culpabilidad es pesada y ya no puede sostenerla. Tiene que marcharse, pero ahora que Vera se ha ido el precio a pagar es más alto. El de la soledad. Y al gitano le da miedo.

—Te esperan los titos y mi *papa*. —La mujer suspira. Va a dejarla en cualquier momento. Lo intuye. El Pantera no puede sostener su mirada oscura—. Nadie nunca te va a querer como yo, Ezequiel. —Él sabe que es verdad—. Tú puedes ir y venir por ahí, pero yo soy tu casa, tu familia, la madre de tus cinco hijos, no lo olvides.

Ezequiel calla. Y el que calla otorga. Se dirige al cuarto para vestirse antes de enfrentarse a los gitanos, a los viejos, a los sabios.

En la casa del suegro del Ezequiel huele a clavo y canela, a hogar. Los días lluviosos invitan a encender el brasero bajo la mesa camilla, frente a la tele, donde la Lola pela patatas en silencio. El Pantera se ha vestido formal, camisa blanca. Entra en la salita y la mujer se levanta para dejarlo solo con los hombres. El abuelo de negro, las manos curtidas de trabajar en las canastas, los ojos velados por las cataratas. Los titos y el *papa* de su mujer. El cantaor saluda, inclina la cabeza. Respeto.

—Buenos días, tardes ya.

La conversación es sincera, difícil. Las palabras, del abuelo.

—Que no la ames no es razón para dejarla. Te debes a ella, *su chache**, a tu casa, a tus hijos. Si te vas, no podrás verlos más.

—Mi hija es una buena esposa y madre. No vas a marcharte, ¿me escuchas, niño?, no *vamo* a desterrarte, tu sitio está aquí. Y eso está de Dios. No hay más que hablar.

Y mientras escucha a su suegro, con la piel de cuero moreno y el bigote rotundo, el Pantera sabe que

---

* *su chache,* «te lo dice alguien mayor con más autoridad y edad».

no hay alternativa, que si ella estuviera en el horizonte lucharía, incluso anhelaría el destierro, las consecuencias. Un amor que jamás ha conocido ha brotado y crecido a velocidades vertiginosas en pocos meses, un amor que compensa todo. Pero es hombre, y es cobarde. Y si ese amor ya no ronda, elige el abrigo de la familia antes que la soledad —la soledad, nunca—. Decide al menos ver crecer a su descendencia mientras aprende a respirar sin Vera. El dolor es casi físico, el diafragma una banda tirante que ahoga entre el pecho y el estómago. La piel tirante. La falsedad y la mentira gobernarán su matrimonio de conveniencia. Elige también seguir haciendo daño a la Consuelo, porque el cariño que ella quiere, que ella merece, no corre por sus venas. Y solo queda el mundo plano de dejarse llevar como hasta ahora. Y el verdugo de la cabeza, que no acepta la realidad, que no se resigna, que se resiste frente al hombre asustado que claudica. Y es esa resistencia, esa lucha interna e involuntaria donde duele más aún. Provoca noches en vela, dolores del alma. Enferma.

La gitana resopla aliviada al verlo regresar de casa de su *papa* y sentarse a comer a la mesa. Parece que la lluvia y la vida dan algo de tregua. No hay palabras ni explicaciones. Simplemente vuelve a casa, a la cocina, a los potajes. La Manuela en sus rodillas hace gracias que él no atiende. Los mayores han acabado la jornada en la escuela y se disponen a almorzar con la alegría inocente de los niños.

—La *mama* ha hecho lentejas. —Un sofrito especial para curar la aflicción.

El Ezequiel se ha rendido, se ha sometido al dominio y la voluntad de otros y ella lo sabe. También sabe que no es elección propia y que porta un dolor a la espalda. Una carga que se van a ir alternando entre ellos llena de mentiras, imposiciones y ausencia de palabras. Una condena de por vida para ambos que la mujer quiere aliviar con paños calientes. El silencio va a ser la conversación recurrente.

Pucho llama.

—Céntrate, Pantera. Nos vamos a Nueva York en una semana. Está todo organizado.

Y mientras tanto el cantaor pasa la tarde trabajando el repertorio —por ahora el único refugio—, mojando la tristeza en un café con leche, ayudando a la Aroa con la tarea y dando vueltas al anillo de piedra azul que ha vuelto a su dedo. Por la noche cenan sopitas de fideos, las niñas representan unos bailes *del* TikTok, la foto de la boda encima del televisor donde ellos mismos, en su juventud, observan con ojos de ayer la realidad del presente.

—Yo me acuesto ya, cariño.

La gitana ha mandado los niños al cuarto. La pequeña Manuela aún duerme en su cama, acostumbrada a que su padre ande de gira o pase las noches en vela en el sofá. La observa con su respiración suave, destapada y dormida bocabajo, atravesada en el lecho. El trasero y el pañal en pompa. Aún usa chupete de noche, no consigue quitárselo.

Consuelo se lava los dientes y se cepilla el pelo con esmero, embadurna sus carnes prietas con manteca de karité, evita mirarse las estrías en el espejo. A lo lejos escucha un ruido de vasos. No sale a comprobarlo, pero su *mario* abre el aguardiente casero que guardan en la despensa. Necesita anestesiar la congestión del pecho. Un llanto moderado, la niña se ha despertado. La Aroa entra en la habitación.

—No te preocupes, *mama*, que me la acuesto conmigo.

Es una mocita empática e inteligente y sabe que la *mama* anda cansada. Se lleva a su hermana en brazos medio dormida. La Consuelo se pone un pijama de *ferpa* rosa que ha comprado en el Primark. Se mete en la cama sola y empapa la almohada.

El abuelo fabrica un aguardiente casero. Utiliza los restos de las botellas de vino y un alambique de creación propia, un caño de cobre que sale de la olla exprés y entra como serpentina en un bidón de agua. El resultado es un veneno de alcohol letal para abrasar todo aquello que encuentra a su paso. Ya sea el esófago, ya sea la tristeza. Todos los miembros de la familia almacenan varias de sus botellas en las despensas por si se tercia el momento. Y hoy Ezequiel necesita las suyas. Son las cuatro de la madrugada y la Consuelo despierta con un aliento de etanol a su lado. El Pantera, ciego de alcohol, en busca de amparo. No habla, ella lee la necesidad en la prisa con que le arranca el pijama de *ferpa*. Sin preliminares, sin besos, sin abrazos. Un sexo fiero y cegado como nunca ha experimentado y al que la gitana no se opone. Se prepara para recibirlo, aunque duela en todos los sentidos. Aunque cada embestida sea solo un desahogo y sus ojos parezcan vacíos porque vuelan a otra cama y a otra mujer. Huele a coco, a la manteca de karité con que ha embadurnado su cuerpo, a rabia, a desasosiego, a aguardiente. Consuelo se sabe un simple medio para drenar la energía acumulada y una manera de llorar a la paya. Ambos reconocen para sus adentros que ella también está presente.

20

Hace días que la Semana Santa, en su partida, ha dejado un rastro de lluvias, flores y ropa de entretiempo; se percibe aún el olor del incienso en el horizonte.

María regresa a Madrid con la abuela, dejan el Melojo, los helechos y los alcornoques, la vegetación atlántica del estrecho y la finca familiar para retomar el asfalto. Vera se ha instalado en la casa que tienen sus padres en Sotogrande, es más práctico que quedarse en el campo y no quiere volver a Sevilla con el Esquinao, sería incómodo, mucho menos a Madrid. Evita a toda costa los lugares que han dolido. José Luis permanece unos días con su hija en el sur, espera a Jacobo por la tarde, que llega en el AVE a Málaga, mañana tienen asuntos de trabajo que resolver en Algeciras, alguna nueva inversión que el joven va a dirigir para la compañía. El padre no es muy explícito al respecto, pero nadie en la familia se interesa demasiado por el gigante empresarial que ha creado con su esfuerzo. Simplemente han aprendido a dar por hecho el alto nivel de vida como resultado de los viajes, la autoexigencia, las ausencias en la infancia y las horas eternas en la oficina.

Vera intenta convencerse de que en estas últimas semanas ha hecho la curva entera del duelo. Acepta la bofetada con la mano abierta, la sorpresa, también la negación y el rojo candente que vino después. Ha surfeado olas de emociones y ahora, como siempre, queda solo un mar de fondo: la tristeza. Una condena silenciosa que devora y acompaña dentro de los mismos intestinos. Una sensación que decide esconder haciendo vida normal, camuflándola con salidas en el barco de Paco, distracciones, atracones de comida y tequila junto a la Eli, su nueva confidente narcopeluquera. A veces es más fácil desahogarse con amistades nuevas. También con un trabajo que Mariluz le ha ofrecido en el festival Trocadero de Sotogrande: «Pagamos poco y trabajamos mucho, pero te garantizo que te vas a divertir». Y en ese fluir lleva varios días entregada a la ocupación perfecta para olvidar, a pesar de que el Pantera tiene una fecha en la programación. Duele hasta leer su nombre en el cartel. El cantaor cierra el festival a final del verano, como colofón a una travesía de natación por el Estrecho entre Tarifa y Tánger. Vera, por ahora, elige vivir al día, quizás para entonces le sea indiferente, el tiempo tiende a sanar dejando detrás simplemente historias que contar.

Un tranquilo cuartito en el Beach Club Trocadero hace las veces de oficina; la energía del sitio es especial, desprende calor. Por las mañanas Vera se levanta temprano y anda por la arena mirando el Peñón. Se sumerge en el mar helado a pesar de la lluvia o el viento frente al Estrecho. Tras la ducha caliente, comienza una jornada en la oficina del festival, en una rutina sanadora. En su equipo de trabajo convive con artistas, flamencos y gitanos que manejan la programación y el artisteo del evento. Son rápidos, graciosos, felices. Podría ser que su simple presencia viniese acompañada por el recuerdo de las noches de fiesta que ha vivido con Ezequiel, pero el arte de sus compañeros, si algo trae, es un bálsamo de risa fresca y carcajadas.

Esta mañana repasan los vídeos promocionales para el lanzamiento del cartel, barajan opiniones en equipo. Vera se excusa y se levanta al cuarto de baño cuando proyectan el del Pantera; escuchar su voz se hace extraño. Cómo dejar de sentir por alguien que ha estado tan cerca, cómo empezar a odiarlo. Odiar también es difícil. Al salir de la oficina encuentra a Jacobo en la recepción. Está guapo, vaqueros y sudadera, el pelo revuelto, la piel besada por el sol. Ha dedicado las vacaciones al surf y acaba de llegar en tren desde Madrid. Trabaja mañana con José Luis por la zona, volverá al traje y la corbata, pero así, desenfadado, *hippie,* sonriente, se vuelve aún más atractivo.

—Hola, me ha dicho tu padre que te encontraría aquí y me apetecía verte antes de la cena.

—¡Hola! —Una media sonrisa, al ego le gusta gustar y un antiguo amante guapo siempre levanta el ánimo.

—¿Una copa? La última vez que te vi te arrastraba borracha un gitano.

—¿Quieres arrastrarme tú hoy? —Se dirigen a la barra. Piden margaritas. Hablan, ríen, recuerdan el pasado.

—Me he inscrito para la travesía a nado entre Tarifa y Tánger, ¿sabes?

Vera huele el éxito, el ansia de triunfo, de poder. Respira la competición, por supuesto la atracción latente, pero nada comparable a la tormenta, a la lluvia torrencial y al fuego en que la muchacha se ha quemado a lo bonzo los últimos tiempos. Nada nunca volverá a ser igual.

En la tarde semilluviosa, la Eli acompaña resignada al Shinga para ver a su socio. No oculta un gesto de hastío. Raramente suele estar presente en estas reuniones. La muchacha es una pieza fundamental en el blanqueo del capital de la red de su amante, pero los acuerdos con el colaborador son cosa del Antonio. Tampoco es de su agrado el punto de encuentro, en mitad del campo, donde tienen las guarderías del hachís, con esa torre de Torrejosa medio en ruinas de tiempos de los moros y las tumbas alrededor.

—¿Cómo dices que se llaman?

—Antropomorfas, Eli, llevamos años viniendo aquí y nunca te acuerdas.

—Eso, tumbas antropomorfas. Es que no me gusta *na* ese sitio. Qué manía de quedar siempre ahí y mezclar la grifa con los muertos, Antonio. Ya podía citarnos en casa o en un bar.

—Las guarderías son su parte del trabajo, Eli, y lo hace bien. Él se ha criado en el Parque de Los Alcornocales, lo conoce como la palma de su mano, es un lugar seguro, lejos de *to;* por eso mejor tener ahí las conversaciones importantes. Llevamos así desde que trabajaba con mi *papa* y nos va bien. —Avanzan por un carril de tierra con un coche de campo. Un guardaespaldas los sigue de cerca en un *quad,* levantando una nube de polvo.

—¿Sabes que creo que es por aquí que tiene la finca la abuela de la Vera? —Eli piensa en su amiga, en el mal trago que ha pasado con el gitano.

Llegan al punto de encuentro en pleno parque natural, cerca de Facinas, cuando el sol está bajando y el atardecer con nubes es aún más bonito. Les recibe como siempre uno de sus hombres armado hasta las orejas, sopla desapacible el viento, unos muchachos hacen guardia en la torre para proteger la mercancía. Tras un grupo de alcornoques milenarios, asoma una casa de aperos en mortero de cal y techo de brezo que en su día hacía las veces de hangar para las narcolanchas que ahora ocultan en Portugal. A su paso bordean las tumbas antropomorfas que albergan restos de huesos y kilos de cannabis antes de ser distribuidos. Entran en la casa. Dos gorilas a ambos lados de la puerta.

—Buenas tardes, socios.

El Chico los saluda sentado frente a una estufa, lleva chubasquero azul. Se abrazan, se besan. La Eli lo estudia. Es un hombre peculiar que encierra algo dentro, ella lo intuye desde que lo trata. A la peluquera le sorprende la doble personalidad del hombre. La seriedad en el negocio y la informalidad en la vida social. Discuten la nueva operación a la vista.

—Hay más impedimentos que nunca. No podemos sacar las gomas, Antonio, traerlas de Portugal es una parafernalia innecesaria ahora. —El semblante serio, la prohibición de fabricar y guardar las gomas en España les hace traerlas desde el país vecino para cada operación—. Y Llevas razón, todos los puntos de la costa nos advierten de que la Guardia Civil y el pájaro no fallan una noche. Si es verdad que la mercancía está lista para agosto cerca de Tánger Med, creo que tu idea de aprovechar las lanchas de la travesía de ida y vuelta a nado entre Tarifa y Tánger va a ser lo más seguro, socio. Nadie va a sospechar de las barcas de apoyo a los nadadores, y tengo una empresa en Gibraltar con varias embarcaciones. El evento es benéfico, así que se las cedo como buen samaritano. —La idea es brillante; el Shinga asiente orgulloso al comprobar que su estrategia ha sido bien recibida—. Apañamos los fondos entre el casco y la cubierta, Chico, si van tres lanchas, nos caben más de seis mil kilos.

—No me llames Chico, Antonio, ya nadie lo hace. —Hay un brillo de nostalgia en su mirada—. Tengo buenos contactos en Tánger Med, las lanchas pueden pasar ahí la noche y por poco dinero nos saltamos la seguridad y las llenamos de madrugada antes de volver a Tarifa. —El plan va viento en popa—. Pero en el desembarco, Antonio, ahí veo mayor dificultad. —Lanza un reto que el Shinga va a solucionar con éxito.

—Los premios. Se ve que los premios de la travesía se entregan en Sotogrande, en el festival ese de flamenco. Quieren llegarse con los participantes en las lanchas desde Tarifa hasta la playa del Trocadero, donde el búnker. Los asistentes los van a esperar en la misma arena y luego se entran *tos* al recinto *pa* las medallas. —Hace una pausa, al Shinga le gusta generar expectación—. Podemos aprovechar la entrega de los trofeos en el escenario para vaciar los fondos, nadie nos va a echar cuenta, escondo un par de todoterrenos detrás del búnker y los alijadores los cargan durante el concierto. Se ve que canta el Pantera ese día.

—Qué cabeza tienes, Antonio. Qué cabeza y qué cojones. —El Chico ya no es un chico, más bien un hombre poderoso que sonríe ante la perspectiva de otro pelotazo como a él le gusta llamarlo—. Y mientras tú y yo tranquilos por bulerías. Tu *papa* estaría orgulloso. Esa mercancía la tengo colocada por más de diez.

La peluquera de San Roque atiende sorprendida y preocupada a la conversación y la estrategia de los hombres. Sorprendida por los millones, la mayor operación de hachís en los últimos tiempos. Preocupada por la envergadura, por la complejidad y porque desde hace unos días Vera trabaja en la organización que van a usar de tapadera.

Vera y Jacobo vuelven a casa a tiempo para cenar con José Luis. El chico duerme con la familia esta noche. La casa de paseo del Parque se encuentra a unos pocos metros de Trocadero, y aunque planteada para el verano, cuenta con una chimenea que se agradece en los atardeceres lluviosos como el de hoy. Los dos jóvenes están afectados y desinhibidos por las margaritas. Vera fuma junto al fuego esperando a que llegue su padre. José Luis entra por la puerta con chubasquero azul y el pelo revuelto por el levante.

—Menudo día tan desagradable. —La chica tira el cigarro a la lumbre—. Ya me he reunido con esta gente, Jacobo. Pinta bien. Mañana temprano miramos todos los flecos, tendremos que coger el ferri para ir a Tánger Med.

Parece contento. Abre un vino excelente mientras cenan rosbif y verduras. Jacobo y Vera se miran, es la noche perfecta, a pesar de un mensaje que ella recibe a diario desde hace una semana al caer la tarde desde Extremadura. Cada día con una letra de amor que ella ignora y se esfuerza en despreciar. Pero cuando el joven surfista y ejecutivo ha tocado la puerta de su cuarto esta madrugada, Vera ha sido incapaz de abrirle. Ya no está el molino, pero el viento no ha cesado.

21

El Festival Flamenco de Trocadero es, desde que se creó hace tres años, el punto de encuentro en la zona. Su inauguración para mediados de mayo se acerca. El ir y venir por la oficina se incrementa: la frenética venta de entradas —nadie quiere perdérselo—, las oficinas de los artistas, que aporrean con exigencias de *riders, hospitalities* y variadas demandas mientras los trabajos técnicos, el montaje del escenario y las bambalinas van tomando forma.

El recinto para el evento es único en el mundo: el Beach Club Trocadero, un remanso verde a continuación de la arena. Palmeras, arecas, unos chozos a los lados del escenario, la impresionante barra central y circular con aires africanos y una palapa de madera con techo de junco en la entrada. Todo el conjunto enmarcado por el Rif africano en el horizonte, Gibraltar a la derecha. El lugar es íntimo, salvaje, especial. El público presencia el mejor flamenco, los de siempre y las nuevas promesas; un ambiente recogido que continúa con fiesta toda la noche mientras se escuchan las olas.

Vera se ha quedado sola tras la vuelta de José Luis a Madrid, pero ha hecho del equipo de trabajo su pequeña familia en el sur. Convivir con ellos a diario es un chute de luz cada mañana, a pesar del ritmo frenético y la adrenalina. Dos gitanos y flamencos al mando del equipo artístico. Las chicas de ventas, entradas y promoción. Jesús, un local de San Roque que se encarga del mantenimiento, el conjunto de técnicos que corretea envuelto en cables. Camareros, cocteleros, un jefe de barra italiano que recuerda a Vin Diesel, Mariluz capitaneando y Vera a cargo de la producción. Solo quedan quince días para la apertura a cargo del Carreta, una estrella consagrada y caprichosa que brilla en el firmamento del arte flamenco. Vera recuerda la rivalidad que existe entre el cantaor y el Pantera. El primero mira con recelo el despunte del segundo. Ella aprende que para los artistas el ego es dañino y necesario a partes iguales.

Este viernes por la tarde ha salido antes del trabajo, parece que la cosa va encaminada, mañana llegan por fin unos cuartos de baño portátiles de madera para la zona del *backstage*. Jacobo ha prometido volver a visitarla el fin de semana, pero no llega hasta entrada la madrugada, así que van a verse mañana. Paco ha convocado esta noche a un pequeño grupo a cenar en Casa Mané. Las necesarias lluvias de primavera dan una tregua, el mar del atardecer brilla manso bajo los últimos reflejos del sol. Parece increíble que el continente africano se encuentre tan cerca, mirando sereno desde el horizonte.

Palmones es un pueblo perteneciente al término municipal de Los Barrios. En la playa, a pocos metros del agua, se ubica Casa Mané, un restaurante con aires de chiringuito y cocina de alto nivel frecuentado por los narcos de la zona fuera de temporada y por la alta sociedad madrileña en verano. El interior es tradicional, madera y una barca blanca y azul que reina en la sala como mostrador de marisco.

La Eli y el Shinga esperan sentados a una de las mesas cuando Vera entra en el local; los delata el armario empotrado que hace las veces de guardaespaldas junto a la puerta de entrada. Frente a la sencillez del atuendo de la chica, vaqueros y jersey fino de cachemir, la Eli se ha enfundado en un vestido de licra fucsia, las uñas kilométricas del mismo color y una punzada de escrúpulos entre sus pechos turgentes: la operación que se traen entre manos implica de lleno a la amiga que tiene delante.

—Ya pronto llega el verano, cariño, y hay que celebrarlo. —Sonríe.

Antonio el Shinga y sus ojos marinos se empeñan en esconder el inmenso atractivo de un hombre de mar con un chándal de logos y riñonera de Gucci. Esperan a Paco mientras beben cerveza y las dos mujeres cotillean sobre un nuevo amante de Lucas, que le impide llegar a la cena porque la vida amorosa extenúa. El traficante del Estrecho atiende sin interés. Es hombre de pocas palabras. Un tono de voz potente y una risa socarrona anuncian que Paco ha llegado; saluda cariñoso al dueño del local. Le sigue Palomilla, eterna *geisha* callada, y, para sorpresa de Vera, el Esquinao. Pantalón y guayabera clara. Pañuelo en la solapa, maletín de cuero bajo el brazo.

—Ya era hora, niña, que no quieres *na* conmigo.

—Tito. —Se abrazan. Huele a colonia, a limón, a la gitanería más fresca.

Vera lo ha echado de menos. Los bailes, los dichos, la sinvergonzonería, el arte implícito en cada uno de sus gestos. Pero volver a verlo un mes después abre en parte la herida que ella finge cerrada.

—Ay, que te quiero, Vera mía. Estoy echando unos días en la casa del Paco, que le tengo un Valdés Leal que es gloria bendita. Tenía ganas de verte, corazón mío.

Las exquisiteces desbordan la mesa: carabineros, coquinas, navajas, gambas rojas, atún... Con Paco no puede ser menos.

—Bueno, ¿y qué nos cuentas de tu nuevo trabajo, Vera? He oído que el último día del festival organizáis una travesía de ida y vuelta a nado entre Tánger y Tarifa —el anfitrión pregunta con la boca llena, la Eli y el Shinga se miran en silencio.

—Sí, mi jefa pensó que era algo bonito y así recaudamos fondos para una fundación que promueve el deporte en discapacitados; también se promociona el nuevo Trocadero que han abierto en Tarifa. La entrega de premios es en Sotogrande, en el escenario del festival.

—Anda, qué bien. ¿Necesitáis ayuda? ¿Patrocinio?

—Si compráis entradas para ese día, colaboráis con la causa, la verdad. Tenemos un par de marcas que patrocinan y nos ha contactado de una empresa de Gibraltar para donarnos desinteresadamente las lanchas de apoyo que siguen a los nadadores. ¿Quieres ayudarnos tú con la gasolina? —Vera moja pan en la salsa de las coquinas. Evita mencionar que, como colofón, canta el Pantera. Ya lo saben todos.

—Del gasoil ya me encargo yo. Lo hablo con Mariluz, claro. —Paco siempre tan generoso.

—Participa un amigo mío ese día, Jacobo, el tito lo conoció en el Villa Rosa. —Vera se sonroja y guiña un ojo a la Eli, que anda al tanto del roneo. La de San Roque está nerviosa, pero fuerza una sonrisa.

—Hay que tener ganas de pegarse esa *pechá* de nadar. Con lo bien que está uno en tierra con un güisquicito. —El Esquinao, con la servilleta al pecho, no vaya a mancharse—. Yo os espero en Sotogrande, *pa* los premios y *pal* cante bueno. De la travesía no quiero saber *na*. Además, en Tarifa el toque se vuela.

A pesar de la nostalgia que provoca, Vera se alegra de volver a ver al tito. Fueron días intensos que no pasaron desapercibidos al anciano. La melancolía gana terreno, un sabor amargo en la boca a pesar de los manjares. Por un momento se pregunta qué será de él, si habrá vuelto a su vida, a la familia, a Extremadura, a aquel viaje que planeaban a Nueva York; si será feliz, si pensará aún en ella.

Ezequiel mira por la ventana de su asiento de primera clase cortesía del New York Flamenco Festival. El avión aguarda el final del embarque para despegar rumbo a las Américas. El gitano reza; odia volar, ha hecho buen acopio de benzodiacepinas para sobrellevar el trance: «Yo me tomo ya la pastilla, compadre, que estoy de los nervios». En el asiento de al lado se revuelve el Arrullo, que padece del mismo mal. Por la ventanilla los operarios cargan de combustible la aeronave, un remolque cargado de maletas y el cantaor, que solo piensa en ella. En este viaje falta ella. En su vida falta ella. Y no importan los asientos de primera clase con sus camas y pantallas, ni siquiera el champán que ofrece la azafata y que bebe de un sorbo para potenciar el efecto del Diazepam. Tampoco importa siquiera el impulso de colgarlo en redes, tanto lujo como él merece. El miedo a volar, el miedo a la muerte que es, en definitiva, el miedo a la vida. A que a uno le dañe, a no vivir por completo, a dejarse los anhelos en el tintero. Aquel que ha vivido intensamente jamás teme el fin. Pero el Pantera no ha hecho los deberes, quedan imposibles por hacer: reencontrarla.

—Bienvenidos al aeropuerto JFK, hace un día soleado, la temperatura exterior es de dieciocho grados centígrados.

El despertar desubicado del pozo profundo de los fármacos no es agradable, tampoco el operario de aduanas que escudriña al grupo de flamencos con unos ojos cargados de sospecha.

—*Ohú* con la *pestañí** de aquí, qué mala sombra el gachó este, compadre. Qué jindama.

—¿Cuál es el motivo de su viaje? —El acento es latino, pero ni aun hablando el mismo idioma hay un deje de empatía en sus palabras.

—*Semos* artistas, *flamenco artists!*

El Arrullo y el Trompeta que se arrancan con las palmas, el empleado de aduanas que no cambia el gesto. El Pantera que no se une, ni se ríe, ni participa. Recoge el pasaporte de vuelta mientras murmura un *thank you* muy gitano entre dientes. La frente pegada a la ventanilla del coche que los ha recogido mientras pasan veloces las celosías del Queensboro Bridge sobre el río para desembocar en la 59 Street. La llegada al hotel, la hamburguesa de tamaño monumental que deja a la mitad mientras los demás devoran antes de acercarse al Bronx a reencontrase con sus compadres latinos para echar la noche de juerga como gitanos salseros rodeados de pailas y

* *pestañí*, «policía».

campanas. El Ezequiel que se escusa —el *jet lag*— y se tumba en una cama vacía de hotel mirando al techo, a un océano de distancia de ahí donde vuela el pensamiento. Por fortuna, la Consuelo ha metido chorizo y salchichón cuando le ha hecho la maleta, no alcanza a entender cómo han pasado la aduana, pero el sabor de su tierra reconforta. Y mañana prueba de sonido a las tres de la tarde, después del almuerzo a las doce —menudos horarios más payos—. Intenta dormir sin éxito, más Diazepam, más desamparo. Ya no le envía letras de amor por las noches, ella jamás contesta. Las luces de la gran ciudad custodian el dolor como si quisieran iluminarlo. Mañana será otro día.

Campo de Gibraltar, años ochenta

Corría el año 1988 y el Chico, aquel muchacho del descorche, de los alcornoques, del Levante y el Poniente, amasaba una inmensa fortuna y un prolífero negocio de narcotráfico. La estructura que había montado con su socio Antonio el Shinga implicaba y daba de comer a muchas familias de La Línea de la Concepción. Reclutaban nuevos puntos, alijadores y pilotos. Engordaban la oferta de trabajo cada semana. El Chico se mantuvo siempre como el accionista en la sombra, a pesar de mover hilos y ser un pilar importante en la orgánica. Mientras, Antonio el Shinga negociaba con Marruecos para trasladar la mercancía por el Estrecho, y regentaba con destreza los desembarcos y las narcolanchas, que por aquel entonces eran ya cinco: «Nos ponemos a setenta nudos, en quince minutos hemos *cruzao*».

Por entonces, ya un hombre hecho a sí mismo, el Chico se encargaba de las labores en las guarderías del hachís dentro de las mismísimas tumbas antropomorfas, y de esconder las lanchas en una cabaña de mortero de cal y brezo que llamaban «el hangar». A la vera de la torre de Torregrosa, su equipo vigilaba la mercancía con destreza, plagiando las estrategias de defensa hispanomusulmanas. Se había hecho con una cartera de clientes y colocaba la mercancía fuera de España con la ayuda de su puesto estratégico en aduanas.

María, como siempre, le continuaba obsequiando con algo de su atención solo en vacaciones, ajena al imperio que él amasaba. La llevó a cenar a la Meridiana en Marbella. Había madurado, la notó distinta, la mirada más profunda, el aire melancólico. Pasó la velada pendiente de que nadie la reconociese, la mano en la cara.

—Te va bien trabajando en aduanas, cada vez me invitas a restaurantes más caros. Echo de menos nuestras excursiones por el campo hasta las dunas de Tarifa.

El Chico jamás tuvo el coraje de confesarle aquel viaje que había realizado dos años atrás para sorprenderla en el Reino Unido. Aquel viaje donde se le había roto el corazón, pero que había sido fructífero en otros sentidos. Entabló amistad con el empleado de la recepción del hotel, que casualmente era un español de Málaga que trabajaba para financiarse las clases de inglés —«Y los porros, que me los pasan en un barrio del este de Londres a precio de oro»—. Y, astuto, olió el negocio y acompañó al recepcionista a pillar una tarde. Conoció al camello, una cosa llevó a la otra, y El Chico se hizo con los contactos para vender su mercancía en el Reino Unido, donde pagaban el doble por cada fardo de hachís. El transporte era fácil, había subido de puesto en aduanas y controlaba la carga y descarga. Podía preñar fácilmente los *containers:* negocio redondo.

22

El New York City Center es un teatro histórico fundado en 1943 en el corazón de Manhattan. El singular estilo neomudéjar contrasta con los edificios y rascacielos de la ciudad.

—¿Verdad, compadre, que el teatro este recuerda a la casa esa medio mora en que estuvimos con el maestro en Sevilla? —el Arrullo hace preguntas de estilos arquitectónicos a su llegada a la 55, intenta animar a su cantaor con la cabeza aún abotargada, ayer se les fue la mano en el Bronx, terminaron en una especie de *jam session* entre flamenco, música latina y ritmos negros, donde el Ezequiel habría gozado, pero su compadre prefirió ahogarse en la soledad del hotel.

—De Pilatos, la casa esa que usted dice de Sevilla, se llama Pilatos.

Y con tan solo nombrarla la mente vuela rauda a la tarde que la encontró en el Jardín Grande de casa Pilatos. La tormenta de primavera, cómo escaparon por las calles del barrio de Santa Cruz y terminaron en el callejón del Beso. Y hoy, cada artesonado neomudéjar del New York City Center va a recordarle a ella y a aquellos momentos previos a la hoguera en que desembocaron y de donde han salido calcinados, aquel juego de casi rozarse los labios en un callejón de Sevilla.

Y con esa sensación viscosa adherida al cuerpo sale al escenario solo, a pecho descubierto. Derrama su pena sobre la ciudad de Nueva York. La platea central del teatro escucha en silencio, en el ojo del huracán hasta que explota, brama, aplaude. Los oles al otro lado del océano suenan diferentes y sorprende la afición. La ovación no cesa y el Pantera saluda una y otra vez agradecido, la mano en el corazón, ese corazón maltrecho. El público ha sabido leer el drama, un *quejío* que traspasa fronteras ha contagiado a las almas sentadas en sus butacas con la conmoción reflejada en la piel. Puede que incluso broten algunas lágrimas de los ojos de aquellos que, acostumbrados a la velocidad de la gran urbe, han parado en seco para rendirse al canto lastimero que esta noche los ha fulminado. Y ahora vuelven a sus casas, a sus oficinas, a su corretear por el asfalto de Nueva York con una emoción diferente, esa con la que un gitano les ha acariciado el alma. Un gitano para el que una vez más el cante es un alivio, un hablar de la única manera que sabe.

Tras la actuación, la luz fría del camerino no reconforta; los flamencos empeñados en rescatar al Pantera de la balsa de dolor a la que se agarra con todos los músculos del cuerpo rígidos. Han pillado MDMA y demás paraísos artificiales para festejar junto a un grupo de bellezas portorriqueñas que ayer han conocido en la noche latina del Bronx. Y el cantaor se entrega. Se entrega al consuelo momentáneo del alcohol y las drogas, se entrega a la mujer de piel canela, exótica, mestiza y templada que lo acuna entre sus pechos generosos y le acaricia la cara de madrugada en la habitación del hotel.

—Estás muy callado, papi.

Lo ha sentido animal herido. Se entrega también al duermevela alterado entre el clavo y el Diazepam que ya no hace efecto, en su asiento de primera clase de Iberia que lo devuelve de mañana a España, extenuado, extraño, vacío. El peor desamor es siempre el propio.

Vera y Jacobo han almorzado en Alcuzcuz; no existe entorno más romántico para un sábado a mediodía en Marbella, donde el joven se ha empeñado en pasar el día. La chica respira despacio, el sol calienta la espalda, el pecho expandido, el corazón pausado, la quietud en las entrañas. Jamás pensó que pudiese volver a sentirse así después de la guerra interna del último mes. La cabeza despejada y las ideas claras. Por una vez parece que la vida, pasito a pasito, se va poniendo derecha. Sabe que lo merece, ahora sí. Cambia el alma de color y se reinventa antes de someterse al mundo oscuro que transitaba. Su acompañante la mira con una media sonrisa mientras devoran un cuscús: «Mañana tengo que entrenar para la travesía, puedes seguirme con la tabla de pádel surf». Está muy guapo. Después del paseo obligado por Puerto Banús, con los escaparates de las grandes firmas en las calles blancas, Jacobo la coge por la cintura y la lleva a comprar un helado y los periódicos. Se han sentado sobre una toalla en la arena de la playa. La media tarde de primavera es tibia, ligera, reconfortante. Huele a mar y al hachís del cigarro aliñado que comparten; las cotorras alborotan en las palmeras y Vera se siente en paz, hipnotizada mirando el horizonte con su helado en la mano. Jacobo se ha tumbado en perpendicular y se ha permitido apoyar la cabeza en su regazo mientras ojea el periódico detrás de sus Rayban. Ella le masajea desinhibida el cuero cabelludo y piensa que la felicidad quizás sea eso, tomar un helado en la playa, la arena templada, las relaciones mansas sin sobresaltos.

—Anda, mira, tu amigo en la sección de cultura. —Jacobo no es tonto, intuye que algo pasó aquel día que coincidieron en el Villa Rosa, pero se muestra indiferente y le tiende el periódico, que se revuelve con la brisa.

«El flamenco traspasa fronteras con Ezequiel el Pantera. El cantaor extremeño pone en pie el New York City Center en la apertura del Flamenco Festival de la ciudad». Pero afortunadamente el viento, sabio y oportuno, ha decidido que el titular es suficiente, no hay que ahondar en la herida ni recordar que ella había planeado acompañarlo, y arranca de un soplo la hoja, que sale volando rumbo a la orilla. Cuando Vera alcanza a recogerla, la foto y los ojos profundos del Pantera se desvanecen entre papel mojado y tinta corrida. Vuelve tranquila a su toalla, da otra calada al porro, puede que ya no duela tanto. No, ya casi no duele. Bendito el tiempo que lo sana todo. Sonríe para sí.

—¿Qué haces el finde que viene? —Vuelve a acomodarse al lado de Jacobo—. ¿Quieres acompañarme al bautizo de la hija del Tobalo?

—¿Tobalo, el que trabaja contigo? Bueno, ¿dónde es?

—En Jerez, vente, puede ser divertido un bautizo gitano. —Jacobo asiente y piensa que la curiosidad y la viveza son parte del atractivo de la chica. Puede que un bautizo gitano sea algo diferente de ver y una excusa más para pasar otro fin de semana juntos.

—Me saco el billete para volver el viernes. —Se da la vuelta y le regala veloz un beso en los labios. Vera no se opone y responde con otro, esta vez el beso se alarga suave, amable, tranquilo, sabe a helado de pistacho. Puede que sí, que la felicidad sea eso, aunque las piernas no tiemblen.

Uno de los inmensos ferris que cruzan el Estrecho este sábado lleva a la Eli y al Shinga a bordo; se hacen pasar por turistas. Uno de sus fieles guardianes los sigue de cerca con mochila y bermudas, una riñonera con la pipa que ha costado una buena propina a la seguridad del puerto. No interactúan, hay que pasar desapercibidos. A un lado Tarifa, custodiada por los molinos de viento, el girar feroz de las aspas en un día fuerte de Levante; al otro las grúas de Tánger Med y la ciudad blanca y caótica. Han hecho la cola de aduanas en el mismo barco, presentan pasaportes falsos —Pablo Castaño y Julia Martínez, oriundos de Alicante—, hoy son dos meros visitantes que van a comprar chilabas y babuchas, y Antonio, muy dentro de sí, anhela ser Pablo Castaño, con una vida normal, visitando junto a su mujer en Marruecos. *Desaprender el mar para aprender la tierra firme.* Se han caracterizado con sendos chándales, gorras, cámara de fotos al cuello y enorme folleto propagandístico de la ciudad. Tras enseñar la documentación a las autoridades marroquíes, suben a la cubierta. El ruido del Levante y del barco que avanza. El sol que quema y la muchacha que no escatima en poner crema en la cara de su hombre en el corazón del mismísimo Estrecho: «¡Ea!, así parecemos más turistas aún». Un par de selfis con el pelo revuelto. A la llegada a puerto los recibe el olor dulzón y a hierbabuena de Marruecos; actúan con normalidad y se dejan atosigar por los taxistas que se ofrecen a acercarlos a la casba: «Buen precio, barato, barato».

Terminan deambulando por la medina dentro de la alcazaba. El gorila siempre a una distancia prudente. La Eli compra perfumes, algún bolso de cuero —«Hay que joderse, Antonio, cómo huele esto a cabra»—, un par de alfombras y una chilaba bordada con hilos dorados. La casba es un micromundo decadente y vibrante a partes iguales. Las puertas y ventanas de verdes y azules intensos, los niños corretean, las mujeres con sus hiyab y los carros de la compra entre buganvillas, alguna casa palaciega y los mercaderes del zoco en continuo regateo. Las frutas, las verduras, las especias, el aceite de argán.

La pareja se va dejando llevar por el exotismo y la vida que late con fuerza en las calles hasta llegar al café Tingis, con su aroma colonial. Los azulejos y la pintura destartalada. Varios ancianos sentados en la terraza con sus chilabas observan el vaivén de la gente mientras fuman sosegados, parece que el progreso aún no los corrompe.

Se sientan en una mesa bajo el toldo, el Shinga ha pedido sendos tés con azúcar y hierbabuena que les lleva un camarero de tez oscura y gafas sucias.

—*Shukran,* sonríe mientras olfatea el aroma de la menta.

El guardaespaldas hace una señal desde la esquina de en frente cuando un hombre ataviado con traje de chaqueta marrón se sienta despacio en la mesa de al lado lo bastante cerca para poder hablar.

—*As-salaam alaikum.* —La voz es ronca.

—*Alaikum as-salaam,* Fahrid. Estamos listos para agosto. —El narco de La Línea que no se anda con rodeos.

Los hombres continúan hablando sin mirarse, los ojos al frente, apenas mueven los labios hasta que Fahrid, se levanta para marcharse.

—Nos vemos el mes que viene y te voy concretando más cosas —murmura el Shinga.

—*Inshallah* —contesta el socio marroquí.

—*Inshallah* —responde el Shinga.

—¿Alá? No metamos a Dios también en los trapicheos, Antonio mío, que me da mucho coraje. —La Eli apura el té, quiere pasarse por un hamán antes de volver a casa.

23

Hace tres días que volvió a casa. A las cigüeñas, a las bellotas, a la austera Extremadura de piedra y cal, a las perronillas, al tomillo. A la mujer que le hace el guiso de garbanzos con espinacas, a la Manuela, que por fin no lleva pañal porque hace bueno y ya no se resfría si ocurre alguna fuga nocturna; a su *mama* y el eterno luto en sus ropajes negros, al abuelo que habla poco, pero si lo hace, sienta cátedra, con la mirada enredada en la antigua usanza. Ha vuelto a casa, y sí, le han subido las defensas y en tres días ha ganado dos kilos y ha dormido treinta y seis horas. La gitanería, la hermosa manera de demostrar amor con el cuidado, con la comida. Un paño templado que cura el agotamiento mental y físico y que huele a romero fresco, a sábanas limpias, a su Juan, a su Juli, a su Manuela, a la Aroa y al sol que ya pica en la piel. El Pantera lleva días de tomar conciencia, de bajar las pulsaciones, de suspiros, de sosiego.

—Bienvenido a tu casa, cariño; te tengo un pijama limpio encima de la cama para que te pongas cómodo. Hay puchero listo en la olla. Descansa, que te lo mereces, tanto trote por el mundo. A saber qué has *comió*. —Las palabras de bienvenida, el rescate, el suspiro, el descanso, la rendición. La despensa llena, los chorizos y los jamones de la matanza bien colgados bocabajo.

Esta mañana ha llevado a los niños a la escuela, la envidia de todos los compañeros ha sido verlos llegar en un Jaguar verde junto a la gran estrella que es su *papa*. El Pantera ha firmado autógrafos a algunos de los padres y a la maestra. Después ha ido con la Consuelo a hacer *mandaos* por el pueblo. Mientras la gitana se entretiene con las vecinas en la frutería, el Ezequiel se acerca al bar.

—Un sol y sombra, Migue. —Los clientes saludan, lo conocen desde chico.

—Cómo ha ido por *Ingalaterra*, Ezequiel.

—Ha sido Nueva York.

—Madreee, qué lejos; bueno, ahora ya en casa tranquilo. Como en casa en ningún sitio.

El Migue detrás de la barra, la musiquilla de la máquina tragaperras que se mezcla con la televisión a todo volumen, los hombres con sus ropas de campo, que se toman el carajillo de rigor y la tostada y salen a fumar en la puerta tabaco negro.

—Hace falta más agua, las charcas están casi vacías, a este paso el verano será insoportable. —La vida simple, mansa. El calor de las gentes de su pueblo blanco. La Consuelo que llega con el carro cargado y le recuerda que tienen planes en familia, una celebración este fin de semana, las palabras «Como en casa en ningún sitio», que empiezan a hacer mella, a cobrar sentido.

Almuerzan en la cocina con sus suegros y su *mama,* que esta tarde van *pa Merida* de visita, y con todos los niños, que han llegado a tiempo del colegio. Un guiso de patatas con costillas que quita el *sentío,* una siesta en el sofá con la tele y la brisa de fondo que entra por la ventana semiabierta. Un partido de fútbol, ahora que anochece más tarde, con la coya de toda la vida y su Juan y otros niños, que corren que se las pelan.

Y por supuesto, ella vuelve de cuando en cuando a la mente. Se asoma sin pedir permiso entre pensamiento y pensamiento, entre cada respiración, y es tan real que casi la huele, y entonces el estómago se encoge y el aire falta, pero por la noche, acostado en su cama, reconfortan las mantas que pesan y el cuerpo de la Consuelo, con la respiración acompasada a su lado. No se siente solo, y el dolor acompañado es siempre menos dolor. Quizás sea la hora de rendirse, de aprender a olvidarla.

La Consuelo se despierta en mitad de la noche por el llanto de la Manuela. Hace frío. A estas alturas de mayo los días son calurosos, pero de madrugada refresca. Se levanta a la cocina, calienta un biberón que la niña se toma sola en la cuna. Por la ventana de la cocina, al otro lado del patio, en la casa de su *mama,* la luz de la salita está encendida y dos muchachos se apresuran a salir por la puerta sigilosos en mitad de la noche. La gitana desvelada se acerca curiosa. Descubre a sus hermanas menores, dieciséis y diecisiete años, risas y cuchicheos en el sofá. Una botella de vino casi vacía.

—¿Qué pasa aquí? —Las niñas se sorprenden, después se ríen, están claramente ebrias—. Aprovechando que los *papas* están en Mérida, ¿no? —Frunce el ceño.

—¡No digas *na,* Consuelo! —Ya no les hace tanta gracia.

—He visto dos muchachos saliendo, ya me diréis qué hacéis con dos hombres en la casa, *su tata*,* no os hacéis respetar.

—Venga, Consuelo, ¡divertirnos, *na* más!

—¿Divertiros? ¿Y vuestra honra?

—Qué honra ni que honra, tata, que vives en siglo pasado, como la *mama.*

—*Nanai,* nenas, que *asín* no os va a querer ni respetar ningún hombre, ni os van a pedir, que luego hay que casarse y demostrar la virtud, ¿no os da lache?

—Ay, tata, qué antigua, de verdad, que no sabes tú la cantidad de cosas que se pueden hacer que no rompen el himen y le sale a una el pañuelo llenito

* *su tata,* «te lo dice tu hermana».

de rosas, y si no, ¡pues no nos casamos! Nos ajuntamos y ya está. —Rompen a reír al unísono. Consuelo está escandalizada.

—¡Esto *asín* no se queda! Mañana hablo con los *papas* que *seis* unas frescas.

—¿Sí, tata, eso vas a hacer? ¿Quieres hacernos tan desgraciadas como tú? —La más joven de las dos, Jessica, se levanta. Está seria, los ojos vidriosos por el alcohol, pero cada una de sus palabras es una sentencia directa al alma de su hermana mayor—. Mira, Consuelo, que yo respeto las costumbres, las que habéis *seguío* tú y la *mama*, pero los tiempos han *cambiao* y tenemos derechos. No queremos ser *asín* de infelices como tú, *su tata*, con un hombre que te engaña y solo te quiere como refugio, *¡na* más!, y tú mientras desperdiciando la vida y la juventud mirando por él. ¿Quieres lo mismo para nosotras, para la Aroa, para la Juli, para la Manuela?

El sonido de la bofetada retumba en la habitación; la Consuelo, al borde de las lágrimas, se duele de la palma de la mano. La niña no se inmuta y la mira fijamente, le arde la mejilla donde su hermana le ha pegado, pero no se mueve, no reacciona. La verdad tiene solo un camino y la Consuelo esta tocada y hundida. Vuelve a la cama junto a su *marío;* el Ezequiel, entre sueños, se gira de lado y se pega a su cuerpo. La mujer no puede dormir, aprieta los dientes, aprieta los puños. Pero cuando vuelven los *papas* de mañana de visitar a los titos de Mérida, la

Consuelo no dice nada, y calla mientras mira a sus hermanas de soslayo.

José Luis llega a casa cuando el cielo de Madrid se torna de un rojo intenso sobre el parque del Retiro, con los castaños de Indias en flor; el estanque plagado de familias que aprovechan el atardecer templado para subirse a las barcas. Ya se escuchan las golondrinas. El chófer abre la puerta frente al portal de Alfonso XII, José Luis sale del coche a la par que afloja el nudo de la corbata, ha sido un día intenso en la oficina y antes de salir ha tenido que pulir los flecos de la nueva línea de negocio, así le gusta llamarla, en la que anda trabajando y en la que ha subido a Jacobo a bordo. Es un buen chico, joven, ambicioso, resolutivo. Un relevo digno para cuando se jubile. Aprovechando que este fin de semana el muchacho vuelve al sur, le ha encomendado varias reuniones en Tánger Med y Algeciras. Cuando entra en el salón, María está de espaldas, la figura esbelta, el pelo rubio sobre los hombros, llevan la friolera de treinta y tres años casados y sabe bien que ya no es como antes, que no siempre le ha dedicado la atención que merece, pero ella ha aceptado el precio a cambio del tren de vida. Parece una niña mirando el Retiro por la ventana, las estatuas del paseo bajo las nubes escarlatas, la luz del verano que acecha. Habla por teléfono.

—Qué bien, Verita, me encanta tu nuevo trabajo. Te veo centrada. A ver si a Lucas se le contagia algo de ti, me tiene muy preocupada.

—Ya estoy en casa. —José Luis se acerca, la besa en la frente, ella suspira y le saluda con la mano.

—Luego te llamo, Vera, que ha llegado papá.

Vera cuelga con su madre. Hoy trabaja hasta tarde en Trocadero. Ensayo general. Mariluz corre de un lado a otro como pollo sin cabeza. Qué intensidad de mujer. Esta noche hay prueba de luces y sonido, *briefing* con los técnicos, camareros, mantenimiento, *hostess* y seguridad. La rueda empieza a girar en una semana. Gran inauguración con el Carreta, es un artista complicado. Lucas pasa a recoger a su hermana a las once de la noche que terminan el ensayo. Han quedado en casa de la Eli para el plan favorito: tequilas y porterías.

La anfitriona sale al encuentro de los hermanos con un chándal de pantalón corto en tela de toalla rosa. Como no podía ser menos, la espalda de la chaqueta con un logo decorado con pedrería. En los pies unas chanclas moradas con plumas, la manicura impoluta y un moño tirante:«¡Ea!, cómoda *pa* estar en casa». Para sorpresa de sus invitados, el Shinga, que no suele acompañar a su amante en estos planes de amigas, hoy se une al grupo mientras bebe Macallan con hielo. En una hora o así volverá a dormir a su casa del Zabal. Por la noche refresca, encienden una chimenea de mármol blanco que tiene la de San Roque en su lujosa villa de Sotogrande. Los bichones malteses se tumban mirando el fuego. Lucas, después del segundo tequila, visita un par de veces el cuarto de baño

—¿Otra vez, Lucas? ¿No se te está yendo la mano? Estás como el tito Amancio. —Vera sospecha que las preocupaciones de su madre pueden no ser infundadas. Al Shinga no le ha pasado inadvertido el toque de atención.

—No soy quién para juzgarte, chico, pero ándate con ojo. La droga arruina vidas. —Lucas baja la cabeza.

—¡Manda cojones, Antonio! —La Eli no ha sabido leer la buena intención de su hombre, la frustración que entierra en lo más profundo del vientre, el consejo paternal cargado de contenido e intención, la culpabilidad.

—No sigas por ese camino. La droga de una manera u otra acaba siempre mal. —Pero Eli insiste en cambiar de tema.

—Vera, estás muy guapa, te está sentando bien el surfero, ¿te lo llevas de bautizo el fin de semana? —Y Vera sonríe al pensar en él. Es una alegría tranquila, como la luz dorada a primera hora de la mañana. Y sí, va a verlo otra vez el fin de semana.

—¿Qué coño ha sido eso, Antonio? —La Eli apura el último culín de tequila una vez que los hermanos se han marchado—. Que no estás tú *pa* dar lección ninguna, ¿qué son estos escrúpulos a estas alturas? Que llevas traficando desde los trece. —El Shinga no contesta, enciende un Ducados, el humo del tabaco negro pica en la garganta, el remordimiento en el estómago, el Estrecho y la noche oscura custodian la conversación de los amantes—. ¡Pero si hasta estamos usando el trabajo de la Vera para colar seis mil kilos! Que me tiene eso loca *perdía,* ¡que tenemos amistad con la muchacha!, y ahora sales tú con lecciones de moral.

—No va a pasar nada, Eli, tranquila, esa operación no va a salpicar a nadie, no me eches cuenta, solo me da coraje que el Lucas acabe mal con el vicio. —Y la esperanza de que esa operación sea la última cruza como estrella fugaz el cielo del pensamiento.

—Antonio, el vicio lo provees tú desde hace cuarenta años, *asín* que cállate la boca.

Y la peluquera no es consciente cuán dentro se ha clavado la navaja de sus palabras.

24

Vera y Jacobo conducen de mañana. Apenas una hora para llegar a Jerez, a la tierra del arte flamenco, del ecuestre, de las bodegas. Se hospedan en un hotel perteneciente a una de ellas, frente a la catedral. El día está nublado y el bochorno aprieta, el estío ya se intuye en la lontananza. Es la una de la tarde cuando cruzan la puerta del salón de fiestas Espejos, en el céntrico y popular barrio de Santiago, que se orienta hacia la campiña, con su arquitectura tradicional y los patios inundados de macetas. El lugar es la cuna de reputados artistas que se han criado entre sus calles plagadas de iglesias, comercios tradicionales, edificios civiles y la más pura de las gitanerías.

La familia del Tobalo por parte de padre es oriunda del lugar, celebran por todo lo alto el bautizo de la menor de sus hijas. Por el momento Vera y Jacobo son los únicos payos entre los invitados. El salón de fiestas, con las paredes cubiertas de espejos, hace honor a su nombre. En el centro del comedor los pétalos de flores, peladillas, chucherías, fresas, nubes y regalices tapizan una mesa de la que surge majestuosa una estructura en forma de corazón decorada con globos rosas; en el interior, el nombre de la niña con rótulos de purpurina. Guirnaldas a cada metro cuadrado, mesas en tul rosado, flores exóticas de plástico brillante. La familia anfitriona se ha vestido coordinada en tonos blancos, padres e hijos. Ellos de blanco perla y chorreras; ellas de pantalón fluido y top de satén a juego, lazo a la espalda que remata en varios metros de cola, pamela y guantes de encaje.

—Lo he *diseñao* y *cosío* yo todo. —La madre orgullosa, la bebé invisible: unos pelitos azabaches entre tul y tira bordada.

Jacobo observa con la boca abierta, Vera se deja llevar por el ambiente

—Me encanta, parece Bollywood.

En el jardín, un arco de rosas hace las veces de templete para la ceremonia evangelista que está a punto de comenzar. Sillas forradas de blanco para los asistentes y a la derecha un coro de hombres y mujeres que van a cantar las alabanzas durante el sacramento.

El pastor recibe a la familia, que avanza solemne con su bebé de tul entre los brazos. Los asistentes van tomando asiento para el *curto,* Vera y Jacobo lo hacen en la penúltima fila, advierten que ha llegado Mariluz con su marido. Jacobo parece reconocer a un bodeguero relevante de la zona, a algún rejoneador. El resto es gitanería fresca y alegre con sus mejores galas. Mujeres de largas melenas y curvas poderosas, bellezas raciales; mocitas frescas entregadas al bello arte del roneo. Hombres de canela trajeados, los zapatos brillantes, las camisas entreabiertas, las cadenas y los relojes de oro. Niños de todas las edades correteando por el jardín. Los «te camelo», el sonido de los besos. El coro que se arranca, el público que lo sigue, abren las manos con las palmas hacia arriba mientras cantan, el pastor, micrófono en mano, da la bienvenida

—Hermanos y hermanas...

Los invitados gritan «¡amén!» a cada una de sus palabras; el discurso es intenso, va subiendo de tono, teatral, ponderado. «¡Bendito sea Dios!», vociferan cada vez que el ministro de Dios en la tierra dicta sentencia divina. Interrumpen el sermón con cánticos exaltados, y ahora entonan una alabanza en la que Vera reconoce una letra de Rocío Jurado: «Como las alas al viento, yo le elevo a Dios mi corazón, a ese Dios que en mí vive y me llena de su amor». Está conmovida con el espectáculo, divertida, emocionada. Los asistentes cantan al unísono: «Ayúdame, ayúdame, ayúdame, señor, a caminar». El pastor clama al cielo en mitad del estribillo... Y en ese momento, una familia se abre camino entre las sillas.

—¡Juli, Aroa, venirse *pacá!* Nos sentamos aquí que hay sitio y ahora, de que aparque el *papa*, se sienta en la fila de atrás con el Juan.

Una gitana joven de ojos inmensos toma asiento al lado de Vera y Jacobo. El vestido de encaje rojo, las ondas oscuras a golpe de tenacilla se deslizan por los hombros y la espalda, los zarzillos de oro. En el regazo, una niña de unos dos años con una *ferpa* blanca que termina en una moña de tul. La mujer apenas repara en sus compañeros de silla, está ocupada reubicando a su prole, intenta sentar a sus hijas mayores a su lado; la pequeña mira a Vera desde el regazo de su madre con unos ojos muy intensos color miel, casi amarillos. Le tiende la mano, toca las palmas. Vera sonríe, hace muecas para divertir a la pequeña, reconoce algo familiar en la niña, aún no lo ha detectado. El coro y el público continúan con su cántico de alabanza mirando al cielo, cada vez más potente, la energía va subiendo de intensidad: «Ayúdame, ayúdame, porque creo en ti, señor, porque pienso que el hombre, fuera de ti no vive, no tiene esperanza, y se siente perdido...».

Con un impulso involuntario, Vera se ha dado la vuelta cuando un escalofrío altera su sistema nervioso: lo ha olido. Las notas salvajes de un perfume penetrante como la más oscura de las noches, el sándalo, la madera, la testosterona. Y al volverse ha vuelto a suceder —un choque de colores—. El verde se ha topado estrepitoso con el ámbar de Ezequiel el Pantera, que acaba de sentarse en la fila de atrás con un niño de siete años. Y como por arte de magia, la multitud canta y grita aún más fuerte y entra en trance: «Lucha,

lucha, lucha, hermano, la batalla de Dios; lucha, lucha, lucha, no quieras ser tú siempre un perdedor». Y para Vera y el Pantera el tiempo se ha congelado.

—¿Te pasa algo? —Jacobo le habla al oído hipnotizado por la envergadura de la ceremonia evangelista, los cánticos *in crescendo.*

—Perdona, déjame pasar un momento, tengo que ir al cuarto de baño. —Vera se abre paso entre las sillas y sale corriendo con su vestido color vainilla, hundiendo los tacones en el césped.

Al otro lado del jardín, detrás de un escenario listo para la fiesta, hay una caseta de madera con unos baños. Cada bombeo del corazón es una sacudida, el abdomen contraído, la respiración se ha frenado en seco mientras pelea las ganas de llorar y se encierra con pestillo. Mira su reflejo, la cara roja, el ahogo, toda la paz de las últimas semanas que se escapa por la rendija de puerta del baño de los salones Espejos en Jerez de la Frontera sin que a Vera le dé tiempo a despedirla. El sosiego que se escurre entre los dedos y la muchacha que se retuerce sobre sí misma. La alabanza que sigue sonando a lo lejos: «Ayúdame, ayúdame, ayúdame, señor, a caminar...».

Ezequiel se inclina sobre el oído de la Consuelo sentada en la fila de delante

—Voy a salir a coger una llamada, debe de ser importante porque el Pucho insiste.

—Vale, cariño. —La mujer se vuelve y sonríe—. Juan, tú ahí quieto *sentao.*

El cantaor se dirige al otro lado del jardín dejando a su familia inmersa en la ceremonia junto a un Jacobo que desentona entre tanto caló y tanta intensidad. Y cuando Vera por fin se atreve a salir de su encierro, el gitano la está esperando en la puerta y vuelve a empujarla dentro. La estrecha entre los brazos, no murmura una sola palabra, conmovido, inquieto, perturbado. La resignación que lo embargaba hasta hace cinco minutos ha dejado paso a una pasión sin límite: el músico que ya no controla el tempo. Un pentagrama complejo, una melodía que impulsa a abrazar a la paya muy fuerte, con todo el brío que bulle por las venas.

—¡Suéltame, hijo de puta!

Vera forcejea sin éxito, patalea... Pero el cantaor huele muy bien, y la agarra compacto, vigoroso, y las fuerzas y la resistencia de la chica van amainando poco a poco; el castillo seguro que ha construido en los últimos tiempos se ha reducido a una ruina, a un montón de piedras por el suelo. Y ya es incapaz de zafarse de su boca, que la besa por toda la cara y la muerde en el labio, en el cuello. Y entonces se rinde, y lo besa de vuelta con una fuerza que sale de los mismos intestinos, porque no entiende cómo ha podido aguantar tanto tiempo su ausencia. Y se estrechan, y se adhieren, y suspiran como dos almas perdidas que se buscan, y en el roce del reencuentro saltan las chispas y la caseta va a prenderse de un momento a otro. Suenan unos golpes punzantes en la puerta.

—¿Estás bien, Vera? —Jacobo la reclama.

—Sí, sí, me he mareado un poco, pero ahora salgo.

—Vale, te espero en las sillas.

Aguardan callados unos minutos, apretados, férreos, las cabezas enterradas en el cuello del otro, el espejo empañado, maldito hilo que los une. Las respiraciones entrecortadas, las miradas que temen fundirse porque saben que esto no tiene remedio.

Hasta que Vera se deshace del abrazo, abre la puerta y vuelve rauda a las sillas impregnada de un veneno que no tiene antídoto. El Pantera se ha quedado solo, sale y se sienta en un lugar retirado del resto, alejado de los cánticos y los rezos. A él Dios ya no puede ayudarlo, la cabeza entre las piernas, los codos en las rodillas, las manos en la frente. Respira rápido, agitado, sobrecogido. Y cuando le avisan para el almuerzo, se sienta junto a la Consuelo y los niños. Su mujer y la del Tobalo son primas hermanas, en qué momento se le ha ocurrido venir al bautizo, ahora no hay vuelta atrás. Está herido de muerte mientras no quita ojo a la mesa donde se ha sentado Vera junto al jambo rubio y bien vestido que le pasa el brazo por encima del hombro y hace que al artista le hierva la sangre. La Mariluz y su marido conversan distendidos con ellos y con los artistas que se acercan a saludar. Ni el Pantera ni Vera prueban bocado porque el hambre que tienen es diferente. La chica se excusa y sale a fumar huyendo de las cantidades de azúcar en que nada la tarta blanca y rosa, no hay pico de glucosa que endulce el interior amargo y quiere probar suerte con el hachís. Pero se topa de bruces con la Consuelo, que vuelve del baño. Regia, soberbia, racial, con su vestido rojo, con el pelo brillante, con el desafío en los ojos de tormenta. La mirada altanera, el paso firme hasta quedar de frente a la paya.

—Se quién eres, Vera —fulmina con cada palabra, con la voz que no tiembla y es tajante en la amenaza—. ¿Te crees que no me he dado cuenta? Aléjate de mi *marío* si no quieres una ruina gorda, aléjate porque me muera que te mato. Y tú no sabes lo que es el juramento de una gitana.

25

El Pantera conduce de mañana en silencio por la Ruta de la Plata. Intenta entregarse al mero hecho de guiar el coche y a su familia de vuelta a casa; enfocarse en la sensación del cuero del volante en las manos, en el olor de ese ambientador de cereza que tanto le gusta a la Consuelo, en el sonido de las riñas entre los niños durante el viaje —«*Mama,* que no sé porque me toca a mí siempre en la fila de atrás», en la colleja del Juan a la Juli, la musiquita impertinente de fondo mientras Aroa gesticula en TikTok, en la carretera de frente, en las líneas blancas que pasan, en el campo. Todo menos centrarse en el tallo verde de la esperanza que brota tímido bajo el ombligo y que empieza a expandir las ramas y las hojas, la minúscula posibilidad de que Vera pueda volver a ser una realidad que florece y se abre paso dentro de la maleza del gitano, porque ese germinar lo afrontara cuando llegue a casa, cuando tenga un momento a solas, cuando reúna el coraje de mirarse de frente. La esperanza, un salto de fe, la necesidad de agarrarse al mínimo brote. Y mientras la Consuelo que actúa como si nada, como si las palabras de su hermana no bombardeasen su cabeza —«¿Quieres que seamos unas desgraciadas como tú, ¿con un hombre que no te quiere?»—, como si no hubiera sabido quién era la puta paya, como si no se hubiese dado cuenta de que el Ezequiel se ausentaba más de la cuenta en la ceremonia, como si no la hubiese reconocido volviendo del baño despeinada, sin aliento, pero con los ojos brillantes; como si no la hubiese encarado con una amenaza, con un instinto animal que ha salido de lo más recóndito de las vísceras; como si por su cabeza no planease de nuevo la niebla, el miedo, la sombra del abandono. Y así, sin apenas hablarse más allá de las demandas necesarias de un viaje —«Cariño, para aquí en la gasolinera, que tiene que mear la Manuela»—, continúan el camino en el más hiriente de los silencios hasta llegar al pueblo.

Vera vuelve al trabajo con la cabeza en otro sitio y el cuerpo aún encerrado en una caseta de madera en Jerez de la Frontera. No es la mejor situación para afrontar la inminente inauguración de un festival con el Carreta a cargo de la apertura. Jacobo retorna a Madrid no sin percatarse de que la energía de la joven ha virado, y con la cabeza en la competición de natación, entrena a diario en el Canoe. Y mientras, Vera se enfrenta a la innumerable lista de tareas que el evento requiere. Han montado unos camerinos con cortinas de tela negra y mobiliario colonial, con plantas y alfombras. Un pequeño vergel para descanso de los artistas antes y después de enfrentarse al público. Una zona de *hospitality,* otra de técnicos. Los chozos vip del público, la platea. Esta mañana una grúa sobrevuela el recinto con un grupo electrógeno en lo alto. Y como era de esperar, las exigencias del artista protagonista, que aporrean desde cinco días antes: el Carreta que necesita un perfume, por supuesto de una marca con etiqueta importante, en el hotel y el camerino; y, hablando de etiquetas, la demanda de alcohol también incluye algunas de renombre; el vuelo desde Miami, hay que solicitar un cambio, que ahora el cantaor quiere llegar un día antes y relajarse en Sotogrande, masaje y sauna. Mariluz está intratable y la muchacha anda espesa.

—Vera, coño, ¿te puedes centrar?, ¡aún faltan los espejos del camerino, las pulseras para las entradas!

Pero Vera tiene el pelo aún impregnado de un aroma de incertidumbre y solo eso ya hace temblar las piernas. El corazón estrujado y en la espalda el remordimiento desde que ha visto a su familia, a los niños, a la Manuela con sus mismos ojos casi casi amarillos. Y después está el miedo, no solo el vértigo al precipicio o a la locura de saltar con el Pantera a un pozo que puede estar vacío, también la sensación punzante y afilada tras asomarse a la mirada de una gitana. Esa que le ha amenazado de muerte hace dos días.

—Tía, qué miedo, pues ojo, que yo no paro de ver esas reyertas por la tele. —Se ha desahogado con Lucas—. Yo no sé qué decirte, Vera, soy el peor dando consejos, mira mi vida. Pero el que está casado es él, el problema es suyo. Tú no lo sabías.

—Ahora sí lo sé.

—Ahora es tarde, señora, ahora es tarde señora, ahora nadie puede apartarlo de mí. —Lucas canta y Vera cuelga.

La luz es gris tenue en esos instantes antes de que el sol salga triunfal a iluminar el día con sus rayos calientes; momentos en que reina un silencio donde uno baraja si salir al mundo o volver a enterrarse bajo las mantas. Y así, en el abrazo tranquilo y callado del casi alba, Consuelo se sienta en su eterna cocina. Hoy el alma anda perdida. En un rato los niños van a inundar la habitación con la música fresca de sus risas. La gitana prepara los bocadillos para el recreo de media mañana. La Juli y la Aroa prefieren jamón, pero su Juan es más de chorizo. Parte el pan aún caliente, el aceite brilla con su verdor aceituna, rellena con las chacinas, envuelve en papel de aluminio y los guarda entre la inocencia de sus mochilas. Y en ese acto automático se le ha escapado un suspiro.

El Ezequiel entra en la cocina para su sorpresa. No suele madrugar, pero la realidad es que apenas ha dormido, y en la noche oscura y amarga que ha pasado en el sofá, se ha librado una batalla a cuerpo descubierto entre el deber y el querer. Y ya hay un ganador, aunque ganar a veces duela. Lleva un pantalón de pijama y el torso descubierto, las cadenas colgando en el pecho, un arete dorado en la oreja que brilla con el haz de luz, ahora sí, dorada, que se cuela por la ventana. El pelo sujeto en un moño desecho. Los ojos rojos por la falta de sueño. Los pies descalzos. Esta vez la Consuelo no aboga para que se abrigue. Se da la vuelta para poner la cafetera en el fuego.

—Vas a dejarme. —Es una afirmación, no hay pregunta. Está de espaldas, no quiere desenmascarar su mirar cansado, resignado, rendido—. Te amo, Ezequiel, y no voy a oponerme, voy a dejarte libre, vete un tiempo y aclárate si la quieres a ella o a mí. —Y las palabras suenan por detrás de su melena eterna, larguísima, aún ondulada por el peinado que con tanto esmero le hicieron en la peluquería del pueblo para el bautizo—. Si por fortuna vuelves, será que siempre has sido mío. Si no lo haces, será porque nunca lo fuiste, pero quiero ser yo la que te pida que te marches hasta que lo sepas.

—Gorda... —Hace años que no la llama así, desde que eran dos niños inconscientes y asustados que se hicieron una promesa y se mudaron solos al otro lado del patio para construir algo juntos. Algo basado en el dictamen de otros, en las tradiciones, en las costumbres. Algo que por aquel entonces tenía el peso sagrado del deber y el orgullo de su raza gitana. Algo que ahora el tiempo ha desdibujado a su paso—. Te camelo, gorda...

—Pero no como yo quiero. Como yo merezco.

—No os va a *fartá* de *na*, te lo juro. —Él sigue de pie, descalzo, con su pantalón del pijama. En el pecho frío late la vergüenza.

—A mis *papas* y a los viejos ya les hablo yo, Ezequiel. Si lo haces tú, te prohibirán ver a los niños. Ya les explico cualquier cosa, que trabajas. Pero despídete de tu *mama*. Los críos no van a notar *na*, les decimos que andas de bolos, total, nunca estás. Pero ven a visitarlos. A ellos no los dejes. —Se ha dado la vuelta y detrás de las lágrimas, del desgarro del final, del dolor físico del corazón —porque el corazón duele—, la Consuelo siente el alivio inmenso y liberador de la rendición. Las puertas de la presa que se abren para que el agua siga fluyendo, los músculos que se destensan al soltar el control. La paz del autocuidado. Las palabras de su hermana grabadas a fuego—. Voy a mirar por mí, voy a quererme bien. Hasta pronto, cariño, cuando vuelva de la escuela espero que te hayas ido.

Esta vez no va a hacerle la maleta; sale por la puerta y le acaricia fugaz el hombro envuelta en una la luz clara que ya no es gris ni dorada; el paso suelto y libre, relajado, poderoso. Se seca las lágrimas con el dorso de la mano.

—Vamos, Juli, *su mama*, es *mu* tarde; ¡Juan, arriba!, darse prisa, que no llegamos al colegio.

Y el Ezequiel siente el crujir de sus raíces en el subsuelo que cubre el barro de la cocina. Un crujido frío y seco bajo sus pies descalzos.

En la puerta entornada de la Trini, el Pantera ensaya mentalmente las palabras que va a verter sobre su *mama*. Sabe que el disgusto va a ser grande. La maleta en el Jaguar, el rumbo aún por concretar. Las cortinas de plástico le acarician el cuerpo y anuncian su llegada al cruzar el umbral. La mujer está vestida a pesar de ser temprano, y a pesar, también, de la artritis y las fatigas de la vida que han castigado a la eterna dama de negro. La encuentra ordenando el armario de la salita. La tele con un programa de esos de la mañana. Primero política, después sucesos y por último los temas del corazón que a la Trini la acompañan y endulzan los días.

—Benditos sean los ojos, Ezequiel mío, ¿cómo te llegas hoy tan temprano?, ¿has *comío argo, su mama?*, ¿te pongo café?

—Vengo a despedirme, *mama*.

—¿Tienes bolo?

—No, *mama*, no puedo mentirla a usted, pero la Consuelo y yo nos *hemo dejao* un tiempo. —La mujer se sienta, lleva una toquilla en los hombros, negra, como el resto de sus ropas de luto. Ha pasado penurias, ha sacado adelante siete hijos en la viudez con el sudor de su frente.

—¡Calla, Ezequiel mío!, que ya vienes con el mal bahío desde la mañana, que esto es una ruina gorda. —Las manos agarradas en el regazo.

—*Mama,* que no, que me ha *dejao* ella, vamos a ver un tiempo, que no *semos* felices juntos, pero no les va a *fartá* de *na,* que yo me hago cargo de ella y de *toa* la familia, y de a poco me llego a ver a los niños. —La mirada suplicante.

—¿Que te vas con la paya esa que dicen por ahí?

—No, *mama,* ni siquiera sé si la paya me quiere. Me voy *pa* no *seguí* viviendo una mentira. Sabe usted bien que no la amo.

—Que amar ni que amar, *su mama,* el amor se construye en la familia. Como hice yo con tu *papa,* que en gloria esté.

—Me voy, *mama,* yo la llamo, usted no se preocupe por *na.*

—La vas a liar *mu* gorda, hijo, y te vas a *arrepentí.* Dios te bendiga y te guarde allá donde vayas, pero sabes bien que volverás. —El Pantera la besa en la frente y sale con el pesar a cuestas.

La Trini se sienta en el sofá a compartir la mañana con el dolor. La decisión salpica a demasiada gente. El Pantera se dispone a subir al coche cuando, desde la ventana, su suegra, la Lola, con la cara cansada y las raíces del pelo oscuras, escupe al suelo.

—¿Ya te vas, *desgraciao?,* que a mí no me engañas, mala ruina te dé, Ezequiel, ¿no te da lache?, ¡me cago en tos tus muertos!

Arranca. Detrás queda la gitana con los gritos y las maldiciones por la ventana. Su Extremadura árida, el pueblo blanco, las cigüeñas, la Manuela que ya no lleva pañal, las raíces, la familia. De frente lo saluda la incertidumbre en el horizonte.

Campo de Gibraltar, años ochenta

Y María, cómo no, volvió a marcharse. Había terminado la carrera y trabajaba en una casa de subastas en Londres. Salía, entraba, vivía, y cuando se aburría, lo llamaba por teléfono, le restregaba sus logros, las piezas que subastaban, los coleccionistas que conocía.

—Creo que tengo el síndrome de Stendhal, Chico.

Palpitaciones, felicidad, elevado ritmo cardiaco, emoción... Los mismos síntomas que embargaban al muchacho del Campo de Gibraltar las pocas veces que sonaba el teléfono y escuchaba su voz al otro lado.

—¿No vas a venir por aquí en Semana Santa? —Quería verla, adularla, llevarla a sitios caros, de esos que ella jamás imaginaría que él podía permitirse.

Se escondería detrás de su cargo en aduanas, de algún negocio emprendedor, incluso pujaría en una de las subastas. Podía impresionarla. Por entonces, el Chico continuaba viviendo en el cortijo, de vez en cuando echaba una mano a sus padres en sus labores del campo —los viejos y fieles guardeses del Melojo—, por eso de no levantar sospechas, pero contaba con posibles de sobra para retirarlos porque la empresa iba viento en popa. Su socio, Antonio el Shinga, era un dios en la zona, respetado y venerado en toda la comarca, y él bebía las mieles desde el anonimato. El socio misterioso. Probaba suerte en otros negocios. Joyas, relojes, una empresa de embarcaciones de recreo y actividades acuáticas, otra de transporte para exportaciones. Sociedades pantalla en Gibraltar, en las islas Vírgenes y un apartamento de mármol y lujo en Marbella donde iba los fines de semana y fantaseaba con llevarla. Había estrechado lazos con un oriundo de el Burgo de Osma, Jesús, máximo accionista y presidente de un renombrado club de fútbol de Madrid, había estado en la cárcel por un incidente en un complejo cerca del Espinar, en Segovia, y planeaba un salto a la política en Marbella, donde prometía contar con el Chico. Cada movimiento era por y para ella. Quería enseñarle su imperio y después, quizás, cuándo María cayese rendida y cegada por su éxito, le pediría matrimonio.

Una tarde lluviosa de noviembre de 1989, cuando la década de los noventa asomaba la cabeza, se enteró de la noticia.

—Se casa en julio aquí, en El Melojo, con un muchacho de Madrid de una familia importante.

En cuanto escuchó las palabras de boca de su madre, hizo la maleta y se marchó de aquel cortijo para siempre. Dejó atrás al niño del descorche y del parque de Los Alcornocales, dejó atrás al hijo pequeño de los guardeses. Dejó atrás al Chico y comenzó a usar su nombre de pila.

26

Y por fin ha llegado el gran día. Esta noche se inaugura el festival de Trocadero. Hay un vaivén continuo por el recinto, una energía burbujeante de nuevos comienzos, los nervios, los trabajadores que apuran cada detalle, las botellas colocadas detrás de una preciosa barra circular, los clientes rezagados, que han esperado al último momento para conseguir sus entradas y ahora suplican un par de localidades. Nadie quiere perderse la inauguración. Más allá del arte del Carreta, el evento es un punto de encuentro social.

El momento más esperado ha pillado a Vera fuera de juego. Secuestrada por las noches en los brazos del desvelo, cuando viene a visitarla una emoción de color gris oscuro que huele a congoja y se instala en la garganta. Ni el Pantera ha dado señales ni ella se ha atrevido. Al volcán en erupción de la caseta de madera le ha seguido el silencio absoluto. A veces, de madrugada, la ausencia es tan grande que se siente tentada, pero la amenaza de la gitana pesa, como pesa el remordimiento.

Anoche, mientras nadaba entre pensamientos y emociones encontradas, llamaron de parte del Carreta, instalado ya en su hotel. El gitano sufría de ansiedad —«Qué fatiga más grande»—, más bien de la ausencia de drogas en la víspera de un concierto, y la joven tuvo que salir en busca de benzodiacepinas, que no le dieron sin receta en la farmacia de guardia. Llamó y despertó a Mariluz, con el consiguiente cabreo de la mujer embargada por el histerismo, pero que a final se las apañó para encontrar los ansiolíticos en Sotogrande y calmar el mono del artista —un fuego más apagado—.

Esta mañana, somnolienta después del altercado nocturno, ha encontrado un paquete sobre su mesa al entrar en la oficina —«Lo ha traído un mensajero temprano»—, y al abrirlo ha descubierto en la caja un anillo dorado con una piedra de lapislázuli en el centro que le ha revuelto todas las vísceras; un anillo que huele a un portal del barrio del Saladillo, al azahar en el callejón del Beso y a aquella siesta en su piso de Madrid. Representa una alianza que ha expandido el pecho y despertado el bando de mariposas que andaba dormido en el estómago. En el remite, una dirección de Pelayo, una pequeña población cercana a Tarifa. No ha sabido bien qué hacer, pero por inercia se lo ha colocado en el dedo y, muy dentro de su ser, se agarra a un pensamiento mágico, a la estúpida idea enterrada en el inconsciente de que ponerse el anillo implica sentirlo cerca. Y de alguna manera recurre a la fe, esa que hace tiempo que ha perdido, y reza para que los astros se alineen y hagan su historia posible; reza también para olvidarlo. Oraciones enfrentadas. Pero entonces la realidad golpea de frente, es un puño directo al vientre y sabe que no es posible, que está prohibido.

Suena el teléfono de la oficina.

—Vera, es para ti. —Y una voz de mujer que reconoce hace que salten todas las alarmas.

—Ya es tuyo *japuta,* todo tuyo. Pero más te vale cuidarlo, a ver si eres capaz de atenderlo la mitad de bien que yo. —Consuelo ha colgado dejando a la paya estupefacta.

Vera está desubicada, mirando el anillo, midiendo las consecuencias, enredándose en una marejada emocional de la que la han sacado los gritos de su jefa.

—¿Qué haces ahí pasmada? Hay que colocar la platea, prueba de sonido a las cinco.

Pelayo es una pequeña población a la vera de la N-340. Pasado Algeciras y sintiendo ya el aire de Tarifa; el Pantera lleva dos días descansando la cabeza y el corazón por la zona, en una preciosa propiedad de campo que atesora su compadre el torero, ese amigo de fiestas y capeas, ahora de tormentos. Un camino a la izquierda, justo pasada la gasolinera, que zigzaguea entre reses de retinta, zona militar y colinas suaves, y desemboca en la vista estremecedora del Estrecho. La vibración del choque entre dos mares. Dos masas de agua que se encuentran en un punto. Casi puede tocar Jebel Musá con la mano, la montaña del Rif marroquí que observa regia desde el otro lado. El cortijo se camufla entre la frondosa vegetación atlántica. Helechos, alcornoques forrados de hiedra que trepa por el tronco, lentisco. Ezequiel se ha instalado en una casita de piedra —*mu* gitana— retirada del cortijo principal que el maestro generoso le ha cedido.

—Quédate lo que necesites compadre, estás en tu casa. Yo me voy a Sevilla, pero, cuando quieras, te traes a los niños. —El gitano se siente acogido—. Te sientas aquí con cualquier muchacha frente al Estrecho con un buen vino y la tienes en el bote. A veces se puede ver cómo persigue el helicóptero a las narcolanchas. No te vas a aburrir, ya verás.

El lugar es idílico para sobrellevar el careo para el que el artista se prepara bajo la mirada de Jebel Musá. Necesita afrontar con madurez la soledad y la decisión que ha tomado. Necesita silencio, necesita mirarse a la cara y lanzar al Estrecho el macuto de pesadumbre que carga desde hace años. Y después, buscar quizás una manera de reencontrar a la paya. Aún piensa mucho en la Consuelo, no puede dejar de quererla, y lamenta que su amor sea meramente fraternal; habría sido más fácil amarla, pero rebuscando dentro del pecho solo encuentra cariño y agradecimiento infinito por la compañía y el equipo que han formado estos años: la buena mujer, la buena madre.

Hoy ha llamado.

—Quería hablar con los niños... Y tú, ¿cómo estás? —La echa de menos. Ella ha respondido un «bien» manido y le ha pasado el móvil al Juan reprimiendo el deseo de preguntarle si ha comido caliente.

Ezequiel se ha instalado en la casita, deshecho las maletas, gitano soltero y ordenado. Rechaza las continuas invitaciones de Mariluz para acudir esta noche al Trocadero, a la gran inauguración del Carreta. No tiene fuerzas ni ego para medirse hoy con el cantaor, menos aún para encontrarse a la mujer que le ha hecho dar el paso más trascendente de su vida. Esta mañana temprano ha mandado un anillo a Trocadero, ese que de alguna manera los une, la locura del amor infunde poderes a un objeto. El Pantera espera que ella sepa entender el símbolo hasta que él reúna el coraje de enfrentarla, de explicar su mentira, acto de contrición y penitencia.

María y José Luis han viajado a Sotogrande aprovechando el buen tiempo del fin de semana y la inauguración del festival donde trabaja su hija. Lucas se pasa a recogerlos para ir juntos a Trocadero. Está delgado. Demasiado. Los surcos morados bajo los ojos. Sus padres lo reciben con su halo de éxito y perfección.

—Lucas, mírame, soy tu madre, te conozco, no estás bien.

—¿Y quién lo está, mamá? —Por primera vez el muchacho se plantea pedir ayuda.

—Quédate a dormir esta noche después del concierto y nos ponemos al día.

La familia se dirige junta a la palapa de acceso al festival con una conversación pendiente, la luz del atardecer, entre cobre y rojiza, envuelve a un grupo peculiar entre el público: llanitos que buscan algo de emoción fuera de la Roca, con sus cambios bruscos del andaluz profundo al inglés de Sloane Square, locales del Campo de Gibraltar, de La Línea y Algeciras con sus mejores galas y la afición a flor de piel, muchos de ellos dedicados al «arte» del narcotráfico, entre ellos el Shinga, con un traje perlado y la Eli, considerada la mejor clienta del lugar. Han pedido varias botellas de champán en su mesa, una de las mejores para ver el espectáculo. La de San Roque ha sacado la artillería pesada: un vestido blanco de lentejuelas muy largo, con cola. Al pasar por su lado, María, sencilla y sofisticada, no ha podido ocultar la sorpresa. *Madre mía, se ha vestido de fin de año.* Y asiste atónita al abrazo y los besos rojo escarlata que la peluquera ha plantado en la mejilla de Lucas. Se sientan en uno de los chozos vip donde José Luis está absorto en una conversación telefónica.

—Sí, estoy por la zona, mañana nos vemos donde siempre.

Y dedica su tiempo a saludar a un grupo de marquesas que han llegado de Madrid y ocupan la mesa vecina del chozo observando desde su lugar privilegiado el flamante escenario escoltado por palmeras que aguarda el cante del Carreta. Paco se acerca a la mesa, Palomilla no lo sigue. Puro en mano, camisa negra con un extraño logo dorado de una ballena, sonrisa sincera.

—María, José Luis, me alegro de veros. Orgullosos del trabajo de Vera, imagino.

José Luis hace un gesto con la mano, está ocupado al teléfono. María se levanta a saludarlo cuando repara en el tito Amancio, que sigue a Paco reluciente para el evento.

—A sus pies, señora. —El Esquinao y la ojana, exagerado, teatral—. Me alegro de volver a verla, la flor más bonita de este jardín, sé que es aficionada al arte, a ver cuándo conversamos. —Clavel en la solapa, los botones dorados brillantes, el pelo engominado, besa la mano de la mujer que no oculta una sonrisa, el tito en busca de una presa.

—Qué gitano tan educado. —María lo presenta a las marquesas, que le hacen hueco en su mesa. El tito pide un whisky que va a engordar la cuenta de las señoras mientras les habla de un cuadro del Greco que tiene a la venta.

—Hay que ver el *jodío,* cómo se orienta, no pierde el tiempo.

Paco ha vuelto a sus sillas de primera fila de platea junto a Palomilla, donde le gusta a él ver el flamenco, con su puro y su *gin-tonic*. Hace buena noche.

Y mientras Vera se debate entre las exigencias del cantaor, que no da una tregua en el *backstage*. Necesita hacer gárgaras con agua caliente, jengibre y miel, y ¡lo necesita ya!, mientras su asistente le cepilla y trenza el pelo. El traje azul marino hecho a medida, el pañuelo rojo en el bolsillo, las cadenas doradas enredadas en el pecho, los anillos del mismo material que coronan los dedos, el oro y la buena sombra siempre, muy gitano.

Entre las bambalinas, la familia del artista, que entra a raudales, niños y bebés, primos, hermanos, compadres con sus camisas negras. Palmas, cantes previos, parece un bautizo, y comen y beben y jalean al Carreta antes de subir al escenario mientras el protagonista hace un *pit stop* de rigor en el cuarto de baño. Un empujón para salir. Para dejar ensimismado al público de Trocadero, que se deshace con su carisma. Vera hace guardia a la derecha del escenario, entre los técnicos de sonido, con la cabeza en otra parte y el corazón en la mano.

27

El Pantera lleva las tres primeras semanas de junio instalado frente al Estrecho. Parece que ha intimado con la montaña que lo observa a diario. La cercanía es tal que puede distinguir las particularidades de la roca marroquí. El calor es soportable, los días largos, las noches cortas. La vida en soledad, complicada, pero quizás ahora tenga las ideas más claras que nunca. Las labores del hogar no son su fuerte y, a pesar de ser buen cocinero, prefiere ir a mediodía a algún bar de Tarifa o Algeciras con flamencos de la zona en busca de compañía —«*Pare,* que parece un ermitaño en el campo»—, y terminan entonando alguna letrita y algún vino. Por la noche cocina ligero, si es que cocina. Atrás han quedado los potajes de la Consuelo, el arroz con hinojo. Y cuando no anda viajando por trabajo, dedica los días a componer: la música consuela a los perturbados. Ha montado un pequeño estudio en una de las dos habitaciones. Tanto desahogo va a venir bien para acabar el disco que tiene en ciernes, dedicado a ella, Vera; ese disco lleva su nombre en cada nota.

Y mientras la vida marca el paso pausado el sábado ha cantado en el teatro de Mérida, con la consiguiente ovación y baño de halagos entre los vestigios romanos. Se *llegó* después a Cáceres para ver a los niños. Se citaron en el centro comercial Ruta de la Plata. La Consuelo acompañada de su hermano depositó a su prole para ver al *papa* en una cafetería al lado del Mercadona mientras ella espiaba de lejos. Lo vio llegar. *Está más delgado.* Después se volvió *pa la casa* reprimiendo el deseo de dejarle un túper. Y ahí echó el cantaor el día, comprando absolutamente todo lo que le pedían sus hijos: compró ropa a las niñas, móviles, zapatillas de deporte para el Juan y, ante todo, compró su amor y su cariño. El Pantera dejó a los niños en el pueblo con un sobre de billetes. La manutención de toda la familia, incluido los suegros.

—¿No te vienes *pa* la casa, *papa?*

—Hoy no, cariño mío, que tiro *pa* Sevilla, tengo bolo mañana. —La carretera como segundo hogar.

Esta mañana, frente al Estrecho, frente a la montaña, la imagen de Vera vuelve a visitarlo. Puede que con más intensidad que en los últimos días. No han hablado desde Jerez, no han hablado desde que desapareció aquella noche fatídica en la sierra de Aracena; en verdad, no han hablado desde nunca. Escucha por ahí del éxito que cosechan los conciertos de Trocadero, la sigue en las redes sociales, la huele en sus sueños cada noche y anhela el día de poder reencontrarla y explicarse. La conversación pendiente. Enseñarle un disco que lleva su nombre, la única manera que tiene de contar su versión. Los minutos en aquella caseta de madera bombardean una y otra vez en la cabeza desde que se ha despertado. Tanto que hoy en un impulso, en un arrebato de coraje, se ha atrevido a llamarla. Estas semanas en soledad han asentado el lodo. Está tranquilo, preparado. Para su sorpresa, la paya ha contestado.

—Hola.

—Hola.

—Tenemos que vernos, Vera mía, que yo ya no puedo más.

—Sí, tenemos que hablar, pero estoy hasta arriba con los conciertos, Pantera.

—Venga, pues me llego a verte ahí. ¿Quién canta mañana? Estoy cerca.

—Sí, en Pelayo, lo leí en el remite de tu paquete. Mañana no hay nada.

—Bueno, pues ¿hacemos por quedar en otro lado? Necesito verte... Mi Vera, ya no estoy con ella. —El gitano escucha los gritos de Mariluz al otro lado. Hay mucha faena en Trocadero.

—Luego te digo, ahora tengo que colgar, estoy en el trabajo.

Vera suspira. Qué lejos ha quedado la noche del Teatro Real, cuando lo vio entrar con su abrigo blanco, cuando se hizo el silencio en aquella platea de terciopelo rojo. Cuando solo oler un perfume desencadenó un cortocircuito. Ha llovido desde entonces, el tiempo ha desdibujado las semanas, los días... Y se muere por verlo.

—Nena, ¡tú estás tonta!, pues queda con él. —La Eli se retuerce en la silla, chupa ruidosamente la cabeza de un carabinero, se ha acercado a almorzar con su amiga en Trocadero, el Antonio está en el Zabal con sus chicos planeando la operación más arriesgada que ha emprendido en su carrera de narco. Después tiene que atender a su «otra familia».

—¿Y Jacobo? Me parece mal por él... —Hace buen día, se han dado un baño en el mar helado antes de sentarse a comer.

—El Jacobo te importa una mierda, nena, y no tienes nada serio con él, las mentiras a otra. —El solsticio de verano que planea en el aire. La Eli que luce una pamela roja, gafas de Tom Ford con cristal amarillo—. Hacemos algo por San Juan y lo invitamos, Vera, yo me encargo, que tú estás *atontá*. —Se mira las uñas de soslayo—. En mi casa, en la del Paco, donde sea... Voy a llamar al Lucas *pa* que se venga también.

—Lucas está en dique seco, Eli. Mis padres le han pagado un rehab en Marbella. Estaba regular.

—¿Un qué?

—Déjalo, Eli; Lucas no viene.

La Consuelo tiende la ropa antes de almorzar. La melena recogida en una trenza de donde se escapan un par de bucles negros. Los ojos brillantes, un brillo diferente y azabache como el que surge tras lanzarse al precipicio. Hace calor, lleva una bata fresca de verano y chanclas, el polvo de la sequía que se mete entre los dedos. La piel canela besada por el astro rey. Los niños han terminado el colegio y se divierten en la alberca que utilizan como piscina, el campo amarillea entre el gris plata de las encinas. El sol de Extremadura aprieta en junio.

—Tengo un gazpacho fresquito en la nevera que es gloria bendita, niña. —La Lola le pasa las pinzas de tender a su hija—. Ese que le gusta tanto al *desgraciao* de tu *marío*.

—Ya vale, *mama*. —Evita decir que el *desgraciao* mantiene a toda la familia.

—Si hubiera *tenío* el coraje de hablar con el *papa* y con el abuelo, con sus *titos*..., la cosa hubiera *sío* distinta y estaría aquí, atendiendo a su familia.

—*Mama,* lo expliqué en su día, me daba mala vida tenerlo cerca, le pedí yo de marcharse una temporada, que se pensara las cosas. Ya veremos lo que pasa. Lo que Dios quiera. Voy a mirar por mí ahora. —Un pinchazo en el pecho, duele hasta mentarlo.

—¿Mirar por ti? Estás tú *mu* moderna. Pero ese vuelve con el rabo entre las piernas, ya verás, *su mama,* antes que acabe el verano lo tenemos aquí.

Y la Consuelo reza por que así sea. Y si acaso vuelve, en el rezo pide que sea para amarla, para darle su sitio. Bien sabe que nunca van a quererse por igual, siempre hay uno que lo hace más, y anhela muy dentro de su ser que por una vez cambien los papeles. Mendigar amor es aún peor que no tenerlo, y desde que ha dejado de suplicar se sabe digna. Está guapa, fuerte, decidida. Ayer ha ido con sus hermanas al Primark y se ha comprado ropa interior y un vestido rosa. También se ha atrevido con un bikini. Aunque duda que vaya a ponérselo en las playas de Conil, donde ha reservado apartamento. Y el aire, aunque duele, huele a libertad, porque las cadenas más fuertes no son las que nos imponen, sino las que aceptamos.

Vuelve a su cocina atravesando el patio con el cesto de la ropa vacío, oliendo a suavizante de colonia, ese que le gusta tanto del Mercadona. Dejar ir ha sido saludable a pesar de su *mama*, de los viejos y de las habladurías. Y siente que más pronto que tarde agradecerá su valentía por haber soltado, a pesar de querer, a pesar de amar, a pesar de lo bonito que puede ser envejecer juntos.

Los geranios rojos en las macetas, más rojos que nunca. La Aroa que se ofrece para hacer de comer mientras la gitana mira a su hija, que ya está en edad de pedirse, pero secretamente la desea suelta, independiente, emancipada, que tenga el coraje que ella no ha olido hasta ahora, y puede que sea tarde. La abraza mientras miran la novela turca en el sofá tras el almuerzo.

—Te como esa cara tan gitana, Dios te bendiga, *su mama.*

El Shinga toma café y pacharán con su equipo después de una copiosa mariscada en el vergel del Zabal, en su refugio parapetado entre muros e inhibidores. Ama su barrio, su Atunara, sus gentes de La Línea. Pasea la mirada por los muchachos que lo acompañan para planear la operación, hombres de barrio, familias de pescadores, obreros, analfabetos. Los chándales nuevos, pero las manos curtidas, la necesidad latente. Muchos de ellos aún son niños. Y se siente tentado de claudicar, de decirles a todos que vuelvan a sus casas, al colegio, que maldice la escasez y el olvido al que se ven relegados en la zona, que maldice el único rescate, el narcotráfico, que solo trae desgracia y destroza vidas. Si el Gobierno o la sociedad hubiesen echado cuenta a su tierra, otro gallo cantaría, pero nadie se acuerda nunca de La Línea de la Concepción. La gran olvidada.

Esta va a ser la última, debe ser la última. Las toneladas son muchas y el beneficio lo suficientemente copioso como para retirarse; la idea ronda una y otra vez su cabeza y le persigue en sueños. Pero lee en los ojos de los jóvenes el hambre y la miseria de la que maman, y el dinero fácil que ciega y corrompe cuando la vida no ofrece alternativa; el manto caliente de la ambición que cobija y devora la expectativa de una existencia simple y modesta. La adrenalina es la droga más fuerte.

—A ver, vosotros cinco en Tánger Med, ayudando a los moros a cargar la mercancía. La entrega va a ser sobre las dos de la madrugada. Cambia la seguridad en el puerto y los guardas de esa hora están muy bien untados. —Mira a su alrededor, los chicos bien atentos en el silencio previo a la tormenta—. Esta operación es diferente, no hay gomas, es mucho jaleo traerlas, usamos embarcaciones de recreo a la vista de todos. Las barcas y la tripulación las pone mi socio, de su compañía de Gibraltar, tres Four Wins de recreo que se usan para actividades acuáticas y van a acompañar a los nadadores en la travesía. Entre el casco y la cubierta hay un compartimento donde entran unos dos mil kilos en cada una. De Tarifa a Tánger van vacías, a la vuelta, la mañana siguiente, llenas hasta los topes. —Todos ríen, no es lo mismo planear que verse en el ojo del huracán, ahí donde la mayoría se autorreceta cocaína para sobrellevar el trance—. Una vez en Tarifa, se quedan en el puerto hasta la tarde, los patrones de mi socio a cargo y el Isra y el Sardina vigilando. Los demás puntos en las azoteas con visibilidad buena. —La operación es arriesgada, innovadora—. Sobre las ocho o *asín* de la tarde, las lanchas salen *pa* Sotogrande y llevan a los participantes hasta la playa del búnker. En cuanto se bajen y entren *pal* Trocadero, daremos la orden *pa* que los alijadores las vacíen antes de que se marchen. —Hace una pausa, bebe un sorbo del pacharán con hielo que ayuda a digerir el ácido úrico del marisco—. Seréis vosotros cinco, el Bola, Hakim, el Cabra, el Adri y el Vaquilla. Tiene que coincidir cuando el Pantera empiece en el escenario y, darse bulla, hay que cargar los coches en siete minutos y salir cagando ostias *pa* las guarderías.

28

La noche de San Juan, esa noche de nuevos comienzos, de fiesta pagana que celebra la cosecha, el solsticio del verano, la vibración elevada bajo la mirada de dos elementos, el fuego y el agua, las almas más intrépidas se lanzan devotas a las playas y a las hogueras para quemar el pasado, el desecho, aquello que ansían arrancarse de la piel a tiras para luego purificarse con el agua salada. El simbolismo, los rituales, las actividades psicomágicas a las que uno se agarra de vez en cuando; cuando la única ascua que queda es la esperanza. Eso que esta noche empuja a Vera a celebrar San Juan con su peculiar grupo de amigos.

Eli pasa a recogerla en un Hummer negro metalizado. Una falda y torerita blancas con destellos de plata y un balcón de lentejuelas al que se asoman los pechos.

—Vamos, nena, que esta fiesta tiene miga. —Han serpenteado por una carretera a través de La Almoraima, por el Parque de Los Alcornocales; arriba, Castellar—. ¿Has invitado al gitano?

—Sí, pero no lo he visto muy decidido. Prefería verme a solas.

—Nena, a solas no, que tenéis mucho peligro ustedes dos solos. —Vera se ruboriza—. Verás, está *to* chulo, vienen muchos artistas del Campo de Gibraltar, el castillo se llena de hogueras y velas, qué pena que se lo pierda mi Antonio, es una noche de arte del bueno... —Resopla, gira la cabeza con ademán exagerado—. Tanto trabajo, tanto trabajo. —Aparcan antes de llegar a la fortaleza árabe.

—Madre mía, Eli, cómo puedes conducir este tanque, no cabe en ningún sitio.

Continúan el camino a pie, los tacones de la Eli no son un impedimento para sus andares decididos y altaneros hacia el singular ejemplo de núcleo fortificado de Castellar. Vera lleva una camisa blanca y ancha, los botones abiertos hasta casi el pecho, cadena de oro, *short* roídos, en los pies sandalias planas, en las orejas dos aros que brillan en la noche.

—Estás *mu* gitana, nena, mira cómo se te han pegado las cosas. —Vera ríe mientras se revuelve el pelo suelto, sin pulir, salvaje. En el dedo, un anillo de piedra azul.

—El oro, Eli, que da buena sombra.

Y continúan el camino por las calles encaladas dejando a su paso la iglesia del Divino Salvador. El pueblo musulmán besado por el medievo a la preciosa luz de las velas, un pasadizo que llaman algorfa para acceder a la alcazaba. Ya se escucha la guitarra, los jardines del castillo a la izquierda, los murmullos de la gente, el crepitar del fuego, la noche... Y Vera tiene miedo de que él no venga, justo hoy que su instinto lo llama a voces.

Las llamas centellean en la oscuridad del castillo de Castellar. Fieras, naranjas, amarillas, coloradas. Bailan con el viento. Los súbditos alrededor del rey fuego susurran para no interferir en su brillar, la guitarra acompaña la ira candente de las brasas que gritan e invita a quemarse: «¡Destruye aquí tu pasado!». En un grupo de risas y alboroto las dos chicas han descubierto a Paco y al tito Amancio, con su talante alegre y fiestero.

—A mí dejarme de estas cosas tan gachís de quemar nada en las hogueras. Yo mi whisky, mi toque, mi cante y mi baile, y luego a la mar se va a meter Rita la Cantaora. —Se seca el sudor con el pañuelo de la chaqueta.

A Vera le arde la cara: detrás de las llamas, al otro lado del infierno, ha distinguido los ojos dorados del Pantera. La mira; el instinto animal de depredador ha sentido a la presa desde metros atrás. Como siempre está rodeado de mujeres, no se mueve, clava unos segundos eternos el puñal de su mirada en una Vera que no puede frenar el temblor de las piernas. El gitano sabe jugar con los efectos, con el roneo. Gira la cabeza y continúa la conversación con las muchachas en un acto que Vera juzga desafiante, irreverente, quizás irresistible.

—Bueno, ¿y cómo van esos conciertos? —Paco cambia el tercio y se acerca a la chica, el calor le enrojece las mejillas.

—¡Muy bien! Llenos casi todos.

—¿Te ha contado Mariluz que hemos hablado? Os voy a apañar la gasolina de las lanchas. —Pero Vera no escucha, hace como que asiente y se deja hipnotizar por las llamas. En el puño apretado, un papel con una lista de «pasados» para quemar en el fuego. Levanta el brazo para arrojarla a la lumbre cuando una mano la agarra y frena su ademán en seco.

—¡Quieta *pará!* Vera mía, a ver qué vas a quemar tú. —El Pantera y su perfume, que han cruzado al otro lado. La abraza, es un abrazo estrecho pero suave, le olfatea el cuello.

—A ti —le susurra Vera en el oído—. Te voy a quemar a ti.

—A mí no puedes quemarme, niña, renazco de mis cenizas y vuelvo a buscarte. —Una caricia tímida en la espalda, aún no han deshecho el abrazo. El ruido de fuego que brama.

—¿Un plajo?

El cantaor se hace con dos botellines helados y se apoya en la pared de piedra musulmana, más de diez siglos a sus espaldas. Vera lo acompaña, lía un cigarro con unos granitos de hachís, no demasiado, que el perfume del Pantera ya embriaga suficiente. El calor de las llamas da una tregua algo más alejados del fuego, pero aún bajo su cobijo dorado.

—¿Y tú qué vas a quemar? —Lo mira curiosa, cauta, es consciente del efecto que cada uno de los gestos del Pantera va a causarle.

—¡*Na,* no quemo *na!* Los errores del pasado me van a convertir en mejor persona.

—Qué gitano tan filósofo... —Vera da vueltas al anillo, sospecha que el crepitar de sus propios ojos también provoca; detrás del teatro y de la puesta en escena, el artista es vulnerable—. Yo quiero quemar el miedo, el miedo a tus mentiras, Ezequiel. —Lo ha llamado por su nombre, directa.

—Las cosas del querer son complicadas, Vera mía, no le eché cuenta a las consecuencias.

Y el gitano se excusa como buenamente puede, porque en verdad él solo se explica cantando, y la brecha cultural entre ambos es grande, difícil de hacer comprender a una paya. Aunque Vera poco a poco intuye que el paso que ha dado es valiente, doloroso, arriesgado. Las palabras fluyen, el hachís y la cerveza sueltan la lengua, la verdad sale a flote y el lenguaje corporal delata.

De frente, junto a la hoguera, los artistas en la noche de San Juan navegan por el universo de las bulerías y lo reclaman. El Pantera suelta despacio la mano de Vera, que ha agarrado en un impulso inconsciente, y se acerca a la guitarra sin dejar de mirarla un segundo.

—Ay, luna que brilla en los mares, en los mares oscuros; ay, luna, tú no estás cansada de girar al viejo mundo, ay, Luna quédate conmigo y aún no te vayas.

«Ole», «¡Pantera!», «¡Agua!». Y el duende brota del fuego, de la magia, del halo de misterio que flota en el castillo fortificado mientras las estrellas de junio observan el destino desde el cielo, el hilo que los une afloja la tensión. Y entre letra y letra el gitano que se acerca y le acaricia la espalda, a veces el pelo, y le canta al oído, y el cannabis que afecta al sistema nervioso cuando a medianoche han tirado juntos el papel con una sola cosa a la hoguera, y Vera mira cómo las lenguas de fuego abrasan el miedo que ha escrito en mayúsculas.

Acechan las seis de la madrugada, las llamas tenues, algunos inconscientes empujados por el alcohol saltan las brasas. La Eli se remanga aún más la falda y se anima de la mano de dos gitanazos con los que flirtea descarada en la ausencia de su Antonio. El Pantera susurra una vez más al oído de Vera, le encanta hablarle así, tan cerca, intuye cómo se eriza la piel del cuello.

—¿Y ahora vas a dormir conmigo?

Antes de que la paya conteste, la de San Roque invita a todos a su casa a seguir la fiesta.

—Y a desayunar churros y mimosas.

El Hummer ha bajado las curvas del castillo rumbo a Sotogrande cargado con la Eli, el tito y un grupo de flamencos. Paco se ha retirado en silencio a casa, piensa que ya no tiene edad, ni ganas, ni fuerzas. El Pantera se ha movido estratégicamente para llevar a Vera en su coche y, en un momento dado, se ha desviado del camino a la derecha, rumbo a la playa: «Que *farta* lo de mojarse los pies en el agua, Vera mía». Y la playa del búnker los recibe minutos antes del amanecer, el mar callado no quiere despertar la vida en tierra y se mece despacio. La línea eterna de arena hacia el Peñón, Jebel Musá en el horizonte, el estrecho de Gibraltar: denominador común en tantas historias, también en la suya.

Vera ha saltado descalza a la arena, estira los brazos, respira. El Pantera tiene frío, en verdad quiere desayunar en una venta de esas que abren temprano para los trabajadores y después llevarse la paya a casa, bajo las mantas, con la ventana abierta *pa* que entre la brisa de la mañana. Pero la puesta en escena de la playa encaja mejor en el manual del amorío, no queda otra. Lo que no espera es ver cómo la chica se quita los *shorts*, la camisa, la ropa interior y corre desnuda a la orilla, con la luna aún en el cielo, que se refleja en la piel y los primeros rayos escarlatas de la aurora.

—¡Vamos, al agua, cobarde! —Y el gitano la sigue sin ropa, muerto de frío y de miedo.

—Por *Dio*, qué cosa más *gachí*.

El agua gélida despierta ambos cuerpos de golpe, de bruces. La adrenalina como impacto y desayuno. Se abrazan, se besan rebeldes con los labios casi morados, la sal y el mar que cura y expande, y la sensación de que van a comerse el mundo, que son libres, eternos, la certeza de que en este instante escriben historias para contar a sus nietos.

El sol saluda tímido cuando corren con la ropa y el pelo mojados a casa de Vera por el paseo del Parque. Congelados, muertos de frío, cruzan el jardín y entran por una puerta independiente al cuarto de la muchacha. Riendo, intensos, la piel de gallina. Se preparan para la ducha caliente. El Pantera le arranca los *shorts* para empujarla dentro, juntos, al amparo de la alcachofa con agua casi hirviendo.

—Espera, voy a dejar el móvil cargando, estoy sin batería.

Vera corre cubierta con una camisa semimojada que se le pega al cuerpo, ríe por el pasillo, cree recordar que ha dejado el cargador sobre la encimera, al lado del microondas. El Pantera la aguarda con su piel oliva bajo la ducha. Pero cuando entra en la cocina se encuentra de bruces con Jacobo y su padre desayunando.

—Buenos días, Verita, qué pronto te has despertado. —José Luis sonríe detrás de una taza humeante—. Te escribí para avisarte de que llegábamos sobre medianoche, en el último AVE, pero tenías el móvil apagado. —Vera con las piernas desnudas, el pelo mojado—. Estarías dormida. Tenemos una reunión en Algeciras a primera hora, ¿nos vemos para comer? —Cree que ha asentido con la cabeza, aturdida, sonríe, gira sobre sí misma, vuela rauda por el pasillo, los pies descalzos, el trote ligero. Cuando entra en el cuarto, es consciente de que Jacobo la ha seguido.

—¿De dónde vienes, Vera? ¿Dónde has estado? —Los ojos clavados en el pecho desnudo que se intuye a través de la camisa, el ruido de la ducha se escucha desde el cuarto de baño—. Anoche entré a buscarte y no estabas, te he llamado mil veces. —Se acerca—. ¿Qué te pasa?

—Bueno, estuve celebrando San Juan... —No sabe qué decir, la vergüenza asoma, un «tierra trágame» que planea por el techo.

—¿Por qué estás mojada?

—Jacobo, es mejor que te vayas, hablamos después. —Pero el joven no se mueve.

De pronto un estruendo, la puerta del baño que se abre de un portazo, el gitano que sale con el torso desnudo, la toalla anudada en la cadera, los rizos mojados, las cadenas en el pecho.

—¿No oyes? Lárgate.

—Pantera, espera, no, no pasa nada. —Vera no encuentra las palabras.

—¿Otra vez este jambo, Vera? ¿Qué quieres, que lo mate?

Al gitano le arde el pecho, frunce el ceño, aprieta el puño, tensa las mandíbulas. Una emoción hasta ahora desconocida, un fuego interno que prende como la hoguera de hace apenas unas horas. Jacobo sostiene la mirada, no se achanta.

—Por favor, está mi padre en la cocina. —Vera suplica—. Ezequiel, vete, por favor, no quiero que te encuentre aquí.

El mirar furioso de dos ojos amarillos que chispean como las llamas. Ha cogido la camisa, ha salido por la puerta del jardín, Vera lo sigue cautelosa, no quiere un drama. Se ha subido en el Jaguar dando un portazo.

—Eres una fresca, Vera, eso es lo que eres.

Cuando Vera vuelve al cuarto con el corazón encogido, Jacobo ya no está.

29

El mes de julio cabalga raudo por las semanas, avanza con la cabeza alta, con su nombre de emperador romano iluminando la vida, con la luz del astro rey, con el calor sofocante y el perfume del protector solar. Consuelo dedica los días a preparar las maletas entre el campo seco y el bochorno de su tierra; en el horizonte, un apartamento en Conil de la Frontera desde el primero de agosto y el viaje con toda la familia no es tarea fácil. El Ezequiel no los acompaña este verano, pero se ha encargado de la reserva para todos, también de sus *papas* y hermanos. La Trini, que dice que anda mayor, que se queda en Extremadura, con el dolor y el luto al cuidado del hogar, con la silla en la calle a la vera de la puerta de su casa encalada, con sus comadres esperando el fresco de la noche y sus cantes, sus anécdotas, tradiciones doctas de vida.

Consuelo plancha la ropa con ayuda de la Lola, las camisas bien dobladas, imposible olvidar todo lo que ha planchado a lo largo de los años, cuántas horas de labores para cada teatro, cada festival, cada evento.

—La mancha de picota, *mama,* que no sale de la camiseta de la Manuela.

—A eso hay que darle con limón, niña, o vinagre, ¡trae *pacá!*

—Que no, *mama,* alcohol con amoniaco y leche. —El vaivén de antes de las vacaciones, y, en cierta manera, la alegría, los nervios del viaje, la sandía bien fresquita esperando en la nevera—. Que me da coraje que no salga la mancha. Que la Manuela va *mu apañá* con su camiseta y el Ezequiel va a venirse a Conil por los niños a mediados de agosto, que canta en el Starlite de Marbella, dice la Juli, y quiere llevarlos un día que lo vean, que está *mu* bonito ese sitio.

—Anda, anda, ¿y dónde anda ese *desgraciao?* Árbol que nace *doblao,* jamás su tronco endereza. —La Lola frota con esmero la camiseta de su nieta.

—Venga, *mama,* ya le vale. Lleva dos semanas de gira por Francia, anoche llamó desde Arlés y habló con la Juli y el Juan. —La Consuelo resopla, lo echa en falta, cada llamada es un pellizco en el alma, y aun así, la gitana, valiente y tenaz, lucha y aprende día a día a valerse por sí sola intentando desterrar la codependencia, el mirar continuo por el otro.

—Yo no digo *na,* pero ese cada día llama más se habrá *cansao* de la paya. —Consuelo no responde, mira al suelo—. ¿Dónde dices que para esa japuta?, ¿en Sotogrande se llama? Cualquier día me bajo *payá* desde Conil con las titas de Algeciras y le damos su buena paliza, me muera que le marcamos la cara y *to.*

El Pantera soporta semanas de gira por Francia. La tierra de Baudelaire, el poeta amante de la tribu y de los gitanos nómadas, los campos de vides, la lavanda. Cada dos o tres días, bolo en una ciudad diferente. Han pasado por Lyon, por el Teatro de Nimes, Marsella a sus pies, y anoche conquistaron Arlés. A pesar de causar furor y grabar su nombre en los corazones del país vecino, está cansado, empalagado, la cocina con mantequilla, el queso y el fuagrás, el desamor.

—Qué le pasa a mi compadre, que la paya esta lo tiene loco.

El Arrullo con la guasa en la furgoneta camino de París, siete horas de carretera por delante, tumbado en el asiento de atrás, las piernas hacia arriba, apoyadas en el respaldo de en frente, se ha quitado los zapatos y se ha fumado tres plajos de los gordos. No calla, y el Ezequiel se ajusta los Airpods, a ver si escuchando a Camarón, o a Dios —que es lo mismo— se le pasa la fatiga. Los palmeros, que le ríen las gracias al guitarrista.

—Qué guasa tienen. —A punto está el gitano de mentarles los muertos.

Y mientras, el trompeta que ronca abrazado a su cajón. El calor aprieta, húmedo, pegajoso. El Pucho devora un *pain au chocolat* en el asiento del copiloto, el cacao semiderretido se escurre por los dedos que chupa sin reparo, hace un ruido desagradable y el cantaor sube el volumen.

—Ya queda menos, chicos, mañana el Teatro Nacional de Chaillot y volvemos a casa con los gabachos en el bolsillo. —El mánager regala frases motivadoras con la boca llena.

—Oiga, *pare*, y ahí, en París..., está la niña esa, sabe cuál digo..., que es caló, la bailaora... —El Arrullo, erre que erre—. Esa tan *apañá* de la que usted hablaba antes.

Y Ezequiel que no contesta porque navega a la deriva entre el oleaje de una emoción que, hasta esas alturas de la vida, no había experimentado. La imagen en la retina, el volcán en la caja torácica que aún, tres semanas después, escupe humo. El payo *apañao* y bien *vestío*, con su traje y su corbata, en el cuarto de la Vera, mirando altanero el *mu* gilipollas, y la chica suplicándole que se fuera, un golpe directo al ego, donde más duele, y por eso, a pesar de que ella ha llamado, se resiste a contestar. *Pues ahora se va a esperar un rato la paya esta*. Anoche habló con la Consuelo unos minutos antes de que le pasara a la Juli. Con ella nunca ha tenido esa sensación porque ella jamás le ha dado motivos.

—Bueno, *pare* mío, eso le pasa por buscarse una paya, que son más modernas, y feministas, que dicen que están *empoderás* o algo *asín*, y le hacen a uno morir de celos.

El Arrullo inunda el camino de París con su risa impertinente mientras Ezequiel piensa que quizás exista el karma, y que Dios lo castiga por traicionar a su señora, a su casa, a su familia. Y lo merece, quién le manda a él con lo a gusto que se está en casa, con los potajes en invierno y la neverita repleta de botellines helados en Conil. Pero la paya. *¡Mira que es paya!* Se le ha *metío* bien dentro. Y así continúa taciturno, abúlico en su rodar por Francia. A lo lejos las ramas livianas de los álamos arañan el cielo de París. Y, secretamente, en las profundidades del corazón gitano, terco y orgulloso, acepta el alto precio, el fuagrás y el queso, también la penitencia.

En el recinto del festival de Trocadero Sotogrande, a punto de abrir sus puertas, Vera chequea la platea para el concierto de esta noche. Hay *sold out* absoluto con una estrella del flamenco rock, de esas de familia tradicional gitana y flamenca que salen al mundo y coquetean con diferentes artes cosmopolitas, y dan a luz canciones preciosas de otros géneros. El flamenco que casa con todo.

—El compás, niña; el flamenco, siempre que estés *pasao* de compás, le puedes meter todo, le puedes meter bolero. —El Esquinao ha llegado temprano, acompaña su discurso con musicalidad, lleva el ritmo con los nudillos en el brazo de las sillas—, le puedes meter sardana, o alegría, siempre que estés *pasao* de compás... Mira, le haces una mecedora —vuelve a golpear con los nudillos— y le metes lo que quieras. —El tito se mueve como pez en el agua por el festival, no paga entrada y la goza con la merienda y la barra del *backstage* mientras se abren las puertas y localiza desde su esquina una presa fácil, que hoy tiene una finca para vender, con reses bravas. —Esta mañana he hablado con los niños, corazón, están llegando a París, anoche mi Pantera levantó el teatro de Arlés, ¿has visto el vídeo, mi Vera?

Y Vera por supuesto que lo ha visto, inunda las redes sociales, y el Pantera no escatima en postear la gloria bendita que le dan en Francia, y el público fervoroso, y las fans enloquecidas, y posados estudiados donde se sabe irresistible con los *looks* de Joaquín Reyes. Y Vera acepta el roneo entre picada y divertida, el gitano no le coge el teléfono. Se ha explicado con Jacobo, ha sido franca, lo suyo ha sido un encuentro más en el vaivén de la relación intermitente que tienen desde que se conocen, pero más bien son amigos, no hay chispa. El muchacho se lo ha tomado bien. Vera sospecha que su mero atractivo es ser la hija del jefe, pero calla. Mejor tenerlo de aliado. Y se entrega a recibir con sonrisa impostada entre palmeras a las marquesas, que han vuelto esta noche dispuestas a bailar; a un nuevo cliente mexicano que ha cogido tres mesas en el chozo más caro y trae su propia botella de tequila, a la *road manager*, que exige *ahuja* e hilo, que el vestido de la artista se ha descosido; al alcalde, a Mariluz, que esta noche está un poco borracha.

José Luis y María recogen a Lucas en Marbella, en un lujoso chalet de Sierra Blanca que aloja un centro de desintoxicación. El joven tiene permiso los fines de semana, pero el lunes le analizan la orina. La terapeuta ha insinuado algún tipo de sesión entre padre e hijo, quizás en el subconsciente de Lucas exista la creencia de no ser suficiente y una herida de rechazo que cubre con estupefacientes, alcohol o sexo, lo que sea para tapar el vacío. Así que este fin de semana va a pasarlo con sus padres en Sotogrande, como cuando era pequeño. Y si reúnen el coraje, hablarán padre e hijo, eso si José Luis tiene tiempo que dedicarle, los nuevos negocios en Algeciras son ahora prioridad; eso también si son capaces de demostrar emociones y enseñarse vulnerables. Por el momento se dirigen al concierto de esta noche en Trocadero. Lucas se muere por ver a su hermana y, cuando acabe, a casa, no vayan a meterse en la boca del lobo, hay que eludir ciertas situaciones de peligro, ciertas amistades.

Los hermanos se abrazan, se esconden juntos un rato entre bambalinas, tienen mucho que contarse.

Campo de Gibraltar, años noventa

Y por unos años dejaron de ser María y el Chico, porque ella formó una familia, se casó y tuvo un hijo temprano; porque él pensaba hacer lo mismo, con una buena muchacha de Algeciras a la que quería, pero de otra manera. Y jamás volvió a pisar El Melojo, aunque su base de operaciones estuviera cerca. Invertía día a día, junto con el clan de los Shinga, en mejorar su infraestructura, y en el hangar de mortero de cal y brezo escondían tres de las cinco narcolanchas de cuatrocientos caballos para cabalgar las olas; el resto en el garaje del Shinga en el Zabal. El equipo de alijadores que gobernaba el Antonio crecía, como crecían los sueldos estratosféricos que llegaban a pagar a los pilotos, y la inversión en tecnología puntera para huir de la Guardia Civil. Dictadores del Estrecho, sin competencia, sin oposición, sin separación de poderes, movían cantidades obscenas de dinero y adulaban a políticos y jueces.

Una mañana lluviosa de abril de 1992 se encontraron por la calle Serrano, llevaban más de dos años sin verse. El Chico huía de su apodo, era un hombre de éxito y estaba en Madrid por negocios: el narcotráfico requería mover hilos también en la capital. La vio girando la esquina y no pudo evitar abordarla, los mismos nervios que en la adolescencia. María apreció el cambio de estatus con tan solo mirarle el traje, el restaurante caro y elegante al que la invitó en un impulso a almorzar, el whisky, el puro. Él comentó que colaboraba con el nuevo alcalde de Marbella.

—Bueno, y ¿tienes un niño?, ¿qué tal la vida de casada?

—Sí, se llama Lucas.

Y la pillo débil, con las hormonas revolucionadas por el posparto, y bebió demasiado y quizás confesó que le pesaba la soledad, que su marido siempre andaba fuera, viajando por trabajo. Y el Chico la abrazó para consolarla, acarició su melena rubia, y el abrazo los llevó al hotel Ritz, donde aquel muchacho del Campo de Gibraltar se bebió su piel pecosa y volvieron a ser los niños aventureros que escapaban a Tarifa por las tumbas antropomorfas, aquellos que conocieron al mismísimo Camarón de la Isla una tarde de agosto, y quizás, algo parecido al amor.

Por Semana Santa, María acudió al Melojo con su familia. Él se enteró por su madre y le hizo llegar una nota a través del cartero, entre la correspondencia del cortijo, y la citó una tarde donde siempre, a la vera de la torre, entre las tumbas.

—Este sitio me trae muchos recuerdos, Chico. —Se sentó en la roca, cerca de los monumentos funerarios; él la recordó con diecisiete años, ligera, audaz; no había cambiado tanto.

—No me llames Chico, eso era antes, ya no soy ese niño. —No podía dejar de mirarla—. Ven, tengo una cabaña entre los alcornoques.

E, incauto, la llevó a conocer el hangar. Ocultó que él también había rehecho su vida, que se veía con alguien, que quizás iba a casarse, pero que el encuentro podía hacerle cambiar de planes.

—¿Qué hay debajo de esos plásticos?, ¿qué guardas aquí?

María seguía siendo curiosa, casi descubre las gomas, pero la arrastró a un camastro del almacén donde les dio caza el atardecer. El Chico flotaba en la dulce sensación de haber alcanzado su sueño, la expansión del amor, que ella quebró al levantarse desnuda de aquella cama.

—Esto no puede ser. —María lo miró desde sus ojos pardos mientras se enfundaba los vaqueros como cuando era una niña—. Es mejor que no volvamos a vernos.

Y se fue con los últimos rayos de luz, antes de que les alcanzara la noche. Dejaba detrás un corazón en mil pedazos en aquella cabaña de mortero de cal y brezo con tres narcolanchas tapadas por plásticos. Cerca de la torre, cerca de las tumbas.

30

Conil de la Frontera, donde el mes de agosto aprieta en las playas generosas, donde los surfistas prefieren cabalgar las olas del mar porque las de la vida son más duras y hacen daño si te rompen encima, donde los conilatos o vejerucos, pescadores y agricultores, conviven en sus calles blancas con los turistas, donde el Pantera deposita a su Juan, su Juli, su Manuela y su Aroa después de llevarlos dos días a Marbella.

El pueblo hasta los topes por el puente de la Asunción, el esprint final del estío, cuando los días muy poco a poco van acortando los minutos y la noche sutilmente gana el terreno. Los muy intuitivos ya olfatean, a lo lejos, un aroma a otoño que espera sin prisa su turno. El apartamento es el mismo de todos los años, bien *apañao,* donde cabe una familia de quince o veinte, depende del día, y de los primos *que se lleguen pa comé o echá la tarde.* Una terraza con barbacoa y un paseo de apenas cinco minutos hasta la playa de la Fontanilla —gloria bendita—, cuatro habitaciones, un sofá cama que da cobijo a varias vidas y un par de colchones en el suelo para acostarse de *madrugá* después de frecuentar El Arenal o El Dorado en El Palmar y sus noches de flamenco. Y como siempre, la cocina a rebosar: «La nevera de un gitano siempre está llena».

El Pantera financia el plan, pero no participa. Los niños, que se bajan del coche entre gritos y sentimientos encontrados, lo han pasado muy bien con su *papa* en el Starlite, iban todos *mu* bien *vestíos* y el *papa* es una estrella. Después de dos días en un apartamento de Los Boquerones que les ha prestado un fan, contaban los minutos para regresar a Conil y ronear de sus aventuras en Marbella con los primos, con su *mama*, con los abuelos. Han llegado un poco antes de la hora prevista y ni el Pantera ni la Consuelo han calculado bien los tiempos para evitarse. Así que se dan de bruces mientras los chicos bajan las maletas y la Consuelo llega del mercadillo a tiempo para hacer el arroz.

—Hola, Ezequiel.

Está más delgada, las penas de amor, que cierran el estómago, la melena suelta, ondulada por el mar y la sal. Una falda ligera, una camiseta de tirantes, uno de ellos resbala por el brazo y libera el hombro de piel de india, las bolsas del mercadillo con la verdura para el sofrito, los tomates y el pepino *pal* gazpacho y el corazón temblando por el encuentro.

—Hola, gorda. —Consuelo está guapa, se lee la calma en el gesto.

—¿Qué tal lo han *pasao* los niños en Starlite?, ¿te has *apañao* con la Manuela? —No se besan ni se abrazan.

—Bueno, a la Manuela ya sabes que la atiende bien la Aroa.

Quiere decirle que la quiere, que la admira como madre, que la echa en falta, que valora sus cuidados. Quiere decirle que se siente culpable, que ojalá su historia hubiese sido posible, pero que ama a otra, quiere pedir perdón por el daño que ha causado, quiere verla feliz como ella merece. Intenta condensar todas las palabras en una mirada intensa que ella comprende de inmediato, porque, a fin de cuentas, se han criado y crecido juntos al amparo del matrimonio, de un infanticidio. Pero a lo lejos se distingue el grupo familiar. Las gitanas y más niños que llegan de la playa con los moños en alto y las chanclas y las sillitas para la arena y la neverita con las cervezas. Y los hijos del Pantera y la Consuelo corren al encuentro de su abuela y los primos

—Gorda, que yo me voy a *najar**, que no quiero ver a tu *mama,* que me juró y me mentó los muertos. Ni a las titas, que no quiero ruina. —Quiere abrazarla, ella también quiere, pero están *dejaos* y resultaría raro. El Pantera se sube en el coche, ella murmura algo parecido a «Cuídate» y ve marchar con

* *najarse,* «irse».

el corazón encogido al padre de sus hijos, al amor de su vida.

El Parque de Los Alcornocales tiene un hermano gemelo al otro lado del Estrecho, en el norte de África, donde las montañas del Rif aguardan sedientas el fin del verano con sus alcornoques, quejigos, melojos, algunos macacos y plantaciones de hachís.

Amin prepara con cuidado las alforjas para los burros. Una parada para la oración del mediodía. Se lava despacio la cara, las manos, los pies con el agua fresca de un cántaro de barro. *Allahu akbar.* Se entrega a la plegaria, a la *azalá*, después de las abluciones. La *rihal** orientada a la Kaaba, la casa de Dios en la gran mezquita de La Meca. Hace mucho calor, agosto es un mes sofocante en el Magreb, y entre recitaciones y postraciones, Amin agradece a Alá la gran fortuna de tener un trabajo con el kif que extrae de los tallos del cannabis, una sustancia que da de comer a casi noventa mil hogares en la zona, más de un quinto de la población rifeña. A sus pies, unas cincuenta mil hectáreas de plantación que resiste a las sequías severas, y los almacenes donde secan los tallos después de su recolección en otoño. Hace meses que los golpearon sobre una tela fina y vertieron

---

* *rihal,* «alfombra sobre la que se reza».

los tricomas cargados de THC sobre los tambores de ketama. Después el prensado para hacer las losas que marcaron con la firma del productor y el empaquetado. La mercancía está lista, aguarda una orden de arriba para bajarla en las alforjas de los burros mañana y entregarla de madrugada en un punto a unos cinco kilómetros de Tánger Med donde esperan los todoterrenos del Shinga. Amin es agricultor, un sencillo hombre de campo, un empleado más en las plantaciones. Sabe que la sustancia psicoactiva va a venderse por cantidades millonarias en Europa, sabe que él solo cata las migajas, pero no es ambicioso y agradece una y otra vez a Alá en su plegaria por la fortuna de tener un trabajo fijo, una seguridad para sus cinco hijos.

Vera gestiona como puede un pequeño evento para el almuerzo en Trocadero Sotogrande. Un grupo de diez *influencers* que Mariluz ha invitado bajo el ala de una marca de belleza y así sumar repercusión al festival y al restaurante antes de la gran clausura lista para pasado mañana. Diez muñequitas perfectas, pulidas, con sus naricitas chatas y pómulos prominentes, con sus cuerpos cincelados a golpe de gimnasio, con sus *looks* de firma en busca de contenido bonito para sus pantallas de móvil, que el contenido real de la vida quizás no vende tanto. Las chicas van a comer con una gran artista, una gitana de cuarenta años, una belleza india con voz rasgada que las acompaña en el almuerzo y las deleita con un par de temas para que almacenen en las memorias de sus teléfonos y en sus *stories* de Instagram. Pero la gitana tiene mala sangre este mediodía, está *mu hinshá* porque anda ovulando, y hace la tarea de Vera difícil.

—Bueno, y me regalarán algo, ¿no?, que tengo unos calores y una fatiga y una mala *follá*.

—Bueno, igual te dan un set de maquillaje como el de las *influencers* con las que vas a comer. —Vera surfea la situación como puede.

—Las *influencers* que vengan y me coman el coño.

Y Vera contesta el teléfono para evadirse del tema.

—¿Qué pasa, Eli?

—Hola, guapa, aquí en Marbella, vamos a comer con el tito y el Paco, se iba a unir el Pantera, ha llamado... —Un silencio—. Pues se ve que el gitano está volviendo de dejar los niños en Conil, pero que dice que mejor tirar *pa* su casa en Pelayo. ¿Habéis hablado? —La peluquera suelta la parrafada sin respirar.

—Es muy orgulloso, sigue enfadado. —Vera está resignada—. Le llamo y no contesta, no puedo hacer mucho más, y encima estoy hasta arriba con la clausura del festival. —Vigila por el rabillo del ojo cómo la gitana demanda insistente champán bien fresquito a uno de los camareros—. Y ahora liada aquí con unas *influencers*... Y bueno, no veas qué follón la orgánica de la travesía a nado que empieza mañana.

—Por la conciencia de la Eli planea una sombra, una operación de hachís en medio del trabajo de su amiga, un halo de escrúpulos que oculta con palabras.

—Bueno, nena, pues *na,* era a ver si hablabas con el gitano y os uníais, pero ya te veo que andas *ocupá.* Oye, cari, acuérdate de guardarme sitio en una lancha, eh, que lo de los nadadores eso quiero verlo yo.

Vera cuelga, pero se ha quedado enganchada en el nombre del Pantera, que resuena una y otra vez en sus oídos. El pensamiento enredado en más de un mes de penitencia y orgullo gitano al que el cantaor la ha sometido desde el incidente en su casa con Jacobo. Y las mariposas del estómago que gritan su nombre mientras revolotean entre las vísceras, y el pecho que llora su ausencia, y la vida que es demasiado corta para perderla en contenido pulido y perfecto de *stories* de Instagram, y más aún en enfados y egos humanos. Suspira.

—Bueno, pues yo tengo que irme, suerte con las *influencers,* a ver si te regalan algo. —Abandona a la gitana y sus hormonas en el Beach Club de Trocadero.

El Pantera conduce el Jaguar por la carretera de la costa. Atrás queda Conil, al frente sesenta y ocho kilómetros hasta Tarifa, algunos más a Pelayo. Tiene hambre y maldice el tráfico del verano, cansado de tanto coche, tanta gira, tanto festival, tanto desvelo por culpa de una paya de ojos muy verdes. Se distrae un rato largo fantaseando en cómo Camarón habría tomado la misma ruta desde San Fernando hasta Algeciras para visitar a su compadre Paco de Lucía. A la derecha, pasada Bolonia, las dunas de Valdevaqueros brillan blancas bajo el sol. El cielo inundado de cometas de colores que invitan a contagiarse de un aire de vacaciones. Y por fin, tráfico de agosto mediante, enfila el carril entre colinas, justo pasado la gasolinera de Pelayo. Un grupo de retintas lo observan impertinentes, el pasto escasea, y el gitano hambriento fantasea con un filete de su carne tierna, jugosa, rosada.

Se baja del coche y abre la cancela. *Esto cada día está más duro.* No presta atención a un coche desconocido aparcado fuera. El sopor, el agotamiento. Solo quiere llegar a casa, cocinar algo rápido y echar dos días en el sofá, en el no hacer nada antes de su actuación estelar en el festival de Sotogrande. Cruza despacio la propiedad, el Estrecho saluda de frente. Yebel Musá o la mujer muerta; en sus faldas, allá por la costa marroquí, parece que se levanta una línea de niebla: las barbas del Levante. Y a medio camino entre dos continentes, a medio mar, los cargueros que cruzan océanos.

El gitano aparca el Jaguar pasado el cortijo principal y continúa a pie unos metros por un sendero que conduce a su hogar de los últimos meses. La casita de piedra lo espera acogedora, pero, al lado de la puerta, tumbada en una de las hamacas colocada estratégicamente para contemplar la vista, descubre una paya que aguarda con el pelo largo recogido en una coleta. No lo ha visto llegar, la mirada esmeralda hipnotizada por la imagen de África. El hambre, el cansancio y la abulia se desvanecen como el vapor de agua los días de calor.

—Hola, Pantera. —Por fin se ha girado y sonríe de frente.

Unos instantes para medirse los corazones, una prórroga, la ambición de que el otro comience una acción que ambos desean, un compás de espera silencioso, un reto, un a ver quién se atreve.

Cuarta parte

El remate

31

—¿Qué haces aquí?

En cuestión de segundos el Levante se ha despertado inquieto, casi furioso, sopla en dirección este sobre el Mediterráneo. A los ojos del Pantera Vera se antoja pequeña, delicada: se ha incorporado contra el viento, descalza, la coleta y la camisa ondean con el aire. Podría salir volando en cualquier momento, desaparecer de su vida, llevarse con ella la enajenación transitoria del amor y el desamor, podría salir volando y llevarse la jindama agarrada entre las manos, apretada contra la piel blanca. La vida sin ella sería fácil otra vez, y quizás también insoportable.

—He saltado el muro. —Levanta la voz por encima del Levante—. Mariluz me ha dejado su coche, me ha explicado el camino desde la gasolinera. Quiere que mañana nos acompañes en la travesía de ida a Tánger.

—¿Y has venido solo por eso? —Se gira para abrir la puerta. Frío, seco, el vendaval y la procesión que va por dentro.

—Y porque te echo de menos.

Vera se deja llevar, a pesar de todos los «no debería» elige no enredarse en los malentendidos de la vida, bella y perra a partes iguales, ni en sus aristas y matices. Primero el presente, después el futuro en suspenso, y, aunque pierda, sabe que gana. El gitano da un paso dentro de la casa y se gira desde la puerta. La silueta mesiánica con el pelo revuelto sobre los hombros, las chispas en la mirada.

—¿Y el jambo ese?

—El jambo es un amigo de la familia, intenté olvidarte con él, pero no he podido. No hay nada, tampoco puedes echarme eso en cara después de haber ocultado durante meses que estabas casado. —La verdad que exprime limón sobre la herida y el Pantera que se revuelve.

—Ya te expliqué el paso tan duro que he *tenío* que dar ¡que *pa* mí se queda! —Consuelo planea por la mente con las bolsas del mercado y el calor de la cocina.

—No puedes hacerme responsable de eso, Pantera. —Vera continúa en el sitio, digna, entera. A pie de paz mientras el viento sigue en pie de guerra y silba, incordia en el oído, azota la piel y esboza espectros que son casi visuales—. Me llamaste puta.

—No, ¡te dije fresca!

—Es lo mismo.

Y Vera quiere rendirse. El intento, el esfuerzo topa una y otra vez con una pared de hormigón y ego que protege al artista. Se sienta en la hamaca, se ata las tiras de las sandalias con manos temblorosas. El rugir que no cesa, perseverante, trastorna la mente, levanta polvo y deshidrata. A lo lejos, las crestas de las olas en el Estrecho.

El Pantera la observa apoyado en el marco de la puerta. No se mueve, no habla, se ha encendido un plajo demasiado cargado, lanza una bocanada de humo que el aire arroja sobre una Vera que se levanta y emprende el camino de vuelta al coche. La mira alejarse sin mover un músculo, el gesto congelado, cautivo de una batalla interior que abrasa por dentro reduciendo a cenizas todo lo que encuentra a su paso, y el cannabis que no calma y desdibuja la mente y azuza el fuego.

Entra en la casa, el portazo no ha pasado desapercibido a pesar del viento. Vera se enfrenta al muro de entrada, Ezequiel no ha tenido el detalle de explicarle cómo abrir la cancela y se dispone a saltar. Ha encontrado una roca para elevarse, se impulsa hacia arriba con los brazos, la pared es áspera, el Levante inhóspito y el calor insoportable. Una última mirada atrás, la esperanza, la casa entre el viento que sacude las ramas de los alcornoques y casi dobla las palmeras. La puerta cerrada, el Pantera que ha dado el portazo final y la chica que no puede reprimir las lágrimas sin identificar cuál es el dolor que las provoca. Puede que sea una quemazón en el hígado, o el nudo de la garganta, o la presión insoportable del pecho.

Pasa las piernas al otro lado. Unos segundos sentada en el muro para recuperar el aliento, al fondo la montaña entre la niebla, el aire en la cara. Necesita volver a sentir el suelo bajo los pies y salta sin miedo para regresar a tierra, para pasar página, para aceptar que hay pasiones que no son humanas ni posibles. Pero la mala fortuna espera debajo, el tobillo se dobla y cae de rodillas sobre una piedra abrupta que se hinca en la pierna y la sangre brota en cascada.

Vera llora a grifo abierto, entre hipidos vomita el dolor físico y emocional a los pies del continente africano. Y entonces la cancela chirria con un gemido histriónico y se abre, y justo detrás, empujando con la camisa abierta, con las cadenas, con las cruces, con los vaqueros y los pies descalzos, el gitano ha salido a buscarla. La observa echa un ovillo en el suelo, la rodilla ensangrentada, los churretes en la cara. Y para sorpresa de la chica sonríe divertido.

—*Ohú, Vera mía,* qué trastazo has *pegao.*

Y la risa repentina transmuta la energía en un segundo, el viento ha cambiado y Vera no para de reír tirada en el suelo. Ezequiel se acerca convulsionando entre carcajadas, agarra a Vera por debajo de los brazos y la ayuda a levantarse. Las montañas rusas son intensas, con sus altibajos de lágrimas y risa que facilita la toma del aire borracho de oxígeno y aumenta las endorfinas y mitiga el estrés de la conversación. Parece que también la levantera vira despacio a un frescor que pronostica poniente para mañana. Y así, con la paya cojeando y apoyada en su brazo, retoman el camino hacia la pequeña casa de piedra.

—Si es que tengo la negra, mi Vera: o borracha o tullida, pero siempre ando cargando contigo.

La pequeña casita tiene el techo a dos aguas; en el interior, vigas de madera y paredes pintadas de azul. Un salón con chimenea rodeada de azulejos en blanco y añil que corona un marco dorado con un dibujo a lápiz de un torero. A su alrededor un sinfín de cuadritos antiguos del Peñón de Gibraltar desde infinidad de perspectivas y miradas, la roca eterna. El suelo es de barro cocido; en la pared, un sofá de cuero custodiado por un ventanal inmenso que enmarca la vista sobre el matrimonio de dos mares, las montañas marroquís, los molinos que mueve el viento al otro lado, las barbas del Levante que se van disipando en la orilla.

El Pantera deposita a Vera en una butaca del salón, junto a la guitarra y frente al ventanal, la herida llena de polvo. El gitano se acerca a una cocinita azul con mesa de madera y armarios blancos. Rebusca entre los cajones hasta que encuentra un botiquín, un barreño con agua y un paño limpio. Sigue descalzo, la camisa abierta del todo, los vaqueros de talle bajo, el plajo en la boca, el olor dulce flotando en la cocina. Ha cerrado las ventanas y prendido el aire acondicionado.

Vuelve al salón con el material y una Coronita helada que tiende a la chica, una rodaja de limón en el cuello de la botella.

—¿Has visto qué gitanita la casa que me ha prestado el maestro?

Toma una silla y se sienta frente a Vera con su mirada de abismo, con unos ojos que traspasan e inundan de pardo y amarillo. La palangana en el regazo, y ya no habla, se dispone a limpiar la rodilla en silencio con el trapo suave. Vera da un sorbo a la cerveza y se deja hacer. El Pantera ha cogido su pierna derecha para flexionarla junto a sí. La planta del pie apoyada en su cadera, el agua templada, los toques suaves de algodón, el silencio, un escalofrío, el alcohol de cien grados, el gitano que incorpora la pierna izquierda de Vera sobre su otra cadera.

La chica suspira, el corazón cabalga dentro del pecho, el artista se ha situado entre ambas rodillas y depositado la palangana en el suelo, sacude con la mano la tierra de las piernas, las separa despacio, una media sonrisa. *Qué patosa eres, hija*. La luz de la tarde de verano es clara, blanca y cegadora, en la calle las palmeras se mecen al son del viento ahora moderado, y las manos del gitano ya no sacuden la tierra, acarician despacio la piel suave de los gemelos, de los muslos. Se mueven por intuición, bajo el mirar de sus ojos de fiera y un corazón que bombea por estímulos.

Vera se ha soltado el pelo, echa la cabeza hacia atrás apoyada en el respaldo, el cantaor recorre la cara interna de las piernas con el roce tenue y templado de los labios, y la chica inhala despacio, se entrega, cierra los ojos cuando el tintineo de las cadenas delata que se mueve ágil y rápido, atrae las piernas aún más hacia sí y se cuela sigiloso con su melena azabache por debajo de la falda. Y Vera desfallece durante minutos, y los sentidos se desbordan, y la piel se eriza, y una sensación candente recorre su cuerpo mientras convulsiona.

El Pantera levanta la cabeza y la mira muy fijo, altanero, desafiante, el depredador que devora muy poco a poco a su presa, y se relame, y para su sorpresa Vera se incorpora, el pelo cae salvaje sobre la cara y los hombros, entre ambos se deshacen de los vaqueros del artista y la muchacha se sienta sobre él a horcajadas, lo empuja contra el respaldo de la silla, se agarra firme a sus hombros, inhala su olor, intenso, amaderado, y le susurra muy bajito en el oído palabras que lo vuelven loco mientras se completan una y otra vez. Susurros que son melodía que vuela ligera hacia el Estrecho, y la chica pierde la mirada en el mar del ventanal. El Pantera le arranca la camisa y le besa el pecho y un algo inefable expande su cuerpo caló. Y el ahora es lo único que tienen, lo único que importa, porque la vida da vueltas, se retuerce y sube y baja y aprovechan cada subida, cada momento de gloria y de risa para llegar con fuerzas cuando toque surfear la bajada. Y se viven cada minuto, con los altibajos, con cada segundo que Vera exprime para besar su piel de oliva, para beber del aceite prohibido, para esnifar el sándalo de su esencia, que trastorna y dispara recuerdos de un cruce de miradas una noche de marzo en un tablao de Madrid.

32

Eli se ha acostado temprano, lleva una hora dando vueltas en la cama, mañana es un día intenso, aunque su papel no sea participar en las operaciones. Pero por primera vez el Antonio le ha pedido que los acompañe en la aventura. Está raro últimamente, ausente. Él y su socio la quieren cerca de la organización, en la travesía y el festival, la mejor de las tapaderas que han tenido jamás, donde la casualidad ha querido que trabaje Vera. Y a la de San Roque le duele usar a su amiga, pero es una cantidad muy alta y el perfume del dinero emborracha más que nunca.

Y por eso la oscuridad la encuentra inquieta, nerviosa, y se revuelve entre las sábanas de satén sin conciliar el sueño. El Shinga ha venido a pasar la noche a la villa neoclásica de Sotogrande, la familia oficial duerme tranquila en el Zabal. Pero Eli no lo encuentra en su lado en la cama. Se levanta despacio, se calza con unas zapatillas adornadas de marabú rosa y se cubre con un kimono de seda. Sale al balcón, lo encuentra sentado, hipnotizado por su

Estrecho, por su reinado; fuma en la noche fresca y pronostica poniente, las mejores condiciones para una travesía a nado, también para volver con las embarcaciones de apoyo cargadas de hachís.

Los bichones malteses anuncian la llegada de su amante, su confidente. La mira con unos ojos azules que hoy navegan entre los matices más oscuros. Sonríe con melancolía en la expresión.

—¿Qué haces despierta?

La Eli se enciende un cigarrillo Vogue, de esos que ella considera muy finos, lo prende despacio con su Zipo de oro, se sienta a su lado admirando las luces de los barcos en el mar.

—Voy a dejarlo, Eli. —Y ya no la mira, se está despidiendo del océano, quizás también de ella si no abandona junto a él—. Esta es la última, se lo he dicho a este. Soy un hombre lo suficientemente rico, no quiero seguir con la droga, solo traigo maldición y muerte.

Eli comprende que la decisión está tomada. No es el momento de hacerle cambiar de opinión, sabe que después la adrenalina engancha, y el poder, y el dinero.

—Y qué ha dicho él, cómo se lo ha t*omao*. —La muchacha sabe que sin el clan de los Shinga, la empresa no es viable y el copartícipe tremendamente ambicioso.

—Pues ya sabes cómo es, *mu* frío en las cosas del negocio. No ha dicho mucho.

—No lo va a llevar bien y lo sabes, son muchos años juntos.

—Tendrá que apañarse, Eli, vamos *pa* la cama.

Y mientras Antonio el Shinga y la Eli vuelven a la cama, a casi sesenta kilómetros de ahí Lucas celebra en Marbella que hoy tiene permiso y se zambulle de lleno en la fiesta, y sufre las consecuencias de las sustancias con las que trafican empresas millonarias como las que dirigen sus amigos. Esos que esta noche intentan dormir sus conciencias entre sábanas de satén en una villa neoclásica de Sotogrande Alto.

La alegría es una emoción suave y liviana, una felicidad alejada de la euforia, constante, pacífica, un sol de invierno que calienta en la espalda.

El Pantera amanece despejado, contento. Por la ventana distingue a la paya al teléfono, el estrecho como siempre de fondo. Se ha puesto una de sus camisas abierta, mostrando sin pudor el cuerpo, la piel que ha besado toda la noche hasta bien entrada la madrugada. Lleva un café en la mano mientras anda y gesticula al auricular. Los primeros rayos de sol han salido por el este e iluminan la mañana. El gitano se asoma a la ventana y la llama entre bostezos, y ella le sonríe al teléfono con su jefa, hace un gesto de silencio entre risas y sigue pavoneándose así, medio desnuda, a sabiendas de que el Pantera la saborea con la mirada. Hoy es un día importante, el primer tramo de la travesía a nado, mañana la vuelta y la entrega de premios. Vera cuelga y va hacia él, le acaricia la cara despacio con las yemas de los dedos, y el artista quiere congelar el tiempo. Ha sido una vida incompleta y por fin, ahora, la alegría ha llegado con el Poniente, con el verano, asomada con él a la ventana mientras ella le acaricia la cara. Insiste en que la acompañe en una de las lanchas, es importante tener un flamenco a bordo debido a la temática del festival. Mejor aún si es el artista que lo cierra. Puede cantarse una letrita y así lo graba la prensa. Y el gitano, que es más de tierra que de mar, ha aceptado.

—Solo porque participa el gachó ese, y tendré que marcar territorio, Vera mía.

El puerto de Tarifa vibra con la energía de la competición y la bendita tregua del levante. El día de hoy es claro en la punta más al sur de Europa; sus gentes, pescadores, surferos, hosteleros y tocados por el viento —que a veces a uno lo vuelve loco y le saca los fantasmas—. Todos celebran la esperada pleamar para el disparo de salida. La tensión planea entre los nadadores mientras se enfundan en sus trajes de neopreno, concentrados en la respiración, en que no les apriete el gorrito, en el olor a goma, en el miedo, porque el Estrecho impone con sus corrientes y sus leyendas. Varios grupos se acercan para animar, la algarabía, alguien da instrucciones por un megáfono. Las lanchas de apoyo, el médico, los patrones, el entrenador y una pequeña representación del festival: Vera y el Pantera acompañados por la Eli, que no ha parado hasta que la han metido en el grupo de la comitiva: «Que eso tengo que verlo yo, Vera, a ver cómo se cruzan el Estrecho a nado». Ha llegado la prensa local, alguna tele, Mari Luz lee un discurso, la iniciativa promueve el deporte en discapacitados y parte de los beneficios del concierto de mañana van destinados a una fundación. Uno de los nadadores ondea orgulloso su pierna de titanio. Paco Sánchez se ha puesto un sombrero de panamá, un traje claro y una sonrisa orgullosa junto a Palomilla, cuando Mariluz le agradece públicamente haber financiado la gasolina para la travesía. Son necesarias tres lanchas que forman dos pasillos para proteger a los seis nadadores, divididos en dos grupos, de los peligros del mar, que son muchos, de su fauna y sus corrientes, nunca se sabe. Se prevé una travesía de unas cuatro horas hasta punta Cires, cerca de Tánger Med. Los patrones al mando de las pequeñas embarcaciones con vinilos de la imagen del festival, con la mirada ya perdida en el océano, con la cara embadurnada de crema solar y las gorras y los polos con su logo de una ballena dorada que Vera ha visto en algún sitio. El entrenador, que motiva a voces ya desde puerto, y palmea. «Vamos, vamos, vaaamoosss, chicos». Y lleva cortavientos y la piel quemada por el sol, una bolsa repleta de geles y productos isotónicos y reconstituyentes. Sube a la primera de las dos zódiac que abren camino frente a los audaces participantes y las lanchas que los parapetan, no saltarán al agua hasta pasada la isla de Tarifa, así que, de momento, los nadadores embarcan con el entrenador y un equipo médico perfectamente equipado.

La tensión se refleja en las caras, el Pantera mira de soslayo a Jacobo, que se concentra en hacer estiramientos. Vera y el gitano van en una segunda zódiac que seguirá en algún tramo a la comitiva mientras el artista se marca alguna pincelada, más que nada para las fotos y las redes sociales. Eli se ha colado en una de las lanchas que hacen pasillo junto a la prensa.

—*Ohú,* nena, yo voy en una de esas, que mira qué chulazos los de la tripulación.

Y así, la comitiva bordea la isla de Tarifa con su aura militar y las gaviotas planeando sobre sus paredes escarpadas, hasta que suena el disparo de salida a la par que el Ezequiel se marca una letrita y los fotógrafos disparan sin tregua los objetivos, y solo se escuchan los clics, la mar y la voz del Pantera. Y el resto calla porque la aventura es arriesgada. El gitano no ha querido ponerse el chaleco salvavidas: «Que luego eso queda *mu* feo *pa* la foto».

Adentrarse en el Estrecho es adentrarse en un mundo aparte, con su vida propia. El silencio reina más allá de la mar, de las brazadas de los intrépidos nadadores, que llevan ya dos horas enfrentando el océano. La tensión se corta con cuchillo, se ha levantado una bruma gris, la luz cambia de color. Los participantes se mueven despacio, la corriente empuja fuerte y el Pantera se sorprende deseando que Jacobo se ahogue. Las frases motivacionales del *coach* rompen el silencio, el encanto y el embrujo, y Vera ha perdido la mirada en un inmenso carguero chino, una mole gigante cargada con *containers* de colores que se mueve milagrosamente sobre el agua y le hace sentir pequeña en un universo infinito. La Eli está callada en una de las lanchas que protegen a los jóvenes. Detrás del *look* de choni marinera, con *shorts* reventones y top minúsculo de rayas, late un corazón intranquilo. El Pantera ya ha tenido suficiente.

—Vera mía, ¿y nos vamos a *llevá* las cuatro horas detrás de esta gente? Que yo estoy *arrecío*, y he *venío pa* una pincela *namás*, no *pa* cruzarme el Estrecho entero, que mañana canto. —Y Vera indica al patrón de su zódiac que puede devolverlos a tierra, a Tarifa.

—¿Hacéis muchas de estas travesías al año? —La chica intenta dar conversación al capitán, un joven rubio y risueño con caracoles dorados en el pelo y gafas de cristal azul.

—Sí, bueno, nosotros hacemos más excursiones para el avistamiento de cetáceos.

—¿De qué? —Ezequiel se une curioso.

—Ballenas, delfines... —El capitán sonríe con entusiasmo, estudió biología marina, regenta una pequeña empresa con dos zódiac. Enseña al mundo la vida que bulle en ese punto de encuentro entre el Mediterráneo y el Atlántico—. Y luego, alguna vez nos llaman para apoyo de estas travesías, como hoy con mis dos zódiac para abrir rumbo, pero esas tres lanchas que parapetan hoy a los nadadores no son mías, no conozco bien la empresa ni a los patrones, creía que se dedicaban a transporte de mercancía en embarcaciones grandes.

—Son de Gibraltar, creo, mi jefa las ha conseguido gratis. Se las ofrecieron. Muy generosos.

—¿Os apetece que antes de volver nos demos una vuelta por las aguas marroquíes? Puede que veamos algo.

—Mejor tira ya *pa* Tarifa, amigo. —Lo último que quiere el gitano es ver una ballena.

—¡Vamos, por favor, vamos, Ezequiel!

Vera insiste y la zódiac naranja se adentra en aguas marroquíes, plagadas de mínimas embarcaciones de madera con hombres sonrientes de dientes blancos y camisas holgadas que practican la pesca de palangre y lanzan un hilo con anzuelo para que pique el atún. Y toman relevos para tirar con fuerza para sacarlo porque pesa mucho el pescado, pero más pesa el hambre y los euros por kilo. Mientras, saludan a los recién llegados en la zódiac, con alegría, con sonrisas frescas de mar, y les señalan algo que no entienden. Las gaviotas vuelan sobre sus cabezas al olor del pescado.

—¡Orcas! —El capitán no oculta el entusiasmo—. Nos indican que hay orcas, ¡las reinas del Estrecho, es difícil verlas!

—¡*Vámono*, Vera de mi corazón!

El Pantera implora, pero ya es tarde, y la zódiac naranja se dirige veloz donde señalan los pescadores hasta casi darse de bruces con una aleta negra, inmensa y brillante, que entra y sale del agua. El chillido del gitano, la emoción de Vera, el amor por la mar del capitán; muchas emociones en mitad del mar donde la luz baja un tono y ya huele a África.

—¡Hay más!, cinco, seis. —Vera aplaude emocionada, el Pantera se asoma cauteloso, el capitán suspira casi enamorado, y observan hipnotizados el baile de las orcas que entran y salen, un milagro en blanco y negro que se mece en el agua y roba con descaro los atunes de la pesca de palangre.

—¿No atacan? —Vera ha leído algo en la prensa, las orcas nadan alrededor y se sumergen debajo de la zódiac.

—Al timón de los veleros sí, a nuestro motor no porque se hacen daño. —El capitán explica y el Pantera suspira aliviado—. Están marcadas, esta creo que es Gladys, la jefa de la familia y del Estrecho.

—Gladys míaaa. —El artista canturrea el nombre del cetáceo mientras los pescadores marroquíes vociferan desde sus pateras: las orcas les han robado otro atún.

Y en el camino de vuelta a tierra, Vera está eufórica, el viento en la cara, la zódiac avanza veloz, se abraza a Ezequiel, que ahora también está sobrecogido. Hay algo en el aire, en la vibra, en su pequeño mundo al margen de todo, entre orcas y pescadores, en medio de dos continentes, de dos mares. Se agarran fuerte, se respiran, se viven, y a la competición de nado debe de quedarle una hora de travesía para llegar a punta Cires, descansar y retomar la vuelta mañana.

Eli se ha reservado habitación en Villa Josephine, el mejor hotel de Tánger, y pasará la noche en vela nerviosa, sabiendo que de madrugada cargan las lanchas con fardos, y volverá mañana a bordo como si nada, como una peluquera curiosa y apasionada por la competición. Pero ahora nada de eso importa, ni siquiera una embarcación que ha rescatado un grupo de senegaleses de una patera unos kilómetros más al oeste y los devuelve cabizbajos y asustados a Marruecos, la vida y sus contrastes, porque la paya y el gitano palpitan presentes solo en ellos, y se acercan y se descubren y navegan de vuelta a tierra, a casa, para quererse toda la noche en su hogar de piedra.

—Qué suerte hemos tenido de ver las orcas. —La chica susurra al oído del gitano, inhala una vez más ese perfume que ya es parte de sí misma—. Qué suerte estar aquí y ahora contigo.

Y el Pantera respira la libertad que se cuela por su nariz junto al olor del yodo, y se expande y rebosa y cree rozar por un instante la felicidad absoluta.

33

En la noche oscura del Magreb un grupo de hombres se mueve sigiloso a pocos kilómetros de Tánger Med. Descargan fardos bien empaquetados en las alforjas de los burros que han bajado del Rif, apenas se percibe su olor penetrante y aromatizado. Las estrellas custodian la comitiva hispano-marroquí que carga con cuidado los todoterrenos.

El Shinga no ha dormido. Observa los quehaceres de su equipo desde el asiento del copiloto, sentado en silencio, fumando Ducados, respirando el humo del tabaco negro que se mezcla con la presión, la adrenalina de su última hazaña. Han sido muchos años, y la inconsciencia y la audacia de la juventud ha volado dejando paso a la madurez. Está cansado. Acompaña a sus hombres hasta una entrada restringida en la zona franca de actividades industriales y logísticas del gran puerto mercantil de Tánger Med. El guarda apostado en la puerta luce un uniforme manido que le queda dos tallas grande. Recibe con alegría el sobre de billetes que el narco le tiende, el perfume del dinero despeja el paso, vía libre para los todoterrenos hacia una zona entre moles flotantes y ferris donde aguardan las tres lanchas de la comitiva. Su socio ha conseguido permiso para atracar durante la noche en el puerto, que no está destinado a embarcaciones de recreo.

La tripulación de las tres lanchas aguarda preparada a bordo con grandes linternas y un par de pistolas escondidas tras el cortavientos; en unas horas volverán a zarpar desde punta Cires protegiendo a los nadadores de los peligros del Estrecho pero brindando al mundo los peligros del cannabis.

La operación de carga y escondite de la mercancía en el casco lleva unos veinte minutos dentro del inmenso atracadero marroquí que ha robado protagonismo al puerto de Algeciras; en la oscuridad se intuyen las grúas de acero. Todo marcha según el plan, el guarda vigila que no los descubran, la mano de obra es barata y el soborno fácil. Los hombres vuelven a subirse en los coches y abandonan el lugar. La suerte está echada, el Shinga baja la ventanilla, el puerto de Tánger Med queda atrás con sus grúas y sus cargueros y ansía reunirse en el hotel con la Eli antes de que la muchacha embarque con la comitiva de mañana. Vuelve a pensar en él, en su socio, sabe que lleva mal su retirada, recuerda la sombra en sus ojos. La decisión está tomada. A lo lejos se escucha el alba con el canto de los almuecines que llaman a la oración desde los minaretes de Tánger.

En la casita de piedra frente al Estrecho, Vera se desvela con el susurro del amanecer. La ventana abierta, los ruidos de la noche, un pájaro madrugador con su melodía intermitente. El almíbar dulce del Pantera aún en la boca, la calma que se cuela por la ventana.

Cuando se gira, no lo encuentra junto a ella. Se han dormido tarde, muy tarde, a pesar de la presión por la actuación que el artista tiene hoy como clausura del festival, anoche sucumbieron a sí mismos, a la fiereza del deseo, a la energía del Estrecho, y rodaron por el sofá y por las sábanas sin tregua, desinhibidos, entregados, desdibujando los límites del cuerpo.

Vera se levanta, está desnuda, el frescor de la madrugada acaricia la piel. Se dirige al salón y lo encuentra sentado en el sofá, abrazado a su guitarra, la melena azabache sobre la cara. Se ha cubierto con una camiseta de Camarón desgastada por el uso, murmura una melodía, concentrado, ensimismado, la luz de la lámpara es cálida, dorada, y se mezcla con el tono entre gris y lila del alba. Lo observa, no quiere interrumpirlo. Suena la brisa templada que anuncia el día. El Pantera levanta la cabeza y entonces la mira en silencio, con sus ojos ámbar que se cuelan en el cuerpo de la muchacha y traspasan la piel hasta quemar en la misma boca del estómago, y entonces sonríe y el arete de oro de su oreja destella con los primeros rayos de luz, y Vera se jura a sí misma que va a congelar esa imagen en la retina para siempre. Una imagen infinita, caliente, profunda, que quiere atesorar hasta el fin de sus días.

—Qué haces despierta, Vera mía. He compuesto un tema nuevo para el disco, para ti. —Y ella va hacia él y se hace un ovillo en su regazo, y se deja acariciar, y susurra un «Vamos a la cama, que en un par de horas tengo que estar en el trabajo», y vuelven a acostarse frente a la ventana abierta y el mar en calma y las luces de Marruecos, que amanece al otro lado. Vera se ha tumbado de costado, el gitano enroscado a su espalda, a sus piernas, entrando muy despacio dentro de ella hasta que poco a poco se duermen sobrecogidos, emocionados y rendidos al desahogo del cuerpo.

—Vente a vivir conmigo.

El Pantera susurra antes de entregarse al sueño y Vera asiente en la penumbra sin pararse a medir las consecuencias.

Y a las nueve de la mañana la muchacha abre los ojos con el día entrando por su ventana; lo mira dormir, con la tez aceituna y el pelo revuelto en la almohada; sonríe al verlo tranquilo, con la respiración entrecortada; en un par de horas pisará triunfal el escenario. Se ha vestido en silencio para no despertarlo, necesita descansar para esta noche. La montaña de Jebel Musá la saluda cuando sale de la casita para coger el coche y volver a Sotogrande. Tiene trabajo, hoy es un día grande.

A unos catorce kilómetros, al otro lado del Estrecho, la comitiva a nado zarpa de vuelta a Tarifa. Con el entrenador y sus geles isotónicos, los neoprenos, las respiraciones acompasadas de los nadadores, Eli, que trata de esconder la congoja bajo una gorra Versace, y los cascos de las lanchas cargados de hachís.

Vera entra en la casa de paseo del Parque. Necesita ducharse, reponer fuerzas, lleva días con la misma ropa, desde que se presentó hace tres en la casita y de la que no ha salido nada más que para navegar durante unas horas. Las emociones se agolpan dentro de su cuerpo, unas encima de otras y se entremezclan y la chica es incapaz de ponerles nombre. Va a comenzar una vida con el gitano.

—Buenos días, zorrita, ¿dónde has dormido estos días?

—¡Lucas, qué susto me has dado! —Los hermanos se abrazan—. No sabía que estabas aquí, ¿tienes permiso?

—Sí, me han soltado el finde, pero tienes que ayudarme, Vera, he sido un poco malo y el lunes me analizan para ver si estoy limpio. —Zarandea un bote para muestra de orina—. Por favor, Verita. —Y Vera se resiste y alega que seguramente su orina saldrá positiva en cannabis—. Bueno, un mal menor. —Y reprende a su hermano, pero está cansada y Lucas insiste, así que coge el bote y se dirige al cuarto de baño—. Júrame que es la última vez.

Después se ducha, se viste, se despeja para afrontar el duro día de trabajo en Trocadero: la esperada entrega de premios y la clausura del festival. Se despide de Lucas, sentado en la cocina, no sin antes dejarle el botecito dorado en la mesa.

—Nos vemos esta noche.

La Consuelo se prepara para un día más de playa en Conil de la Frontera. La banda sonora de sus quehaceres es el runrún de los niños, los suyos y los sobrinos, que corretean por el apartamento y se pelean por el mando de la tele. Los hombres hace rato que toman un sol y sombra de media mañana en el bar de abajo y su *mama* y las tatas se han ido a comprar pan para los bocadillos. Envuelve los filetes empanados en papel film y los mete en la neverita portátil. También la tortilla, las cervezas, el tinto de verano, un par de Fantas y refrescos de sabores exóticos, y un túper lleno de sandía recién cortada, «gloria bendita».

Tiene listas las bolsas con las toallas, las cremas, las palas, las cartas y los manguitos de la Manuela. Las deja junto a las sillas plegables; gracias a Dios que su *papa* se encarga de la pequeña tienda de campaña para la siesta playera y las mesitas para comer, que a ella no le da la vida. A ver cómo se apaña ahora cuando vuelvan a casa, al pueblo. Porque en un impulso se ha apuntado a un curso de corte y confección en Cáceres. Recuerda que en los inicios del Pantera ambos fantaseaban que, llegado el momento, ella diseñaría el vestuario del cantaor, pero enseguida se quedó embarazada de su Panterita y luego la Aroa, y poco a poco el sueño se fue desvaneciendo.

Los niños chillan, incordian, y Consuelo les da unos euros.

—Venga, *llegarse* al quiosco de la esquina por chuches que ahora os alcanzo.

Respira la quietud, el bendito silencio por unos minutos. Debajo de su bata de verano lleva puesto el bikini rosa y pequeño que compró con sus hermanas. Paso a paso. El móvil suena con esa melodía *del* Omar Montes que tanto le gusta. Descuelga, es él.

—Dime. —Quiere hablar con los niños, pero han bajado; le pregunta si tienen de todo, si tienen suficiente dinero—. Estamos bien, Ezequiel. Pero cómo estás tú.

Y al otro lado el Pantera, que se ha despertado y descansa aún en su cama frente al Estrecho, navega en la indecisión de decir la verdad o callar. Pero ella es gitana lista y lo ama con toda su alma, y está aprendiendo que el amor no implica ser amado de vuelta. Y por eso, aun a pesar de no ser correspondida, deja una vía para que pueda escaparse.

—Mira, Ezequiel, ¿tú eres feliz? Porque si lo eres, yo voy a alegrarme porque te amo y no puedo remediarlo. Quiero que seas feliz. —Un silencio—. Ezequiel, cariño, a los viejos hay que darles razones y ya no sirve lo de que nos hemos *dao* un tiempo y esas cosas tan gachís. Buscaremos la manera de hacerles *entendé*. Lo hare por ti. —Consuelo llora por dentro—. Pero solo dime la verdad, dime si eres feliz.

—Sí.

—Pues entonces no se hable más.

—No os va a *fartá* nunca de *na*, Consuelo, lo sabes. —Y la mujer piensa que su *marío* siempre se excusa tras la misma coletilla.

—Lo sé, Ezequiel.

Y la gitana se limpia las lágrimas en el espejo, coge la bolsa, la neverita, la sombrilla y sale del apartamento rumbo a la playa para pasar el día con la familia, para pensar cómo enfrentarse a los viejos. Duele mucho. Duele todo. Duele tanto que se agarra el vientre y casi se dobla en dos. Pero ahora sabe a qué atenerse. Y es fuerte, es lista, es pragmática y es mujer.

Las cigüeñas atestiguan desde el campanario el caer rojo de la tarde en un pueblo extremeño de cal, encinas y piedra.

—Véngase *pa* la calle, comadre, que ya parece que algo refresca.

La Trini escucha la llamada de las mujeres, de las gitanas a la vera de su casa, y se asoma por el rellano de la puerta donde tiene la silla, donde la esperan sentadas con sus abanicos, sus zarcillos dorados y sus melenas blancas, celebrando el frescor de la tarde con sus letritas antiguas y sus historias de juntaoras. La Trini se ha sentado despacio, las manos en el regazo; el olor de la tierra. Mira al cielo, la luz rojiza, sin nubes, sin lluvia... No sabe cómo, pero ha olido el mal bahío.

El tiempo ha pasado, pero no cura. No, treinta años no lo curan todo, pero quizás le enseñen a uno a llevar la mochila cargada de pesares. Y es así como el pasar de los años ha enseñado al muchacho del Campo de Gibraltar, a aquel joven hijo de guardeses al que apodaban el Chico, a arrastrar el desamor, a vestirse con una coraza de corcho de su Parque de Los Alcornocales, una coraza zafia y despiadada. A sus sesenta ha superado obstáculos como la Operación Ballena en Marbella, de donde ha salido milagrosamente ileso. Es un empresario de éxito de tapadera limpia y fines turbios, y ha subido tantos escalones que está a la altura del amor de su vida, casi en el mismo peldaño que María, y se encuentran a veces en sociedad, y cada uno de sus gestos fríos cuando cruzan las miradas es una punzada en el corazón.

Esta tarde la tirantez planea por su casa, la mandíbula apretada, la cabeza enroscada en una operación grande, diferente. Como siempre con el clan de los Shinga, pero desde ayer el Antonio amenaza con dejarlo.

—Chico, no puedo más.

—No me llames Chico.

—Llevamos muchos años ya, estoy cansado.

Pero el Chico no entiende sus razones porque lleva dentro un niño de Los Barrios que compró una Puch minicross para arreglarla y cambiarla por una Bultaco... y no dejará de escalar nunca. No va a renunciar a seguir ganando, a seguir gobernando en el imperio del Estrecho. No va a renunciar al poder que concede el soborno, a codearse con políticos, empresarios y jueces. No va a renunciar a nada porque ya renunció a María hace treinta años y eso es suficiente. Y si su empresa peligra, tomará medidas contra Antonio el Shinga y su clan como lo hizo con su padre, aquel viejo pescador que trapicheaba con tabaco. Afortunado en el juego, desafortunado en amores.

34

La playa del búnker de Sotogrande huele a triunfo y a victoria. A las ocho de la tarde los tenaces nadadores arriban entre aplausos a bordo de las tres lanchas blancas que los han acompañado en la conquista del Estrecho. Esta mañana han completado el tramo final de vuelta a Tarifa. Desconocen las pistolas que la tripulación que los asiste oculta bajo el cortavientos azul. Y ahora, al caer la tarde, envueltos en la luz dorada que proyecta el sol antes de esconderse, llegan a la playa donde aguarda un grupo nutrido que vitorea y aplaude mientras toman Coronitas y se mueven al son de la música de un DJ que pincha en la arena. La prensa se agolpa en la mismísima orilla mientras los jóvenes se bajan al grito unánime de «¡Campeones!». Felicitaciones, abrazos, alegría. Jacobo sonríe pletórico con su primer puesto. Levanta los brazos en señal de victoria en medio de un corrillo que corea su nombre. El tito Amancio no se pierde la llegada, el deporte no está entre los intereses del gitano, pero quizás, entre tanta emoción, puede que cace algo, a alguna de sus marquesas. Se pasea por la arena con su camisa rosa bien planchada y su olor a colonia fresca y a romero, el pañuelo en la solapa, el ademán de torero. Lo acompañan Paco y Palomilla ataviados con sus mejores galas, parece que han equivocado el evento y se han vestido de boda. Palmotean y se unen a la fiesta con un grupo de amigos de Marbella y el alcalde de San Roque. Saludan a Vera, que corre nerviosa de un lado a otro pendiente de todos los preparativos.

—Estás muy guapa, Vera. —María abraza a su hija, hay un algo diferente en ella, parecido a la ventura, a la dicha, a la adrenalina, a la fortuna.

—Como para no estarlo después de dos días con ese chulazo gitano.

Lucas no se corta, Vera propina una colleja a su hermano, y María entiende y baraja intervenir, porque los artistas son mujeriegos, desordenados y la pasión y el enamoramiento caducan, y quedará al descubierto una brecha cultural inmensa para sobrellevarla. Pero calla porque hace tiempo que no descubre ese mirar en su hija, ese aura que centellea por encima de su cabeza, y piensa que la vida se vive segundo a segundo, exprimiendo cada zumo, ya sea dulce o amargo. Y mañana, si es que hay un mañana, ya se verá. José Luis, mientras tanto, congratula a su tutelado.

—Enhorabuena, Jacobo, has estado enorme.

Y Vera se alegra de que el Pantera esté parapetado en su camerino, con su compadre el Arrullo y los demás niños, con los nervios del escenario y calentando las cuerdas con Macallan —«que no puede ser JB»— antes de cantar. Pero al menos mantiene el ego a salvo del éxito del joven nadador.

La gente se moviliza para entrar al recinto del festival de Trocadero que linda con la playa, donde la arena termina en hierba verde, en una palapa con techo de junco, en una inmensa barra circular de madera y, cómo no, en un escenario donde Mariluz se atreve con un discurso emotivo. Y el público, que ha tomado asiento, silba y jalea mientras los participantes recogen sus medallas al ritmo de *We are the Champions* y Vera asiste a la ceremonia desde la puerta del *backstage*, adonde se acercan la Eli y el Shinga.

—¿Te pasa algo? —La de San Roque está oscura, un apagón general, un fusible que salta para que todo sea penumbra.

—*Na*, nena, que me ha *bajao* la regla, tú sabes, lo tonta que yo me pongo.

Falta brillo en los ojos y en la vestimenta, pero el Pantera los ha invitado al *backstage* y Vera los deja pasar detrás del escenario, a una zona de camerinos de tela negra y muebles coloniales, con un vergel de plantas y palmeras, con una mesa exterior repleta de gloria bendita, con bar propio y camarero... y un conveniente acceso directo al búnker donde tres todoterrenos se esconden con unos niños del olvido, hijos de la falta de recursos en La Línea de la Concepción que hoy van a jugarse mucho descargando fardos y han tomado cocaína para mantenerse alerta, tensos, con la adrenalina bullendo por las venas. Y mientras, entre bambalinas, brota una fiesta paralela donde nadie atiende a las palabras que el flamante ganador está diciendo en el escenario. El Arrullo afina la guitarra, ejercita los dedos, toma chupitos y ríe. El Pucho, que esta noche se ha dejado llevar por el tequila y ha cambiado las frases motivadoras por chistes verdes. El tito, que se ha marcado ya dos o tres bailes, incluso una jota: «¡El doctor Toque receta para todos desde el cuarto de baño!». Los palmeros y el trompeta, que han invitado a unas primas, princesas raciales que vienen de Jerez. Una presentadora de televisión aficionada con un *sugar daddy* de Marbella. Paco y su señora se han bebido una botella de champán y gritan cuando hablan.

El Pantera experimenta sensaciones nuevas, un halo de luz contenida que va a arrojar sobre la platea de Trocadero, la garganta es un día claro sin niebla y el corazón está blando, moldeable, esponjoso. La mirada amarilla y descarada planea una y otra vez sobre su paya; fija, penetrante. Y cada vez que los ojos se encuentran, huele a desafío, a vamos a bañarnos desnudos en el agua helada, a comernos juntos el puto mundo entero. Y por vez primera el artista sube a un escenario sabiendo que la vida, más viva que nunca, lo ha puesto en su sitio. Ahí donde pertenece.

Se ha levantado un viento caliente del Sáhara, la luz del anochecer se torna cobre, como la arena; a lo lejos la voz de Mariluz anuncia al artista y el Pantera besa la cruz que lleva en el pecho y, subiendo por las escalerillas del escenario, entre aplausos del público, se ha vuelto una vez más para mirarla. Parece que a escasos kilómetros sobre el mar se acerca una tormenta eléctrica de verano y una panza de burro cubre el cielo, un trueno lejano retumba con su percusión grave, el cielo centellea sobre el agua y el cantaor comienza con su arte antes de que la tormenta lo alcance.

Los asistentes laten en silencio al compás de la guitarra del Arrullo, que atesora un poderoso impulso rítmico, inventa nuevas formas de entender la melodía jonda. El Pantera lleva la misma camisa blanca con chorreras de aquella tarde en el Real. Y se mueve con naturalidad por los cantes antiguos poniéndose el mundo por montera, porque antes de hablar, él ya tatareaba las letras. Hipnotiza a todo el que lo escucha.

Vera lo mira absorta en un lateral del escenario, junto a la puerta de las bambalinas, con la boca semiabierta y seca. Y la Eli entra y sale nerviosa y la empuja dentro.

—¿Qué cojones te pasa? —Y la peluquera se rompe con un llorar histriónico y desesperado.

—Ay, Vera, ¡mi Antonio!

Y resulta que el Shinga ha salido por la puerta que da al búnker y sus ojos de océano se han topado con tres de sus hombres amordazados y uno malherido junto a los todoterrenos. Y, tras soltarlos, han corrido raudos hacia las lanchas que recogen el ancla y quieren escaparse sin descargar la mercancía.

—¡Voy a llamar a la policía! —El corazón de Vera late a dos mil por hora. Por el miedo. Por la traición. Por el desengaño ante la amiga que ha usado su trabajo como tapadera para transportar hachís.

—Que no, Vera, ¡que no! La policía no, que estamos *pringaos* hasta el cuello. Nuestro socio, ¡ese hijo de la gran puta, que las lanchas son suyas y nos la ha jugado! ¡Un vuelco en toda regla!

Y el Shinga con sus hombres, que forcejean con la tripulación de la única lancha que aún no ha zarpado mientras las otras dos navegan rumbo al horizonte con el botín. Y en la platea las gentes y los corazones sucumben al canto del artista del momento ajenos a todo —¡Ole! ¡Agua!— mientras el gitano moreno y rotundo, con su arte y su tradición, trabaja la voz a solas sobre un yunque, metales que se funden, sobrio, elegante: «Y si no es verdad, que Dios me mande un castigo, ay..., si me lo quiere mandar». Y doblega la dureza del cante con el calor de su voz enamorada, y solo piensa en ella. Y de fondo, allá por la orilla, se escuchan gritos cada vez más fuertes y exaltados; dos de los tripulantes, que han saltado a tierra, se escabullen en el recinto, se abren paso entre el público a empujones y suben para escapar por el escenario. Apuntando hacia la playa, disparan dos veces con las armas que descubren tras los cortavientos. Los gritos son unánimes; a la zaga, tres cachorros del Shinga, enajenados por la rabia y la anfetamina, que disparan de vuelta.

La gente se mira confundida y el cantaor, que no procesa la información y no sabe si parar o seguir, y Vera le hace señales para que baje. Y entonces suena, fuerte, rotundo, agorero, y el público hace del cuerpo a tierra su lema. El tiempo se arrastra perezoso, a cámara lenta, por si al destino le da por pararlo en el último momento. Y el aire se ha espesado. El Pantera primero ha sentido la quemazón en el abdomen y después ha escuchado el estruendo de una bala que lo ha encontrado en el camino de un fuego cruzado. Un sonido sordo y esclarecedor que huele a final. Y cuando Vera levanta la cabeza lo ve caer de rodillas con las manos apretando las entrañas, la mirada amarilla vidriosa, las cadenas temblorosas y las chorreras de la camisa empapadas de rojo escarlata. Y parece que la tormenta por fin le ha dado caza.

Vera sube junto a él y lo agarra con manos temblorosas, y presiona la herida, y se baña en su sangre. Y el mirar de ámbar se está apagando. Y un trueno fiero y punzante retumba por el recinto.

—Quédate conmigo, Pantera, ¡mírame!, no te vayas. —El *shock* no solo congela el tiempo, también las lágrimas. La luz cegadora del rayo ilumina un escenario donde una paya abraza con fuerza a su gitano.

—Vera, baja, ¡ven! —Jacobo ha subido a por ella e intenta apartarla del cuerpo caliente del artista, que se debate entre la vida y la muerte.

Pero Vera no lo suelta, aunque lo último que haga sea apretarlo contra su pecho. Ojalá suene otro disparo y la muerte los lleve a los dos. Ezequiel se pierde entre sus últimos pensamientos, como río que fluye al mar y se vuelve océano.

—Qué bonito morir sobre un escenario, qué bonito morir en tus brazos. —Es un susurro, una canción a media voz—. Qué bonito marcharse así, como debe ser, Vera mía, en el pico de la fiesta, para tener buen recuerdo de la vida.

A duras penas agarra su mano, y el anillo de lapislázuli, y siente un cosquilleo templado y suave que recorre el cuerpo: es el último aliento, que acaricia su pecho.

Y Vera grita «¡Que alguien me ayude!» pero hay destinos que están escritos y no se pueden cambiar, y al Pantera viene a visitarlo ese gitanito moreno que aparece en sus sueños, y sonríe y lo agarra de la mano y el cantaor no sabe si está en un escenario o en su pueblo de tierra seca.

Se produce un milagro en medio del caos donde súbitamente reina la calma y desaparece la jindama. Porque en la muerte solo muere el cuerpo, el amor no muere, la realidad no muere, la consciencia no muere y en el último choque de miradas entre Vera y el gitano, entre el verde esperanza y todos los matices de pardo, ámbar y amarillo, ambos comprenden que hay pasiones de otra galaxia que se materializan humanas tan solo por un periodo corto de tiempo. A veces minutos. Ambos entienden que hay amores que, aun no destinados a ser, resultarán eternos, infinitos. Y la vida es aún más vida después de la muerte, y su perfume de notas salvajes, sándalo y madera se ha quedado para siempre impregnado en el pelo de la muchacha.

35

En las noches de verano se está *mu* a gusto en la terraza del apartamento de Conil de la Frontera, escuchando desde arriba el burbujeo del pueblo en agosto. Las terrazas repletas, los payos que suben y bajan. Y mientras, la familia caló al completo, con las sillas y la mesa en el balcón, las cervezas heladas, el tinto de verano, y la Consuelo que respira los últimos coletazos de las noches del verano entre punzadas de desamor agudo del alma y resignación. Aún no ha confesado la decisión final de su Ezequiel a la familia, quizás mañana, o de vuelta al pueblo, en que hable y se invente algo con los viejos. Alguien ha sacado una guitarra y su Manuela, tan chica, ya se atreve con su *pataíta:* «Ay, mi niña, que gitano baila, le como su cara». Y la Lola, las tatas, las titas han tomado un poco de tinto y se arrancan suaves con las palmas y los coros, y los payos de la calle miran hacia arriba celosos de la fiesta en el balcón. Pero entonces ha sonado el teléfono, el de su *papa.*

—Anda, el tito Amancio el Esquinao, a ver qué quiere el *mu* tunante, anda que no chanela ni *na* el tito.

Y en cuestión de segundos la mirada de sabio y canastero se torna oscura, sombría como una mala noche; y entonces cuelga y vomita la noticia que es lava candente de un volcán, y los coros de mujeres se viran en llanto y gritos histéricos de plañidera y a la Consuelo no le entra aire y cae a plomo poseída por un vahído repentino.

La noche es más oscura que nunca en Trocadero Sotogrande. A pesar de las estrellas, de los focos violeta del escenario, que continúan encendidos; a pesar de las luces azules de los coches de la Guardia Civil, de los chalecos reflectantes de los agentes de seguridad ciudadana que acordonan la zona, de los *flashes* de las cámaras de la Científica y las linternas de la Judicial. La noche sigue oscura a pesar de los destellos en el techo de la ambulancia, del naranja fosforescente de los médicos del Samur que han certificado su muerte, del brillo plateado de la tela que cubre ahora su cuerpo. El forense ha terminado su trabajo. El juzgado de guardia y la burocracia macabra, el juez de camino para levantar el cadáver.

Vera se abraza a su madre, sentada aún en una de las sillas de la platea desierta. Y Lucas y Paco, y Palomilla, y la Eli y las marquesas, y las princesas de Jerez, y el público: todos se han esfumado como por arte de magia. Pero el Shinga continúa allí, camina firme y directo a los agentes y llama a su abogado:

«Voy a entregarme», y entra esposado y escoltado en un coche patrulla con la mirada rendida y más dispuesto que nunca a asumir las consecuencias. Continua el tito Amancio, que llora en silencio desde su esquina, con un llanto sordo y callado, sin whisky ni doctor Toque; continúan el Arrullo y los palmeros, que gimen y se abrazan y no van a moverse; los gitanos, que jamás se abandonan unos a otros a pesar del miedo y la pestañí.

—Tenemos que tomarles declaración. —El guardia civil es joven, con riñonera y zapatillas de deporte y un amago de empatía en la voz que Mariluz no capta.

—En serio, ¿no les parece que hemos tenido ya suficiente? —José Luis la apoya firme, casi enfadado.

—No pasa nada, papá. —Vera agarra contra el pecho la cadena de oro con las cruces y las medallas que le ha arrancado del cuello antes de ser obligada a separarse de su cuerpo todavía templado.

Las horas transcurren entre niebla mental y opresión en la garganta mientras los agentes toman declaración que habrá que ratificar más adelante en comisaría. Vera relata a duras penas lo poco que sabe, y habla de Eli y el Shinga y un socio desconocido, dueño de la lancha que ha quedado atrás, y de las dos que han huido con los cascos cargados de fardos. Describe como puede el fuego cruzado sobre el escenario que ha encontrado al Pantera en el camino.

Y, aún estupefacta, no consigue llorar. La incredulidad, la negación. La noche más larga de su vida, la más negra. Y cuando los ojos escuecen y el plexo solar está tan contraído que apenas puede hablar, levantan el cadáver a la espera de la autopsia y el informe preliminar; el léxico es duro, frío. Y los gitanos, que no van a dejar el cuerpo de su compadre ni un segundo y se suben a los coches tras la furgoneta de la Judicial camino de la morgue.

—Vámonos a casa, Vera.

María y José Luis que tiran de ella, y Vera no tiene voluntad, un trozo de carne que se mueve a merced de sus padres. Termina sentada en el sofá del salón de su casa en paseo del Parque. El día se anuncia perezoso, con la luz del alba por la ventana y el mar gris marengo, y Vera no entiende cómo la vida puede seguir con sus ciclos de noche y día, estaciones, mareas; cómo puede nada en el mundo continuar su curso normal si él se ha ido hace apenas unas horas, si ayer la mirada amarilla recorría su cuerpo desde el sofá, agarrado a la guitarra frente al estrecho. La vida no puede seguir siendo. María le acerca un vaso de agua con un ansiolítico fuerte. Se acurrucan juntas en el sofá.

—No me dejéis sola, por favor.

Y de pronto tiene mucho mucho frío y agarra un cortavientos azul apoyado en el respaldo de la butaca, y cuando quiere cubrirse con la prenda de su padre, un logo dorado de una ballena capta su atención. Y un *flash* repentino se dispara en la mente y sacude con un escalofrío el cuerpo y la sangre se hiela en las venas. Entre las tinieblas del dolor, la muchacha une conceptos. La tripulación de las lanchas con el mismo logo en los polos y chaquetas, una empresa de Gibraltar que nadie conoce, un socio en la sombra de Eli y el Shinga propietario de las lanchas que han huido con el botín, un negocio emergente en el que José Luis y Jacobo andan metidos en el Campo de Gibraltar, el cortavientos azul con ballena en su salón.

La furgoneta atraviesa la noche opaca entre Conil y la morgue de San Roque, y el ambientador de cereza ahora huele amargo, y la medalla de Camarón se balancea en el retrovisor al compás del desgarro y el negro absoluto. La Consuelo chilla, chilla desde los más recóndito de las vísceras: «Ay, mi Ezequiel, que me lo han *matao*». Y su *mama* y las titas la acompañan con graves y agudos, lamentos desbordados, llantos e hipidos, mientras su *papa* y un tito se turnan para conducir. Los niños detrás, en otros dos coches con las tatas, los primos y los *cuñaos*. Una caravana de luto y noche.

Ya de amanecida —aunque amanecer en sí, no tenga hoy sentido— aparcan frente a la morgue del hospital de San Roque, que los recibe con su fachada blanca, sucia, gris, con los aparatos de aire acondicionado y los cables por fuera, a esperar el informe preliminar de la autopsia. Y la Consuelo sale de la furgoneta abrazada a su *mama* en un semi desmayo, con los ojos entornados; pero levanta la cabeza y descubre miradas de refugio en su raza. El calor de todas las titas de Algeciras y de la familia de Badajoz, los compadres de su Ezequiel —que son muchos—, los músicos que lo acompañan de gira, los primos de Madrid, que salieron a medianoche de Cascorro y llegan a San Roque a la vez que ella. El tito Amancio el Esquinao, el Arrullo con su mujer, la Carmen, los palmeros, y la Trini, que viene de camino desde el pueblo con todos sus hermanos, hermanas, el abuelo y el pastor. Y es esa bendita costumbre gitana de clan, de luto riguroso, de familia, de pertenencia, ese «yo te acompaño, primo, en tu dolor», lo que va a llevar a la Consuelo en volandas durante el trance.

La Eli ha llamado a su madre de madrugada, el corazón late tan fuerte que duele en el tórax.

—Vente por el niño y los perros, tengo que salir corriendo.

Y en una bolsa de viaje ha metido dos chándales, un pijama y la bolsa de aseo. En el vestidor, entre telas brillantes, Birkins de animales exóticos y tacones infinitos, se esconde una caja fuerte que la peluquera abre precipitada y nerviosa. Y en el proceso se le ha roto una uña. Parece que el tiempo de manicura de gel ha terminado. Saca un pasaporte falso y unos fajos de billetes morados, también las joyas y los relojes.

Intenta no pensar y actúa, no vaya a ser que el Antonio se la vaya a llevar por delante. Ha podido verlo de lejos, entrando en el coche patrulla con las manos en la espalda. No ha esperado para descifrar que su mirada estaba tranquila, sosegada. Y ha huido rauda a la villa, donde ahora se tiñe el pelo de platino en el lavabo. Cuando baja las escaleras rubia, con la melena a lo *garçon*, el chándal y la gorra cubriendo media cara, calibra si no será mejor llevarse el Golf pequeño, ese que usa el jardinero. El Hummer va a llamar mucho la atención. Se detiene un segundo en el vestíbulo, respira hondo y mira, por la que sabe última vez, las paredes de espejo y la escalinata de mármol, la araña del techo. Cuando sale por la puerta a emprender una nueva vida, una nueva identidad, se topa de bruces con los agentes, y la piel fina de las muñecas sufre con el roce de las esposas.

—Elisabeth Iglesias Montes, está usted detenida, cualquier cosa que diga podrá ser utilizada en su contra en un tribunal...

Y en el paseo del Parque continúa amaneciendo y Vera, o el cúmulo de piel y huesos que responde a su nombre, se debate entre los efectos de un somnífero potente y la bofetada de realidad que siempre supera a la ficción. Y hace de la negación su bandera e intenta rechazar la información, los pensamientos y emociones que es incapaz de aceptar.

—Mamá... Eli, les traicionó alguien... El cortavientos con la ballena, tienen un socio... —apenas balbucea—. Papá, qué hace papá en Algeciras últimamente... Mamá... — Y María la abraza y la acuna como cuando era un bebé.

—Shhh, duérmete, Vera, estás confusa y cansada.

Y la chica va cediendo, y el sistema nervioso reduce un par de marchas y Vera se desliza por la frontera de Morfeo con la esperanza de que, quizás, cuando despierte del pozo de los narcóticos, todo haya sido un sueño. María se levanta despacio cuando escucha la respiración acompasada de su hija y la tapa con una manta. La montaña rusa y sus ciclos; se avecinan tiempos complicados.

Esta mañana cuando el sol aún no ha desplegado su calor, pero apunta maneras, el hombre sin escrúpulos en que se ha convertido el Chico se desperezafrente a un zumo de naranja y su pan con aceite; frente a un café con leche y a un periódico con titulares que el mismo ha provocado: «Un ajuste de cuentas entre narcos se cobra la vida del cantaor flamenco Ezequiel el Pantera». Una vez más sabe que ha ganado y, a pesar de haber perdido una de las lanchas en la orilla, se ha apropiado del resto de las ganancias, que a esta hora están embarcando rumbo al Reino Unido en uno de los cargueros de su compañía de transportes, entre combustible y aceites minerales. El vuelco ha salido redondo. Y también, una vez más, se ha llevado una vida inocente por delante, como hizo con el viejo Shinga. Sabe que es imposible que lo relacionen con la empresa náutica de la travesía, parapetada tras un entramado societario en Gibraltar, y sabe que Antonio el Shinga no va a delatarlo porque hay un código, porque puede acercarse de más a la casa del Zabal y a su familia; cuarenta años trabajando juntos dan para mucho. Y así desayuna tranquilo al abrigo del olor a pan tostado y del amargor de la arbequina en la garganta hasta que suena el teléfono móvil. No da crédito, su nombre en la pantalla le estruja el corazón, porque María siempre va a ejercer ese poder sobrehumano, esa adicción *de ella* que lo ha convertido en un monstruo.

—Tengo que verte, Chico. ¿Te acuerdas de ese sitio a donde íbamos, esas tumbas antropomorfas cerca de la torre entre El Melojo y Tarifa? Nos vemos ahí en una hora.

Conduce veloz un todoterreno entre alcornoques, lentiscos, helechos, y la tierra del camino va virando poco a poco en arena de playa. Y la recuerda agarrada a su cintura en la puch minicross. Deja a su paso la torre, saluda con la mirada a sus vigías, a los hombres apostados entre alcornoques para cuidar las guarderías. Y cuando aparca frente a las tumbas, la encuentra sentada en la piedra: «¿Crees que hay algo después de la muerte?». La ve de niña, ligera, con la falda al viento y con sus preguntas, en esos días en los que él no quería ni pensar en la muerte ni en el final, la piel pecosa, el pelo rubio. Y cuando María lo ve llegar se levanta, las ojeras delatan que no ha dormido y ya no tiene diecisiete, la vida pasa factura, y él casi casi se emociona al verla por fin a solas, y se acerca despacio sin dejar de mirarla, saboreando cada latido del corazón al sentirla tan cerca.

—Hola, Chico.

—Hola, María, no me gusta que me llames Chico, llámame por mi nombre.

—Hola, Paco.

Se miran, se estudian.

—Madre mía, lo de anoche, pobre Pantera, qué desgracia. —Paco rompe el hielo—. ¿Cómo está Vera?

María no contesta y solo lo mira de frente, envuelta por el Levante que ha comenzado y silba. Los segundos a aquel muchacho del Campo de Gibraltar se le antojan eternos.

—Chico, perdón, Paco. —Carraspea, se aclara la garganta y va directa al grano—. Siempre he sospechado en lo que andabas metido, bueno, creo que siempre lo he sabido, pero me negaba a creerlo. —Y no deja de mirarlo, segura del efecto que le causan sus ojos—. Desde que empezaste a llevarme a sitios caros, desde que tú mismo me explicaste que los narcos utilizaban las estrategias de vigilancia musulmanas en esta torre para custodiar sus mercancías, desde que me llevaste a ese almacén de mortero de cal. —Respira hondo, hace una pausa—. Te vi hace días en el festival con una chaqueta que lleva un logo dorado, el mismo que el de la tripulación de las lanchas. Esas que han huido cargadas de fardos. Y no sé bien qué trapicheos se traen esos dos de La Línea, los amigos de Vera y Lucas, la peluquera y el otro, Antonio el Shinga le llaman, pero hay algo con un socio que les ha dado un vuelco. —Y Paco siente trocitos del cielo desmoronándose sobre su cabeza—. Y creo, más bien sé, que ese hombre eres tú, aunque no pueda probarlo. —Ella continúa de pie, sobre las tumbas, desafiando al viento y al narco, al muchacho de los Alcornocales, al hijo de los guardeses, al Chico—. ¿Sabes?, José Luis lleva un tiempo en la exportación de combustible y aceites minerales de la provincia de Cádiz al Reino Unido, ha estado haciendo un estudio de mercado por los puertos para el transporte por barco y la compañía de Gibraltar que finalmente han contratado le ha regalado un cortavientos corporativo, con una ballena dorada, como el tuyo, y casualmente hoy zarpa un barco a Inglaterra, y si el juez y la policía me han hecho caso, ya lo deben estar registrando, porque será una corazonada, pero puede que encuentren por ahí lo que había en las lanchas.

—No puedes relacionarme con esa compañía, hay miles de esos cortavientos, el mío también es un regalo. —Y su mirada quema. Igual que ha quemado durante años el desprecio y la indiferencia.

—No puedo, pero lo sé.

—Y ¿qué vas a hacer?

—Nada, no puedo, no quiero hacer nada más. Solo decirte que no duermas tranquilo porque sé que has sido tú. —Paco finge una risa incrédula, socarrona—. Si es que aún te importa lo que yo piense, claro. —María añade la coletilla serena, pero ha sonado dolida.

—Lo que pienso es que me has despreciado toda la vida, María. — Las palabras de Paco han brotado turbias de lo más profundo de los intestinos.

—¡Por Dios, Paco, que ha muerto una persona, ¡el Pantera!

—Una desgracia, también era mi amigo, María, y no merezco que vengas aquí a acusarme solo porque tu hija se ha quedado sin amante, ¡que lo sabe todo el mundo!

María ha emprendido el camino de vuelta al coche, sintiendo la tierra, casi la arena de la playa bajo los pies, respirando el Levante y las dunas de Valdevaqueros a lo lejos, ahí donde hace treinta y ocho años los rescató Camarón de la Isla una tarde de agosto.

—También es tu hija, Chico. —Murmura entre dientes al pasar por su lado.

Ha sido solo un susurro que ha sonado alto y claro en el corazón de Paco, una bofetada en la cara, un dardo en el estómago. Y aquel muchacho del Campo de Gibraltar no quería pensar en un final, pero el final está escrito desde el principio.

Desde la torre vigía uno de los hombres los ve separarse sin despedirse, ella sube y arrancha su coche. Él la deja ir, aunque le cueste el arresto. Se ha sentado en el suelo, sobre las tumbas, con la mirada baja y el anhelo de su vida quebrado. A lo lejos se escuchan las sirenas de la policía. El Chico, el hijo de los guardeses, la hija de los señores.

36

Y a la vera de la entrada principal del hospital de San Roque hay una puerta de acceso a la morgue. Justo ahí donde hoy baja la presión de la atmósfera y las nubes retienen densas la lluvia mientras combinan todos los tonos de gris; el calor aprieta, se cuela pegajoso con sigilo dentro de los huesos; el Levante gobierna inclemente en el mediodía con su mano de hierro y de sofoco, con el puño de agobio y asfixia. Y alguien por fin anuncia que, en cuestión de minutos, Ezequiel va a salir rumbo a Cádiz, donde la autopsia va a profanar su cuerpo y concluir con otro informe.

Los gitanos se cuentan por docenas, el negro brillante apostado en la puerta, el abrazo bañado en sudor y la mirada en lágrimas. Sostienen entre todos a una mujer joven que queda a merced del mundo con cuatro niños. Ha reconocido el cadáver, ha besado por última vez su frente fría y ha sentido la bilis subiendo por la garganta. Ha firmado los papeles, ha recogido sus pertenencias: «Ay, Ezequiel mío, quién te manda a ti salir de la casa, meterte en estos líos». Y los llantos y los gritos se repiten, los grupos de gitanas toman turnos en el bello arte del plañir. La Trini sobrelleva el trance con un lamento agrio y perenne, con un movimiento pendular. Y cuando el cuerpo del cantaor abandone el Campo de Gibraltar rumbo a Cádiz capital, lo acompañaran todos, en multitud, en caravana, apoyándose los unos en los otros, secándose las penas, mirando al cielo de un gris cada vez más oscuro.

Parece que se acerca un coche, un Tesla negro de donde sale un grupo de payos bien vestidos y *apañaos,* una chica castaña que lleva el estado de *shock* de la mano. Y entonces se hace el silencio y todos la observan, con la mirada entre curiosa y reprobatoria, y Vera avanza con la cabeza gacha fija en el suelo, caminando todo lo firme que las piernas le permiten hacia el edificio.

—¡Qué haces aquí, *desgraciá,* me cago en *tos* tus muertos! —La Lola ha lanzado la primera piedra de palabras.

—Hija de la gran puta, ¡fuera de aquí! —Las gitanas de Algeciras, de Extremadura, de oscuro, sin joyas ni maquillaje, las titas y las primas lapidan con juramentos—. ¡Delante de Dios que te marcamos la cara, sinvergüenza, mira que atreverse a venir, no te da lache! —Los gritos van *in crescendo* mientras el Esquinao y el Arrullo intentan amainar las maldiciones y el temporal—. ¡Mala ruina tengas! ¡Mal dolor te dé!

—¡*Callarse* todas! —Ha sonado imperativo. La Consuelo se ha plantado frente a la puerta y frente a la paya. Los brazos en jarras, un bullir en las entrañas, una sustancia tan viscosa como la humedad adherida al corazón. Por la sien aceituna resbalan dos gotas de sudor y los ojos negros son un abismo donde Vera siente que va a precipitarse.

—A qué has *venío.* —Parece desafío, pero es dolor—, porque ya me he *encargao* yo de los papeles, de sus cosas, que yo soy su mujer, no te olvides.

Y Vera ha comprendido, porque a fin de cuentas ella no es nadie. Y soporta piedras en la espalda y la densidad del ambiente se ha instalado en su cabeza.

—Lo siento mucho. —Y se gira para volver por donde ha venido seguida por sus padres, por su hermano. Aguanta el pasillo compuesto por docenas de ojos, y cuando llega a la puerta del coche, la gitana, que la ha seguido, le murmura al oído.

—¿Estabas con él cuando murió?

Vera suspira.

—Sí.

—Llévame, quiero ver dónde fue.

Ante la mirada estupefacta de todos, la muchacha pide las llaves del coche y las dos mujeres se marchan solas, Vera al volante, la Consuelo en silencio a su lado la observa conducir. En otro momento se habría comparado con ella, con su figura esbelta, con su elegancia, pero ahora todo eso ya no importa. Y mientras los gitanos continúan a los pies de la morgue esperando el cuerpo del Ezequiel, los payos se refugian en el bar de la esquina, a tomar un café cortado y a rogar que pase el tiempo. Mientras, en la tele, comentan la terrible noticia: «El narcotráfico vuelve a golpear el Campo de Gibraltar».

Y en Sotogrande, una paya y una gitana pisan la arena de la playa, esa misma arena que Vera caminó una noche bruja de junio en que jugaba con el Pantera a quemar el miedo y a bañarse en el agua helada. Esa misma arena que ahora, paradojas de la vida, se cuela por dentro de las sandalias y abrasa y escuece, y ha dejado de ser suelo firme mientras la recorre junto a la Consuelo.

Caminan calladas y se dedican alguna mirada de soslayo, se puede gritar, llorar y hablar en silencio, y se preguntan qué sentirá la otra. Bordean el Beach Club de Trocadero, custodiado aún por la Científica en busca pruebas. A pesar de la niebla espesa del Levante, alcanzan a ver el recinto del festival acordonado entre sombras. En pie sigue la barra circular, la palapa africana. En pie siguen los monitores, los robots de luces; las sillas de platea huérfanas de aplausos, del bullir del público. En pie sigue el escenario, aún manchado de su sangre.

Vera se orienta entre la bruma, entre el aire mojado, y mira hacia la mar. La gitana se ha quedado un buen rato de pie, tomando nota de cada detalle del lugar. Callada, atenta, captando la belleza.

—Hay que joderse, Ezequiel mío, hasta *pa* morirte has *tenío* buena sombra.

Después se ha dado la vuelta hacia el horizonte y ha llorado. El pelo suelto sobre el vestido negro, la piel tostada, oliva, tersa. Las manos cubren el rostro para esconder la lache y unos ojos donde el rojo empaña el negro. Y en un impulso la paya la abraza. Consuelo no opone resistencia o quizás no tenga fuerzas para hacerlo. Vera aspira su aroma a sábanas limpias.

—Me dijo que era feliz contigo. —Solloza y avanza unos pasos hacia el agua—. Nunca lo había visto feliz hasta ahora, ni cuando di a luz a mi Panterita siquiera. —Suspira, y recuerda que el suspiro es el Diazepam de sus abuelas—. Yo no supe hacerlo feliz, pero sabe Dios que me alegro de que lo fuera, aunque fuese contigo. —La paya intuye que le están arrancando la culpa a tiras del cuerpo—. Y quisiera perdonarte por eso, pero tú, ahora, vas a cumplir un castigo. Y lo que vas a conocer es su ausencia. —Consuelo sentencia, muy mujer, muy entera—. Su ausencia duele mucho, te lo digo yo, que soy experta. —Vera está sobrecogida, las nubes densas no drenan, y añora el desahogo que trae la lluvia tanto como el agua salada de las lágrimas que se resisten—. Voy a llevarme el cuerpo cuando acabe la autopsia, espero que no des problema. —El mar se revuelve picado, turbio, oscuro—. Queremos velarlo. Tiene que volver donde pertenece, a su pueblo, a su familia, vamos a enterrarlo ahí, en el cementerio cerquita de su casa, de sus hijos. —Huele a sal y la gitana de secano se ha sentado sobre una roca, porque ahora toca sostener el duelo y el luto, teñir de negro el pueblo blanco, desterrar la música, las celebraciones, la televisión.

—Tranquila, no voy a oponerme. —Las palabras de Vera parece que se arrastran por la arena.

—Pero no podrás venir. — Y a Vera no le importa porque su sitio es otro, en un lugar muy dentro de las entrañas que solo ellos conocen; y ella ya se ha despedido, sobre las tablas, surfeando el pico de la vida o de la muerte, en un ojo de paz y de gloria que se abre en medio del huracán, de la tormenta, un paréntesis de luz en silencio que el cielo le ha regalado ayer, en medio del escenario, con el Pantera entre sus brazos. La Consuelo se incorpora, todo está dicho—. Me marcho, que ha *venío* a buscarme mi *papa,* que van a pensar que estoy loca aquí contigo.

No se acerca, en la mirada Vera ha captado algo de calor; la gitana se gira y emprende la marcha, con sus andares de mujer, de esposa, de puchero y gitanería. Se seca el sudor con un pañuelo que huele a hinojo y a tomillo, se recompone el pelo y, a mitad de camino, siente una mano en el hombro.

—Espera, esto es tuyo. —Y la paya le tiende una cadena dorada que Consuelo reconoce.

—Ay, el oro, que da buena sombra.

Con sus cruces de coral y de ónix, con su olor, con su espíritu sonando en el tintineo de las medallas.

Pero el anillo no, el anillo Vera se lo ha quedado. Ese anillo vivirá en su dedo para siempre.

Al amparo del Mediterráneo y del bochorno, se despiden una tarde de agosto dos consciencias femeninas que se han permitido amar y, al hacerlo, se han cruzado en el camino. Una paya castaña que no consigue llorar, una gitana morena que lo hace a mares. Y parece que las cumbres del Rif africano y el Peñón de Gibraltar resurgen de entre la niebla. El calor asfixia y está mojado, y las olas se arrancan por bulerías. La gitana sabe que ha llegado el día en que el riesgo de mantenerse segura en la madriguera duele más que el de permitirse florecer; la paya decide que no va a ser prisionera del pasado y, aunque aún no alcanza a entenderla, siente la vida y el milagro de la sangre corriendo por las venas, y suma los minutos de ahoras, y eso que se lleva: intensidad en lugar de tiempo.

El levante de la tarde no dicta sentencia, pero huele a enseñanza. Y la paya ha vuelto a la orilla a respirar un punto y final cargado de yodo y de duelo. Por el horizonte clarea un principio que por ahora pasa desapercibido. Y es que la etapa al cerrarse ha pegado un portazo; y las nubes grises se han rasgado y drenan la lluvia y la catarsis. A lo lejos, en el Estrecho, una familia de orcas emprende el camino hacia la costa de Portugal, y la vida es así, se expande y se encoge, y toca dejarla que vaya sucediendo, que traiga lo que tenga que traer, y Vera esta tarde, se ha topado por fin con el llanto.

Epílogo

Y si Dios, o el destino, o la vida quieren, dentro de unos años, una tarde en que el otoño tiña de ocre el parque del Retiro y las calles de Madrid, cuando esta historia se vaya desdibujando enredada en el tiempo que algunos aseguran que lo cura todo, Vera encontrará un *flyer* en el parabrisas de su coche. Se acercará con un gesto de hastío a retirarlo y el corazón le dará un vuelco: «Antonio Terrón, alias el Chinga: *Reinventarse: como salir del contrabando de cannabis*». Y la chica leerá que el narco del Campo de Gibraltar ha mutado en activista y estudia Derecho, y ha escrito un libro desde la cárcel y recorre la geografía española dando charlas para buscar recursos y salidas a los niños de La Línea de la Concepción, para rescatar a su tierra del olvido, para reinsertar a los presos del infierno donde él mismo los precipitó.

Vera entrará en el coche, sentirá cómo late más fuerte de lo normal y la herida se abrirá un poco. Aun así, se acercará a una parroquia al otro lado del Retiro, en el barrio del Niño Jesús, y entrará en una sala triste, iluminada con tubos de neón. Él presidirá la estancia con sus ojos de océano y se habrá dejado barba, ya no llevará logos. Ella se sentará en primera fila con su abrigo de paño sobre una silla dura que le recordará al colegio, y gafas oscuras para que no la reconozca. No podrá dejar de escucharlo, y bajo la luz fría y blanca de los focos, entenderá que lo ha perdonado. El rencor es un veneno que bebe uno mismo.

—¡Vera!

Al terminar, él gritará su nombre y ella se dará la vuelta. La invitará a tomar un café, el otoño de Madrid les permitirá sentarse en una terraza cercana y ella encenderá un cigarrillo, ya no fumará hachís.

—Ha *llovío* mucho desde entonces, Vera.

Y el hombre de la Atunara explicará cómo ha colaborado todo este tiempo con la policía, cómo su condena se ha visto reducida significativamente y ya tiene un régimen de semilibertad, cómo estudia Derecho a distancia. La luz de la tarde tomará prestados unos rayos dorados y conquistará el cielo, y Antonio el Shinga mencionará que no ha vuelto a saber nada de la Eli.

—Cumplió un año dentro, ahora está en San Roque, en casa de sus padres, con una pulsera telemática.

Reconocerá que la echa de menos, que ella no quiere saber nada, que apenas ha visto a su hijo salvo dos veces en que su «exsuegra» se lo acercó para visitarlo en Alahurín. También mencionará al Chico, más bien a Paco.

—Ese ha tenido menos suerte, le han *cogío* en muchas, va a pasar bastantes años a la sombra, demasiadas cuentas pendientes.

Y Vera evitará reconocer que Paco es su padre porque aún no lo sabrá, porque María tardará muchos años en confesar su historia con el Chico y no desvelará el secreto hasta su lecho de muerte.

Ella le explicará que ha tardado tiempo en aceptar lo que pasó aquel verano en que fue yonqui de la adrenalina. Que ahora vive otra vez en Madrid, que de cuando en cuando se escapa al norte y que es incapaz de escuchar flamenco. Evita frecuentar a las personas que han dolido, pero sabe que el tito terminó embaucando a una de las marquesas, su esquina ahora es noble y se acuesta entre las sábanas de hilo de una casa-palacio. De la vida de la Consuelo en su Extremadura natal Vera tendrá pocas noticias, solo que regenta un taller de costura en Malpartida de Cáceres y que la Aroa estudia farmacia en la Universidad de Granada.

—¿Y Lucas? —La mirada será sincera—. ¿Se ha rehabilitado?

Vera confesará que Lucas continuó por un tiempo en rehabilitación, trabajando la autoestima y la relación con su padre, pero dando el cambiazo con los botes de análisis que ella misma le iba proporcionando. Explicará que aquella farsa funcionó hasta que un día los resultados dieron positivo en embarazo. Y entonces la muchacha mirará el reloj perezosa, la luz anunciará que la noche les va a dar caza, y se levantará de la mesa y abrazará a un hombre curtido por el mar, por la vida, por la cárcel.

Conducirá hasta el barrio de las Letras, pensará por un instante que quizás aquellos meses llegó a amar más a su propio deseo que al objeto de este. Aparcará en un *parking* de la plaza de Santa Ana y, al pasar frente al Teatro Español, mirará de soslayo el tablao Villa Rosa, que habrá evolucionado en local de reguetón. Recorrerá a pie la calle del Príncipe, la de Amor de Dios. *Qué nombre tan bonito para una calle.* En el karaoke de la esquina, alguien cantará un tema de Alejandro Sanz —«Quién me tapará esta noche si hace frío, quién me va a curar el corazón *partío...*»—, subirá las escaleras hasta su buhardilla y entrará en casa. A través de la puerta entreabierta de su cuarto le saludará un retrato expresionista de sí misma, la cara verde, el pelo naranja. En la cocina encontrará a María sentada frente a un mantel de cuadros y un jarrón repleto de flores; a su lado, un niño moreno forcejeará para evitar comerse la verdura; levantará la cabeza.

—Mamá.

Y los ojos de Vera volverán a chocar con una mirada profunda entre miel y amarilla. Con todos los matices de pardo.

Agradecimientos

Soy una ladrona. Robo emociones, matices, expresiones, situaciones, miradas, corazones rotos y rasgos físicos. Y he de agradecérselo a la multitud de personas, artistas y lugares que me han inspirado para escribir esta historia de ficción. Maneras de hablar y sentir que tocan algo, encienden una pequeña luz y entonces sé que debo escribir sobre ello, tirar de ese hilo, aunque solo sean retales que después intercalo a mi libre albedrío y al antojo de esta imaginación desmesurada. Olores, puestas de sol, mi barrio de las Letras y el Retiro en Madrid, el barrio de Santa Cruz en Sevilla, el Estrecho y el Campo de Gibraltar que me obsesionan. Las costumbres, las tradiciones, la luz, la primavera, la Semana Santa, los alcornoques, los pueblos blancos, el desamor, Extremadura, el mar, los gitanos. Gracias infinitas por dejaros robar, gracias infinitas por la inspiración.

Quiero agradecer a Shía Arburú por enseñarme y empujarme, si escribo, es gracias a ti. A Belén Junco por darme la primera oportunidad; a Rosa, mi editora, por acompañarme tan bien en el camino. A mi madre, que sembró en mí la semilla de la literatura cuando yo solo era una niña.

Quiero agradecer al perla por explicarme cómo se hace un potaje con hinojo, por enseñarme del flamenco y sus letras populares, verdades como puños en cada verso.

Quiero agradecer a mi Tobalo por enseñarme el hablar caló, el vivir al día, el respeto a los mayores, por hacerme ver que el arte está en muchos sitios y en muchas cosas, en un potaje, en una esquina. Por bautizar algunos personajes de esta historia. Por ser mi hermano del alma. A mi Esperanci por las risas, por la franqueza, por mostrarme las costumbres de las mujeres gitanas.

A todos esos artistas y flamencos que he conocido en los últimos años, que me han permitido acompañarlos, respirar y amar su arte; al grupo Trocadero y a mi amigo Dioni, por el escenario y la confianza, gracias.

Quisiera romper una lanza por La Línea de la Concepción. La gran olvidada. Llevemos cultura, recursos e ilusión. Quizás entonces el narcotráfico solo llegue a ser un mal sueño del pasado. Ojalá el supuesto del narco arrepentido que describo en este libro llegue a ser una realidad, ojalá se destinen más herramientas para luchar contra el problema. Mientras escribo estas líneas, me entero de la triste muerte de dos guardias civiles en Barbate. Este libro también es para ellos.

Gracias, Pablo, por sostenerme y acompañarme siempre en cada locura que emprendo. Sentados en el porche, a la vera de la sierra de las Nieves, sobre el pantano, y como no, frente al Estrecho. Por buscar los coches y las motos de esta novela. Gracias, Allegra y Cecilia, por llenar de sentido mi vida. Tenéis por delante un mundo lleno de posibilidades, para vivir, para sentiros llenas, para equivocaros, y eso me hace muy feliz. Os quiero infinito a los tres.

Gracias, por último, a mi familia y a mis amigas, pilar fundamental que me acompaña, escucha, anima a escribir y cuida. Tengo buenísimas amigas, sabéis quiénes sois. Las de siempre y las nuevas. Mujeres que apoyan a mujeres.

Y a mí misma, por tener el coraje y la ilusión, por haber disfrutado tantísimo del proceso de escribir, por ser trabajadora y constante, por aprender poco a poco el amor propio.